JOSEPH MACÉ-SCARON

TICKET D'ENTRÉE

roman

BERNARD GRASSET
PARIS

Photo de la bande :
© J.-L. Bertini

ISBN 978-2-246-594116

« Quand j'ai voulu ôter le masque
je l'avais collé au visage.
Quand je l'ai ôté et me suis vu dans le miroir,
j'avais déjà vieilli. »

FERNANDO PESSOA.

Les lutteurs ont l'épiderme fragile

« Après une bonne querelle, on se sent plus léger et plus généreux qu'avant. »

CIORAN.

« Gnouff ».

Quelques secondes de combat et déjà, le poing de mon partenaire me cueillait en plein plexus, comme ça, sans prévenir.

Il s'agissait d'Ugo, champion de lutte à l'huile aux derniers Gay Games de Los Angeles dans la catégorie mi-lourds. Autant dire que la bête n'était pas du genre à laisser son adversaire reprendre ses esprits. D'ailleurs, pendant que je vous entretenais de sa (courte) biographie, ses cuisses venaient d'enserrer mon torse si fort que je pensais un instant que le sang allait jaillir de mes pores comme le jus d'un fruit pressé. Pour assurer sa prise, il me porta une clé au bras exsudant tout l'allant d'un sumotori à mi-combat.

« Gââh », couinai-je cette fois. Mon tortionnaire s'arrêta un instant et me regarda, incrédule. A ses yeux, une petite flexion sur l'articulation portée par quatre-vingt-douze kilos de muscles dont la majeure partie était concentrée dans des biceps gros comme des boules de bowling, n'avait jamais tué personne.

Je profitai de ce court répit et me débattis si bien que je parvins à libérer mes mains et à protéger mon crâne dans un mouvement d'autodéfense. Un geste dérisoire contre ce qui m'attendait tandis que mes yeux s'ouvraient tout grands en une semi-parodie d'indignation mêlée d'une terreur de personnage de BD.

— Mais bordel Ugo, tu ne peux pas te calmer ? Quand seras-tu raisonnable ?

Voilà à quoi j'en étais réduit. En appeler au bon sens d'Ugo c'était un peu comme tenter d'arrêter une charge de cavaliers mongols avec un éventail à plumes d'autruche. Je ne savais pas exactement (personne ne savait d'ailleurs) si la raison avait son siège quelque part dans la jolie tête d'Ugo – qui n'avait pas plus d'égards pour l'entendement humain que pour un trousseau de clés. (Il le perdait, puis il était tout heureux de le retrouver, mais c'était pour le perdre de nouveau.) Ce qui était sûr, en revanche, c'est que suggérer qu'il en manquât avait le don de démultiplier sa colère, ce qui, en ce jour de juin chaud et poisseux, était suicidaire.

Ma supplique fut ignorée avec un regard mauvais, qu'Ugo semblait avoir passé un certain temps à perfectionner – ces vingt dernières années par exemple.

Et le lutteur saisit à nouveau son souffre-douleur à la gorge. Ses deux pouces m'agrippèrent la carotide. J'entendis quelqu'un crier « Oh, mon Dieu ! », et je compris que ce quelqu'un, c'était moi. Mais peu importe. On permet aux agnostiques de prier en de telles circonstances ; c'est même l'un des avantages de leur position.

Deux heures plus tôt c'était pourtant bien Ugo qui m'avait annoncé qu'il avait été fidèle pendant toutes ces années (trois longues années, on se lève et on applaudit l'exploit) mais qu'il souhaitait prendre un peu de recul.

Le moment était judicieusement choisi pour me faire cette déclaration. J'étais allongé sur le canapé en agitant ma tasse dans le vide, pour indiquer que je voulais à nouveau du café. Je regardais la retransmission d'une émission des années soixante-dix. Une de ces productions d'une médiocrité apaisante comme on en sortait à la pelle dans cette époque où les gens étaient prêts à regarder n'importe quoi – à la différence d'aujourd'hui où les gens exigeaient de regarder n'importe quoi.

Ugo avait employé ce ton sérieux et passe-partout généralement associé à des situations aussi différentes que lui ayant oublié d'acheter des cigarettes, ou lui ayant choisi de ne pas récupérer chez le teinturier le costume demandé, ou divers accidents de voiture de gravité variable (de la peinture rayée à la tôle froissée). Aussi mon cerveau avait-il mis quelques secondes avant de bien appréhender le sens du mot « recul ».

Un peu de recul. C'était précisément ce que tout le monde voulait ces temps-ci. Pas du recul pour sortir des contrats, promesses et obligations légales. Non. Pas du recul pour s'adonner paisiblement à l'introspection, à la construction ou à la sculpture de soi. Non. Du recul pour manœuvrer dans les limites. Tout avoir, en d'autres termes. Le beurre, l'argent du beurre et le cul du fermier. C'était assurément ce dont Ugo rêvait aussi.

Je reconnaissais qu'il n'avait pas été long à lâcher le nom qui justifiait sa soif de « recul ». Il s'appelait Murat et avait dix ans de moins que moi. Evidemment ce garçon qu'il avait rencontré, disait-il, dans son club de lutte, avait tout l'air d'être génial et super cool si l'on se rangeait aux critères « ugoliens ». C'était un des trois organisateurs des soirées Black Bear Beur (il fallait entendre par là qu'il distribuait des flyers dans les bars du Marais et envoyait des messages en rafales sur Facebook) qui s'était fait serrer deux, trois fois pour avoir revendu des friandises dans les toilettes du Cigall's. Ses poches étaient toujours pleines à craquer de dragées et de poudre. Son grand frère dont la nuque rasée était épaisse comme ma cuisse était LA guest star porno de la marque « Gossbo Vidéo » (traduisez : l'alibi lascar dans une boîte de prod qui s'imaginait transformer des crevettes de Valenciennes en cailleras parce qu'il portait un survêt Puma, une casquette NYC et une paire de baskets pourrie.) La spécialité du grand frère était l'éjaculation faciale servie par un organe hors de toute proportion. Si j'étais de mauvaise foi – ce que je suis, au fond, quand la discussion s'engage sur ce terrain –, je dirais que j'ai déjà rencontré des types comme Murat des centaines de fois. La vérité était que j'arrivais parfaitement à mettre un visage – ou plutôt un corps – sur son nom. Je ne le connaissais que trop pour l'avoir observé plusieurs fois au Samouraï, le club de gym à la mode où l'on croisait dans les douches un acteur comique à la peau blanche et flasque qui y avait élu domicile sans jamais parvenir à conclure.

Avec ses bagues en acier à tous les doigts, Murat était une vraie bombasse. On pouvait voir ses pecs rouler sous son sweat sans manches à capuche. Parfois, il l'enlevait. Il n'y avait pas encore beaucoup de jeunes Turcs qui avaient un immense tatouage de la Vierge dans le dos et un crucifix en or au bout d'une chaîne sur la poitrine. Sans doute voulait-il faire croire à ses clients qu'il était mexicain ou latino comme dans les clips de la chaîne Trace TV.

Et la tête ? Euh franchement, vous n'auriez pas d'autres questions ? D'accord, j'imaginais que les grandes interrogations qui ne cessaient jamais de le hanter devaient être du type : si Dieu existe, pourquoi avait-il tué Dalida ?

Je savais que ce n'était pas très malin d'énerver une brute comme Ugo. Il aurait été plus habile de trouver les mots pour l'apaiser. Seulement voilà, je ne les trouvais pas. Non pas parce que j'étais en colère. De la jalousie, un peu ; du soulagement OK, mais de l'émotion… pfff. Pas au point de devenir une drama queen, d'entonner le grand air de la Traviata et de déchirer mon tee-shirt Abercrombie acheté à Manhattan.

En revanche, j'avais beaucoup de compassion envers ma personne, ça je ne nie pas. Peut-être parce que je ne pouvais imaginer autrement une séparation d'avec Ugo que si c'était moi, moi seul, qui décidais que le moment était venu. Et puis à dire vrai, toutes ces histoires de compréhension m'épuisaient.

« Il faut le comprendre… » Mon Dieu, j'entendais cette antienne du matin au soir, même au journal. Surtout au journal. Un collègue me rendait-il un article où presque tous les noms propres étaient orthographiés phonétiquement ? « Il faut le comprendre… » Un politique exigeait-il que j'écrive sa tribune libre et que je la lui soumette pour approbation ? « Il faut le comprendre… » Ils se donnaient tous le mot ou quoi ?

Et moi, qui cherchais à me comprendre, hein ? Qui ? Qu'est-ce que c'était que cette épidémie ? La planète tout entière saignait plus qu'une côte de bœuf, et il fallait que je reste assis là à écouter Ugo réciter ses frasques ? Alors, me mettre à sa place ? Non merci. Je n'avais pas assez d'intuition pour le faire. Je n'étais pas comme ces vedettes d'un soir qui peuplaient les talk-shows et qui, à n'importe quel moment, avaient la prétention de percer à jour la pensée des autres, mais aussi de tout connaître de leur destin à la con. Rien à faire si c'était la chose à dire ou pas, rien à faire de savoir ce qui allait ou ce qui n'allait pas arriver en retour, je lâchais le truc, point à la ligne.

Et c'était ce que j'avais fait en demandant à Ugo qui s'était rapproché dangereusement s'il s'était souvenu en prenant du « recul » que c'était l'année de la Turquie. Veinard, il était désormais pourvu d'un amant à la mode. Pour une fois ! Il devait lui tarder de le présenter à tous ses amis : il en avait plein qui n'en avaient pas (je voulais dire d'ami turc). Je lui avais même donné un conseil : celui de se renseigner, l'année prochaine, sur l'étranger à adopter. Et aussi qu'il téléphonât à la mairie pour savoir si elle le récupérait le 31 décembre, ou la semaine d'après, avec les sapins.

Bingo ! On pouvait être lutteur et, quand il s'agissait de sentiment, avoir l'hématome facile.

*

Et voilà comment je me retrouvais là où vous m'avez abandonné. C'est-à-dire scotché au tapis en train de subir le supplice du garrot, le visage d'Ugo menaçant à dix centimètres. Je bénéficiais ainsi d'une vue détaillée du système pileux facial de mon bourreau, avec ses soigneux découpages en fjords. Que d'efforts assidus devait requérir tous les matins le rasage autour de ces golfes et de ces promontoires, de ces caps et de ces baies !

— Je te dis, gronda notre lutteur qui maintint sa prise, que tout ce que tu racontes c'est de la merde. De la putain de bordel de merde merdique à la con. Tout ce que tu racontes, toutes ces conneries que tu sors, tout ça, c'est juste de la merde purement et simplement.

Sa vision du monde aussi clairement exposée, Ugo lorgna vers la table basse. Il saisit *Du côté de chez Swann*, première partie dans son édition Gallimard 1946-1947. D'ordinaire les tables basses existaient pour accueillir les magazines de mode et les innombrables livres de photos sur notre belle planète en danger vue du ciel, ou les Mémoires de 900 pages d'un bourreau nazi. Leur statut décoratif leur interdisait toute promiscuité avec la littérature.

Pourquoi Proust ? Apparemment, vous êtes tenace. Alors autant brider tout de suite votre imagination galopante : Ugo n'était pas pris d'une passion subite pour le classique le plus complexe de notre littérature et la dichotomie entre moi social et moi créateur. Je compris où il voulait en venir quand je le vis déchirer les premières pages de la *Recherche* et en faire des boulettes épaisses.

— Non ! Non, je t'en prie ! suppliai-je en serrant les paupières et en secouant la tête avec raideur comme le font les enfants.

Mais je n'eus pas plus de succès que la première fois. Ugo me rentra de force dans la bouche les premières phrases du chapitre, et à chaque poussée, il scanda un mantra qui lui donnait le rythme :

— Qu'est-ce-qui-ne-va-pas-chez-toi ? Tu-veux-bien-me-le-dire ? Qu'est-ce-qui-ne-va-pas-chez-toi ? Tu-réponds ? Qu'est-ce qui-ne-va-pas… ?

Le visage rubicond, le souffle rauque entrecoupé de

râles catarrheux, j'étais bien en peine de lui répondre. J'avais déjà avalé les premiers souvenirs du narrateur à Combray quand Ugo s'arrêta pour contempler son œuvre de destruction. Ce qu'il y eut de rassurant, c'est que, cette fois-ci, il sentit le moment où s'arrêter. Ce n'était pas un créatif – publicitaire, il ne serait même pas parvenu à monter une campagne correcte pour sauver sa propre vie – mais Dieu savait qu'il ne connaissait pas la signification du mot « limite ».

Toujours aussi cramoisi et luisant, je me relevai sur un coude et en profitai pour recracher des miettes de *Du côté de chez Swann*.

— Bon, dit Ugo, en s'écroulant sur le divan qui couina sous le poids mi-lourd et en posant ses pieds sur la fameuse table basse, et maintenant, on va parler calmement.

A quelqu'un d'autre, je rétorquerais : Tu parles de calme ? Est-ce que tu plaisantes ? Que je puisse supporter depuis plus d'une heure un comportement aussi scandaleux, manifestement inspiré par *Qu'est-il arrivé à Baby Jane ?* s'apparentait au mystère.

— Bon, répéta-t-il.

Il adorait dire « Bon » sur ce ton. Ça faisait, croyait-il, déterminé et posé. Le problème avec Ugo était que sa jolie tête paraissait toujours déborder de tracas, doutes et douleurs de toute nature (ainsi que d'hésitations et de brusques paniques – et aussi essentiellement de manque : le manque étant le principal), alors qu'il n'avait jamais apparemment quoi que ce soit de concret à affronter – et certainement rien (lourd soupir) sur quoi il pût agir. A l'exception de ma personne.

— Et si on faisait les comptes ? enchaîna-t-il. Tu ne crois pas qu'il est grand temps de les faire ?

« C'est terminé l'époque où je devais te supplier, me rouler à tes pieds pour que tu acceptes de me donner du fric, poursuivit-il en se déplaçant lentement sur le parquet, comme s'il cherchait des marques sur une scène. De toute manière, toi et moi, ce n'est plus vivable (ce en quoi il voulait dire que c'était devenu invivable). Tu as profité de moi. OK. Tu m'as eu dans ton lit, gratos. OK. Simplement, maintenant qu'on divorce, il faut que tu passes à la caisse...

Attendez, attendez. Ai-je bien entendu le mot « divorce » ? Trente longues années de militantisme gay et de luttes queer (auxquelles je n'avais pas participé mais, quand même, j'achetais régulièrement la presse gay et ne manquais aucune soirée des Follivores) pour en arriver là ? Trente années de combat pour ne pas pouvoir, à l'arrivée, jouir tranquillement de notre situation ? Est-ce que cela signifiait qu'on ne pouvait plus s'installer avec un mec de nos jours sans qu'au moment de se séparer – même si le concubinage avait duré trois ans – il exigeât une prestation compensatoire astronomique comme celle que les juges accordaient à une épouse de star hollywoodienne ? Et vous parlez d'une « épouse » ! J'avais fait tout mon possible pour empêcher Ugo de s'occuper de tâches domestiques – mais, non, non, avait-il protesté au début, c'est normal, c'est logique : après tout, tu vas travailler au-dehors et en attendant que je, euh…, que je termine mes études…, enfin que les choses s'arrangent, il est parfaitement normal que je fasse ma part. Et en effet, il la faisait : il y en avait partout des traces. Au beau milieu du balayage, il entreprenait de laver la vaisselle : une partie du linge était étendue, le reliquat restait abandonné, à tremper dans le tambour de la machine à laver. Un jour il décidait de passer l'aspirateur dans les moindres recoins des pièces mais il oubliait de changer le sac. Un autre, il nettoyait les vitres avec le liquide vaisselle…

— Tu vois, là par exemple, continue Ugo imperturbable, j'ai fait, ce soir, à dîner, tu imagines le mal que je me suis donné pour préparer tout ça ? (Oui, j'imaginais – ôter l'emballage cartonné, percer la cellophane en plusieurs endroits, et mettre au micro-ondes, waouh quelle épreuve !), et tu as fait la fine bouche.

— Mouche !

— Quoi ?

— On dit « fine mouche ».

Ugo grogna :

— Tu vois, tu recommences.

— Non, non, je ne recommence pas, dis-je un peu affolé qu'il ne recommence, lui, son numéro. Je me contente juste de te faire remarquer que tu t'es trompé.

— Et ça te sert à quoi de me dire ça, toi qui as des théories sur tout ? Oh, pauvre minable. (Il s'adossa contre la bibliothèque en teck qui rendit un craquement sinistre.)

— Je n'ai pas de théorie sur tout. D'ailleurs, « une œuvre où il y a des théories est comme un objet sur lequel on laisse la marque du prix ». C'est dans la *Recherche*, tu trouveras.

— Quoi ? Qu'est-ce que tu racontes encore ? tonna Ugo en écrasant sa clope dans la coquille de palourde qui lui servait de cendrier. (Il adorait les cassolettes surgelées de palourdes farcies et gardait les coquilles pour en faire des cendriers qu'il éparpillait dans l'appartement.)

J'optai pour une prudente retraite. Sans en avoir l'air, j'analysai rapidement les données topologiques de l'appartement et esquissai un repli tactique vers la cuisine où je pouvais toujours me barricader. La porte tiendrait-elle ? Celle de la salle de bains avait été démolie à coups de poing le matin où Ugo n'avait pas trouvé son gel coiffant. L'homme de ménage philippin avait cru bien faire en le rangeant avec les préservatifs et les sex toys.

— Ce-que-je-veux-dire précisément – et on pouvait croire que je lui disais : Bien aujourd'hui, on commence par l'alphabet ; demain, on passe aux nombres à deux chiffres –, c'est que tu dois apprendre à passer des apparences au réel, de l'opinion au vrai, du babillage inconsistant au discours responsable…

Ugo leva un sourcil charbonneux et soupçonneux.

— N'importe quoi, finit-il par lâcher. Foutaises ! Pures foutaises dilatoires (mais où était-il allé chercher ce mot ?). Il n'y a qu'une chose qui m'intéresse

Benjamin : c'est combien tu es prêt à allonger pour qu'on se quitte à l'amiable ?

Je secouai la tête avec aux lèvres un tss-tss d'indulgence amusée, mais pas trop.

— Ugo, commençai-je d'une voix glaciale (cette fois, c'est un ton franchement risqué mais à cette étape de la « discussion », le seul à employer, à présent). On a déjà parlé de tout ça, n'est-ce pas ? Hmm ? On a déjà discuté de tout ça, non, il me semble ? Alors laisse tomber.

Mais Ugo n'avait pas précisément envie de laisser tomber. Il avait d'autant plus besoin d'argent que lui et le boulot n'avaient jamais fait bon ménage. Le travail était un peu comme un rodéo. Si on insistait lourdement il consentait grand seigneur à faire un tour de piste, mais n'avait aucune intention de s'attarder en selle. Et comme tous les lascifs sanguins de son espèce, il était persuadé que la personne qui le logeait, le nourrissait, l'habillait et le blanchissait était son débiteur. En attendant, bien sûr, qu'il terminât d'hypothétiques et laborieuses études d'histoire du cinéma.

Et le plus drôle – sur le moment je n'avais pas trouvé ça drôle mais grâce à mon psy, je pouvais voir le côté comique de chaque chose à présent –, le plus drôle était qu'Ugo m'imaginait assis sur un tas d'or sous prétexte que j'étais journaliste dans un grand quotidien.

Or, depuis quelque temps, il ne vous a pas échappé que la presse n'était pas dans une forme olympique. Le journalisme était un métier de chien avec le collier, la laisse, la niche, mais sans la gamelle garnie qui allait avec. Du moins pour l'immense majorité des plumitifs qui composaient cette honorable corporation.

La direction des journaux avait été envahie par une armée de petits hommes gris au talent modeste mais à la soif de pouvoir dévorante, des laborieux qui plâtraient leurs éditoriaux en réécrivant les dépêches d'agence non sans y avoir ajouté deux ou trois souverains poncifs qui étaient à la mode il y a plus de dix ans, et deux ou trois fautes d'orthographe.

D'accord, je ne niais pas qu'il y ait quelques avantages à ce job. Je bénéficiais chaque jour de petits privilèges alimentés par l'apparence de la notoriété : services de presse, échantillons gratuits, dégustations, invitations aux premières suivies de buffets, service de taxi, notes de frais… bref, tous ces petits détails qui font que l'ancien régime survit dans les « nouveaux ». Ce que je gagnais ne faisait pas de moi un homme riche, mais j'étais payé au-dessus de ma valeur, ce qui était un premier pas vers la réussite.

C'est sans doute aussi pour ces raisons qu'Ugo était parvenu à se persuader que son bienfaiteur – moi – était assis sur un pactole. Vautré sur le divan, il réclamait son solde sur un ton de plus en plus belliqueux tout en ponctuant sa requête exorbitante de réguliers : « Qu'est-ce que je fais avec un mec comme toi ? »

Parce que ça n'était pas comme ça avant : Ugo et moi – ensemble –, je ne souhaitais rien de plus. Du cul sur un plateau d'argent, voilà ce que j'avais imaginé la première fois où nous nous étions rencontrés. Pas un truc compliqué : l'accord parfait, l'idéal, du petit-lait. Bien sûr que je savais qu'il pouvait ne s'agir que d'une attirance physique. Où était le problème ? Est-ce que cela allait nous empêcher de faire comme les autres couples ? De nous mettre en ménage, de cuisiner des plats nourrissants, peut-être un peu trop gras, de parler de l'avenir ensemble : une jardinière de plantes aromatiques avec du basilic et de la menthe, une chaîne stéréo en état de marche, un égouttoir en bois pour la porcelaine offert par nos parents… ?

Et puis, Ugo, c'était un canon. Il était difficile de prétendre le contraire. La première fois qu'on le voyait, il fallait se pincer pour se rappeler qu'il ne se tenait pas tout nu devant vous car c'était exactement l'effet produit. Est-ce que c'était un bon coup ? J'en connaissais un rayon dans ce domaine : quand un mec était un bon coup, je savais le reconnaître et celui-ci, sans rire, il n'était pas chaud, il était brûlant.

*

On sonna à la porte. Je me précipitai pour ouvrir, croyant échapper ainsi à la colère d'Ugo et… je regrettai aussitôt mon empressement quand je me trouvai face à face avec Stéphane Carlero I, à moins qu'il ne s'agisse de Stéphane Carlero II.

Messieurs Stéphane Carlero étaient homosexuels tous deux et si semblables physiquement et sexuellement qu'ils ne faisaient qu'une seule et même personne, au point que plusieurs occupants de l'immeuble qui ne les avaient jamais vus ensemble affirmaient qu'il n'y avait qu'un Stéphane Carlero. D'autres locataires pensaient que ces deux hommes d'âge mûr étaient frères jumeaux mais il n'en était rien. Moi, je savais qu'ils étaient bien deux comme les frères tomates dans *Sodome et Gomorrhe* ou comme les locataires de Reinaldo Arenas dans *Le Portier*; qu'ils n'avaient aucune parenté et même que l'un était lorrain et l'autre calabrais. Je les avais vus emménager, il y a cinq ans. A l'époque Stéphane Carlero I et Stéphane Carlero II ne portaient pas encore les mêmes chemises à carreaux et n'arboraient pas le bracelet en cuivre contre les rhumatismes autour du poignet, ils n'avaient pas le même coach, le même coiffeur qui leur rasait la tête tous les vendredis soir en écoutant du Mika, la même moustache teinte en noir, les mêmes tatouages tribaux sur le mollet droit et maoris sur l'épaule gauche. Et surtout, ils n'avaient pas encore monté ensemble leur célèbre agence immobilière Rainbow Flat, spécialisée dans la vente de lofts et de duplex pour les gays dans les quartiers du Marais, du haut Marais et du proche haut Marais…

Stéphane Carlero I et Stéphane Carlero II dépensaient presque toute leur fortune dans ce qu'ils appelaient « la recherche de l'âme sœur ». Ils avaient voyagé dans le monde entier ou presque et avaient eu des relations sexuelles avec des hommes d'âges, de races, de cultures et de religions différents. Ils avaient écumé urinoirs et parkings, plages et saunas, exploré bars et chantiers, gymnases et gares sans parler de tous les sous-bois, les zones industrielles et les ports. Toutes ces aventures, dont certaines n'étaient pas anodines, ne leur avaient jamais procuré de plénitude durable. Car le drame de Stéphane Carlero I et de Stéphane Carlero II était qu'ils n'avaient jamais forniqué qu'avec des gens qui leur ressemblaient ; des personnages qui recherchaient, comme eux, le mâle (ou plutôt l'idée qu'ils s'en faisaient) et qui, comme eux, finissaient par s'accoupler de guerre lasse avec leur clone. Les derniers spasmes de jouissance survenus, ils s'empressaient vite d'oublier – et leurs partenaires également – qu'ils avaient possédé ou qu'ils avaient été possédés par l'image qu'ils s'évertuaient précisément à fuir.

A cette heure de la journée, Stéphane Carlero I ou II était enveloppé dans un peignoir rouge cerise et l'on pouvait entrapercevoir le piercing au téton gauche qu'ils avaient fait exécuter ensemble à Venice Beach lors de leur dernier séjour à L.A.

— Je vous dérange ?

Je lui dis non. Il n'écouta pas ma réponse et entra avec la dignité fatiguée et amusée de Meryl Streep le jour où elle avait appris sa vingt-septième nomination aux oscars.

— Je suis venu voir si vous n'aviez besoin de rien.

En disant cela, Stéphane Carlero I ou II laissa un peu plus bâiller son peignoir et signifia ainsi qu'il avait, lui, certainement besoin de quelque chose.

La petite séance avec Ugo avait dû réveiller tout l'immeuble.

— Non, non. Ne vous inquiétez pas. J'imagine que nous avons fait un peu de bruit. Vous savez bien que mon compagnon possède un tempérament un peu… Comment dire ? Volcanique ? Oui, c'est le mot juste.

Stéphane Carlero I ou II opina lentement. C'étaient des gens qui, sous des apparences mielleuses et bienveillantes, étaient belliqueux et envahissants. Ils doutaient de tout. Ils refusaient systématiquement les réparations de boîtes aux lettres défectueuses ou les poubelles volées, niaient l'Holocauste et l'idée même que j'aie pu un jour verser une caution au syndic. Ils considéraient que la météorite qui avait fait disparaître les dinosaures était l'œuvre d'une franc-maçonnerie cultivant sournoisement le soja transgénique dans les Andes.

— Volcanique, répéta-t-il. Vous voulez dire, passez-moi l'expression, que votre ami déconnait à plein tube.

J'opinai vigoureusement comme pour une vérification accélérée du bon fonctionnement de mon cou et de mes vertèbres tout en prenant soin de parler plus bas, priant qu'Ugo ne nous entende pas.

— Ça ne va pas plus loin que ça, je vous assure. Et honnêtement, je veux bien croire que dans l'ensemble, je dois être franchement invivable. Alors des fois, il… vous voyez, il extériorise. C'est humain après tout, on est tous à bout de nerfs, ces temps-ci, avec la chaleur.

Carlero I ou II me regarda avec un mauvais sourire.

— Si ma mémoire est bonne – et elle est excellente, je l'entretiens avec les mots fléchés de votre journal – c'est pourtant en décembre dernier qu'il vous a poursuivi dans le parking avec une batte de base-ball. Et c'est en février dernier qu'il a fait passer le chien de madame Tretmann par le vide-ordures, hein ?

Un chien, cette bête tondue au museau aplati qui ressemblait à une croquette froide ?

— Avouez qu'on a bien ri, après.

— Oui monsieur Strada. Bien sûr. Mais alors dites-moi juste pourquoi, deux fois par an, le cerveau de votre compagnon organise de grands soldes en hiver et en été.

— Euh… C'est que…

— Voyez-vous monsieur Strada, nous ne sommes pas ennemis de jeux un peu rudes entre garçons. (Et là-dessus, il cligna de l'œil si fortement qu'il en perdit presque sa lentille de contact qui donnait à son regard la couleur bleu lagon.) Mais nous sommes AUSSI les représentants du syndic de cet immeuble. (Il bomba légèrement le torse.) Et comme tels, nous nous devons de faire respecter un minimum d'ordre. Monsieur Péchard qui habite juste en dessous de chez vous vient de nous appeler pour se plaindre.

— Vous devriez vous méfier de ce type, dis-je. Certains le considèrent comme un cul-de-sac pour l'évolution de l'espèce.

— Merci. Mais nous n'avons pas de leçon à recevoir de personnes qui troublent l'harmonie au sein de notre petite communauté. Et j'ajoute, au risque de passer pour désagréable, que monsieur Péchard est propriétaire et qu'il ne peut pas passer son temps à essuyer les critiques d'un locataire.

— Ecoutez, je suis sûr que ce type de fantaisie a déjà eu lieu dans le passé.

— Dans le passé, comme vous le dites si bien. Les temps changent, monsieur Strada. Est-ce que nous appelons notre 4×4 une calèche sans chevaux ? Ce qui autrefois était autorisé comme… mmh… une incartade ? C'est cela, je dirai une incartade. Ce qui autrefois était toléré ne peut plus l'être dans un immeuble de ce standing. Vous vivez dans la nostalgie, monsieur Strada, et vous savez ce que l'écrivain américain Sam Lipsyte dit de la nostalgie ? C'est de la peur avec des traces de vaseline. Un conseil d'ami : essayez une fois pour toutes de bien méditer cette…

Sa phrase s'arrêta net parce qu'une paume ouverte aussi lourde et viandeuse qu'un jambon de York venait de s'abattre sur sa joue avec une force prodigieuse. Je n'avais pas vu arriver Ugo et, apparemment, Carlero I ou II non plus… Sous le choc, l'intéressé virevolta sur lui-même au ralenti non sans une certaine grâce si l'on considérait la violence du coup porté et la corpulence du danseur. En titubant, il parvint encore à effectuer quelques entrechats en battant des bras avant de s'effondrer tel un pantin dans l'ascenseur dont Ugo avait pris soin d'ouvrir la porte et de programmer la descente au troisième sous-sol.

Visiblement satisfait d'avoir trouvé une autre personne sur qui passer sa hargne, celui-ci se retourna vers moi.

— Une bonne chose de faite. Je pense que durant,

disons… allez, un bon mois, il sera assez aisé de différencier Carlero I de Carlero II.

— C'est un peu dur comme mise au point, non ?

Ugo étira ses muscles.

— Pas trop, non. Je suis sûr que je ne dois pas être le seul à avoir rêvé de le coincer dans des toilettes humides et froides pour lui tirer une balle creuse dans la tête, à avoir imaginé la surprise dans son regard, le bruit sourd et spongieux de son corps s'écroulant sur le sol, les morceaux de sa cervelle, emportés par les ruisseaux d'eau savonneuse sur les carreaux crasseux, s'agglutinant sur cette grille d'écoulement rouillée que le syndic – c'est-à-dire eux – n'a jamais jugé utile de remplacer. Et sa bite rabougrie par la mort. Mais tu vois, malgré cela, j'arrive toujours à me retenir. Faut-il que tu t'obstines à me chercher…

Mon portable mit une fin (provisoire) à la dispute. C'était le journal. La conférence de rédaction du matin avait été avancée.

— C'est ça, fulmina Ugo, c'est décidément impossible d'avoir une conversation normale avec toi…

Le Gaulois

« Journal : institution incapable de faire une différence entre un accident de bicyclette et l'effondrement de la civilisation. »

GEORGE BERNARD SHAW.

Un jour, pour détendre l'atmosphère, j'avais dit dans une conférence de rédaction qu'il y avait trois choses qu'on ne pouvait pas faire dans la vie : avoir gain de cause contre l'administration des impôts, accrocher le regard d'un serveur de restaurant qui avait décidé de vous ignorer et être homosexuel dans un journal conservateur. Je n'avais jamais vu autant de confrères rire jaune en même temps autour de la table. Cela faisait pourtant dix ans, dix longues années, que j'essayais, non sans un certain succès de mon point de vue, de revoir le point numéro trois en travaillant au *Gaulois*.

Fleuron de la presse libérale, ce titre avait connu son heure de gloire dans les années quatre-vingt. L'arrivée de la gauche « aux affaires » (pour reprendre une expression qui prit tout son sens au fil du temps), fut une divine surprise pour les propriétaires de ce canard. D'un coup, *Le Gaulois* se voyait propulser au rang d'ultime rempart contre un régime qui installait des communistes dans la maison alors que les chars russes stationnaient à quatre heures à peine de Strasbourg.

Je me souvenais du rédacteur en chef du service politique, devenu depuis sénateur des Français de l'étranger, qui m'avait raconté son soulagement après avoir constaté, lors d'un déjeuner, que les hiérarques de la nouvelle présidence savaient se servir des couverts à poisson. Tout n'était donc pas perdu. A condition de sonner tous les jours le tocsin et de transformer les lecteurs du *Gaulois* en militants et ce journal, en organe institutionnel du parti de la reconquête.

Le quotidien se vendait dans ces thébaïdes de la résistance qu'étaient devenues Neuilly, Auteuil, Passy, Nice, La Baule… Très vite, les patrons-émigrés étaient revenus de Coblence, les hauts fonctionnaires grimés en Cadoudal et Pichegru avaient comploté, la contre-révolution s'était mise en marche. On allait voir ce qu'on allait voir. Grâce à cette guéguerre froide, la direction du journal pouvait, peinarde, sommeiller sous sa couette meringuée d'abonnements et faire l'économie des idées et du bon goût. Tout ce qui était étiqueté « de droite » devenait à la mode et s'arrachait aussi bien qu'un produit vintage chez Colette. Chaque essai sur les vertus du libéralisme et les vices de l'Etat trouvait immédiatement son public et son auteur, aussitôt qualifié de nouveau Tocqueville, était assuré d'une tournée triomphale dans nos chères provinces.

Epoque bénie dont certains journalistes gardaient encore le pieux souvenir. Deux ou trois tribunes écrites au burin et des centaines de milliers de Français pouvaient descendre dans la rue et défendre l'inégalité devant l'éducation, l'interdiction des syndicats, le rétablissement de l'esclavage au travail, l'ouverture obligatoire le dimanche de tous les poulaillers aux renards et la reconstruction de la Bastille. On vantait la rhétorique de n'importe quel braillard à la digestion un peu difficile. Et les travées de l'Assemblée nationale étaient squattées par des jeunes gens habiles, aux maxillaires saillants, tous habillés en Smalto, tous bataillant, bravement, jour et nuit, pour sauver les grandes fortunes. Un rêve reaganien ou thatchérien était passé...

Car, malheureusement, les meilleurs préjugés avaient une fin. Après s'être fait peur, le pays était retombé dans la douce torpeur ou dans la recherche du consensus, ce qui revenait à peu près au même. Il s'en était suivi une longue période de troisième voie, bonne pour les élites, mauvaise pour les citoyens et exécrable pour les lecteurs qui, nouveaux spartiates, se voyaient servir tous les matins non pas un grand bol d'informations avec ses fricassées de débats et de polémiques, mais un brouet tiède et indigeste.

Privé, depuis cette date, de son moteur à réactions, *Le Gaulois* n'avait retrouvé ni son lustre d'antan ni son niveau de diffusion, mais il demeurait une institution de notre presse nationale et ses avis étaient reçus avec respect par l'ensemble de la profession. Or, le plus important pour un journaliste était moins le satisfecit de ses lecteurs que l'opinion de ses confrères. Je soupçonnais même parfois certains directeurs de rédaction de rêver à un journal sans lecteurs. Avec un peu de patience, ils y parviendraient.

Lorsque j'étais enfant, je connaissais un patron de bistrot près de Nice. Chaque fois qu'un client se présentait, il arrachait un poulpe à sa tanière d'eau douce et le battait vigoureusement sur la pierre pour faire croire que, chez lui, on offrait du poisson frais. La pathétique et désespérante mésaventure de ce pauvre octopode martyr me paraissait être le destin symbolique qui attendait tous les sujets d'actualité traités par *Le Gaulois*.

Nous les journalistes étions à l'image du gargotier qui mentait sur la fraîcheur du poisson qu'il servait.

Chaque semaine, la centaine de milliers de lecteurs fidèles attendaient « leur » quotidien ou leur magazine, le feuilletaient, le critiquaient, le décortiquaient puis le passaient religieusement à un proche. Et ce, le plus souvent, sur la seule foi d'une couverture ou d'un titre, plus ou moins heureux, plus ou moins fidèle à l'article auquel il renvoyait en pages intérieures, c'est-à-dire plus ou moins racoleur, et qui servait à emballer un produit périmé avant d'être consommé.

L'activité qui consistait à alimenter un quotidien ou un hebdomadaire, bien que ne réclamant de l'esprit que peu d'efforts, était, de toutes les entreprises humaines, la plus dangereuse pour le système nerveux. Car il y avait une chose qui pendait au nez de tous les journalistes, c'était d'être, un jour ou l'autre, la proie d'une dépression. Il y a eu de véritables drames dans la presse. J'ai connu des chefs de service qui n'avaient pas écrit de papiers depuis dix ans et qui n'avaient jamais lu un seul livre : ils s'étaient, un beau matin, brusquement effondrés tels des génies surmenés. Mais ceci m'éloigne de mon propos initial.

Estimé et estimable, *Le Gaulois* se retrouvait en cale sèche et sa coque commençait par endroits à tomber en poussière. Les résultats annuels de diffusion venaient d'être connus et ils n'étaient pas fameux. La nouvelle formule, popularisée par le slogan « la liberté au quotidien » et imaginée par une boîte de pub italienne, avait fait un flop. Les « plus produits » associés à la vente – les meilleurs morceaux d'opérette, les plus belles capitales européennes, les recettes secrètes des plus grands chefs… – n'avaient provoqué chez nos acheteurs qu'un intérêt poli.

Cette affaire florissante qui augmentait mois après mois son endettement avait fini par attirer l'attention de ses créanciers. Les banquiers qui vous envoyaient un recommandé et la maréchaussée dès que votre compte passait dans le rouge et qui ignoraient ce que saint Augustin avait écrit sur l'usure, commençaient à s'impatienter. Aussi les propriétaires du journal avaient-ils procédé à un scénario bien rodé. Ils avaient sorti la bête comme le faisaient les maquignons les jours de foire. Entendez par là qu'ils avaient sollicité quelques acheteurs potentiels. Pas pour vendre le titre. Nooon. Juste « pour voir » comme dans un jeu et montrer aux créanciers que le ruminant efflanqué était toujours (potentiellement) un veau d'or.

D'habitude, la combine marchait. Le journal était magnifié, flatté, montré, il faisait son petit tour des places financières. Il y avait toujours un audit favorable pour être publié et un industriel, généralement de l'agroalimentaire, pour se dire intéressé, commander à son tour une expertise, puis se rétracter avant de partir en courant. L'ensemble de l'opération durait à peu près le temps que mettait du lait en bouteille à tourner. Et les propriétaires du *Gaulois* gagnaient ainsi une année. Les banques étaient rassurées. Mais, cette fois-ci, un industriel avait maintenu son offre, et quel industriel !

Le chroniqueur du temps qui passe se demande toujours si ses chers lecteurs sont au courant des tenants et aboutissants de ce qu'il raconte – c'est l'une des difficultés de ce beau métier. Aussi m'en vais-je vous brosser à grands traits le portrait de Charles Sabot.

Ce grand capitaine d'industrie avait hérité à soixante ans de son père, à la fois craint et moqué, qui avait fait fortune dans les pétroles de Kirkouk à Kashagan. La vie de Calouste Sabotian, un héros noir dans un monde de brut, se lisait comme un polar.

Surnommé le vice-roi de la Caspienne ou Monsieur Sept pour cent – le montant de la commission qu'il prenait sur tous les contrats –, il avait écumé dans les années trente tous les pays et essoré tous les régimes. Accueilli comme un bienfaiteur en France par l'administration des Finances du gouvernement du Front populaire, il avait largement arrosé après la guerre tous les partis politiques, du Mouvement marxiste-léniniste des paysans et travailleurs réunis au Front monarchiste pour l'identité française, avant de s'entremettre dans tous les contrats publics passés avec l'étranger. Les républiques passaient, Sabotian, devenu entre-temps Sabot, prospérait. Il avait racheté le prestigieux hôtel de La Polidor, une bâtisse choucroutée, construite en l'honneur d'une cocotte du Second Empire en haut des Champs-Elysées.

Dans un premier temps son fils, Charles, s'était contenté de mettre ses pas dans ceux de son richissime géniteur. Pas assez intelligent pour se lancer dans une nouvelle aventure industrielle mais assez malin pour garder les adjoints de son père et savoir tout ce qu'il pouvait tirer des affinités électives entre la politique et l'argent – ce qui était non seulement le cours le plus intérieur de la Ve République, mais aussi de tous les régimes précédents –, il avait payé rubis sur l'ongle des vacances de rêve à nos politiques aux quatre coins du globe, les études à l'étranger du petit dernier, la piscine de la maison de Gordes. Sabot avait su mêler habilement investissement et système relationnel.

Grand bénéficiaire des liens d'affaires aux marges du pouvoir, son groupe était une cascade de holdings financiers soigneusement contrôlés. Rendu célèbre par les raids lancés avec succès sur des entreprises sans rapport évident les unes avec les autres, Sabot n'avait de cesse de proclamer son souci de rendre nos vies plus confortables et plus pratiques ; plus invivables, quoi.

Vue de l'extérieur, l'existence de Charles Sabot pouvait apparaître formidable et luxuriante. Mais c'était une plaisanterie. En général, il s'emmerdait. Le problème n'était pas de savoir si l'argent rendait les riches pires que les autres. C'est qu'apparemment il ne leur permettait pas d'être mieux. Et quand on devait être mieux et qu'on ne l'était pas, eh bien, on était pire. C'était, pour Sabot, aussi simple que cela. Pour faire partager sa vision du monde qui se résumait à « Il faut que les riches soient de plus en plus riches et les pauvres de plus en plus pauvres », le multimilliardaire, qui n'avait rien publié de sa vie, pas même un prospectus, avait décidé d'investir dans *Le Gaulois*. Une curieuse idée pour quelqu'un à qui on reconnaissait au moins « du flair ».

Pourquoi ce manipulateur international du marché des valeurs (ainsi que d'aucuns le prétendaient jalousement) ou, comme des gens malintentionnés le qualifiaient, ce vieillard obtus, s'était-il entiché de ce journal ? Car non seulement il s'intéressait à ce titre mais à lire ses déclarations, il se prosternait devant lui avec la sincère innocence du mécène, proclamant la main sur le cœur sa volonté farouche d'être le maître d'œuvre de son redressement.

Et il était vrai que le premier quotidien national, comme il se définissait, un peu pompeusement, depuis qu'il avait fourgué pour des sommes ridicules des abonnements à tous les toiletteurs pour chiens de France et de Navarre, méritait bien un second souffle : ce qui signifiait pour parler un langage clair qu'il fallait donner aux journalistes non seulement de l'argent mais aussi le loisir d'en faire n'importe quoi. Ce milliardaire qui frappait humblement à la porte n'était-il pas le pigeon idéal ? Le plus curieux quand je me remémorais le début de cette histoire, c'était que je n'avais pas eu le moindre pressentiment en apprenant que Charles Sabot allait entrer dans le capital du *Gaulois*.

L'entrefilet dans *La Correspondance de la presse* qui annonçait les tractations avec le magnat financier était aussi discret et lapidaire qu'un faire-part de deuil. La hauteur de sa participation paraissait, certes, élevée au regard du vieil axiome financier : « petit actionnaire minoritaire, petit con ; grand actionnaire minoritaire, grand con », mais les propriétaires du *Gaulois*, une vieille famille nantaise de nantis, avaient tenu à nous rassurer par la voix de nos chefs.

« N'ayez crainte, nous avait dit, hier encore, notre directeur de la rédaction, tout se passera bien. » Noël Bradtout, c'était son nom, n'était pas seulement un pilier solide du journal ou le plus beau brushing de Paris (ce qui lui avait valu jadis le surnom de « notre envoyé permanenté »), c'était aussi un fanatique du parler creux. Il passait son temps à « faire remonter l'information », à « boucler une stratégie éditoriale », à s'assurer que vous étiez sur « la même longueur d'onde », à demander qu'on le « mette en copie ». Son système de management était une tyrannie arbitraire tempérée par une myriade de truismes inspirés, accumulés au cours de ses vingt années passées « sur le terrain », tel un maître zen égrenant ses adages pour nous guider vers le satori.

La phrase « tout se passera bien », n'était-ce pas ce que le chirurgien vous susurrait à l'oreille avant de passer sur le billard ? Un de mes confrères avait regardé Bradtout avec les grands yeux affolés du petit rongeur quand il voyait arriver les gars du labo. Il s'était hasardé à bafouiller :

— Mais, euh, il y connaît vraiment quelque chose à la presse ce Charles Sabot ?

Bradtout jugea la question incongrue. Il haussa les épaules. Incongrue peut-être mais pas absurde. Dans le monde de Sabot, il y avait des individus qui ne lisaient que très occasionnellement les journaux, et, qui, quand ils regardaient la télé, zappaient dès le générique. Ces militants de la non-information étaient rares. Leurs épouses étaient persuadées qu'en s'injectant dans la peau du fœtus d'opossum liquide, elles conserveraient leurs quarante-cinq ans. Aux Etats-Unis, leurs semblables ne sortaient de leur tanière que pour former le jury des grands procès et envoyer un innocent sur la chaise électrique.

Pourtant, je n'éprouvai pas à l'annonce de l'arrivée de Charles Sabot une vague angoisse. Rien. Aucun message de panique ne me traversa l'esprit à la façon de ces annonces de catastrophes qui défilent en boucle au bas de l'écran pendant que les personnages du feuilleton continuent imperturbablement leur bavardage sur le fils caché de Kevin ou la grossesse de Sally. Peut-être même m'étais-je laissé aller à un lâche soulagement. L'avenir financier du journal assuré, j'allais pouvoir me fondre un peu plus dans la masse des rédacteurs sans avoir à trop me préoccuper de mon avenir.

*

Mes compétences venaient de ce que j'étais un généraliste ou, plutôt, soyons honnête, un expert en rien. Je pouvais me vanter d'avoir traité des dossiers dans un nombre impressionnant de domaines, me rendant ainsi indispensable aux yeux d'un journal qui accordait plus d'importance à la forme qu'au fond. Je ne vous l'ai pas encore dit mais je possédais une planque formidable : j'étais chargé de dégoter des intellectuels pour alimenter les pages Débats du *Gaulois*. Une vraie sinécure. Vous doutez ? Depuis que tout le monde pensait la même chose, c'est bien simple, on n'avait jamais autant débattu. N'avez-vous jamais remarqué qu'il y a de moins en moins de sexe et de plus en plus de sexologues ; de moins en moins de politique et de plus en plus de politologues ? Les experts en exportologie abondaient et trustaient les médias.

Donc, on débattait. Nul besoin d'écrire ou de s'informer. Il suffisait juste d'un solide carnet d'adresses et de surveiller comme le lait sur le feu les travaux, les publications, les brèves de comptoir qui tombaient de la bouche de nos oracles. Ce n'étaient pas les études de philo que j'avais poursuivies qui m'avaient aidé à acquérir ce poste. C'était plutôt ma rapidité à trouver un économiste allemand pour parler de la puberté des cigales au Portugal ou un sociologue des religions pour évoquer la nouvelle grève des transporteurs routiers. Tous les patrons de presse en étaient convaincus : il n'y avait pas de bon traitement de l'actualité sans qu'un de nos clercs nous exposât sa vision du monde. Il fallait dé-ba-ttre. Et après ? Après rien.

Les intellectuels dûment labellisés comme tels passaient la moitié de leur temps à critiquer ce que croyaient les autres, et l'autre moitié à croire ce dont les autres se moquaient. Ah, si. J'oubliais l'essentiel. Après, nous vendions la tribune ou le débat publié à la presse audiovisuelle. C'était bien le diable si une des soixante chaînes du câble n'était pas volontaire pour « relayer l'info » comme ils disaient, c'est-à-dire boucher un trou dans leur grille du milieu de l'après-midi.

Le débat du jour venait de nous être servi tout chaud par les aventures d'un groupe de mormons bretons. J'ignorais, jusqu'à une date récente, que l'Eglise fondamentaliste des saints des derniers jours avait migré à l'ombre des dolmens. Il est vrai qu'il était plus facile de circuler sur la lande en charrette, dis-je avant d'entrer dans la salle de conférences. Buvard, le chef du service religion, la cinquantaine bien tassée (il en avait à peine quarante), les traits mous et un début de calvitie irrégulier, me foudroya du regard. Buvard était un rédacteur au talent modeste et à l'ambition démesurée. Il attendit donc que nous fussions tous assis pour me faire la leçon avec sa voix de craie grinçant sur un tableau noir :

— Ce sont les Amish, les anabaptistes qui circulent en charrette. Rien à voir avec les fondamentalistes mormons. Rien.

Et voilà, vous pouviez vous planter sur le nombre des demandeurs d'emploi ou des sous-marins nucléaires, rendre vos articles truffés de fautes d'orthographe, mais vous n'aviez pas le droit d'ignorer les « différences » subtiles entre les centaines d'églises évangéliques. Je fis semblant de me plonger dans un Nescafé boueux.

La mise au point de Buvard fut accueillie par un ricanement de satisfaction de la responsable du service Sciences, Jeanine, son épouse (nous autres journalistes nous ne nous contentions pas de baiser ensemble, il arrivait qu'on se marie). Le couple qui était les Thénardier du journal persécutait les stagiaires, surtout les blondes de plus d'un mètre soixante-dix-sept et à forte poitrine.

Les premiers temps, les mœurs de ces braves mormons avaient un peu intrigué les Finistériens. Fidèles à la polygamie, ils avaient eu dans l'idée de chercher leurs compagnes au village avec la même délicatesse que les Romains visitant les Sabines. « C'est notre culture, avait clamé Yannick Lecouédec. Vous devez respecter notre foi. » Et elle fut respectée. Quoi de plus charmant que des dizaines de bambins habillés comme à l'époque victorienne et courant sans trébucher dans les rues du village ? Le problème fut qu'un jour, une institutrice de l'école du village avait compris au détour d'une étude de textes que ces délicieux enfants n'avaient JAMAIS entendu parler de Zidane. Après une enquête poussée, elle se rendit compte également qu'ils n'avaient JAMAIS eu de jouet vidéo et n'avaient JAMAIS allumé une télévision.

Un doute assaillit alors les esprits échauffés : et si cette église aux dogmes un peu exotiques était une secte ?

— Qui est sur place ? demanda Noël Bradtout en ouvrant la conférence de rédaction.

— Nous envoyons ce matin un reporter des infos générales, murmura un des chefs de service, Perrier.

Perrier, des bajoues, des lunettes de presbyte et une belle bouée devant l'estomac que son vieux pull gris sans manches rendait encore plus visible. Perrier, trente années de bons et loyaux services. Perrier, coincé dans sa mansarde, un petit bureau placard à balais en haut du vieil escalier, qui s'en sortait tant bien que mal et à qui l'on avait attribué un non-poste. Rien que du bois mort en attente d'être débité par un DRH dont la main ne tremblerait pas.

— Ce qui signifie que nous n'aurons pas de papier pour la première édition.

— Comment se fait-il que nous n'ayons pas de correspondant sur place ? grinça Bradtout.

— Il y en avait un à Rennes qui a pris sa retraite l'année dernière. Nous ne l'avons pas remplacé.

— Tiens ? Et pourquoi donc je vous prie ?

— On subit des mesures d'économie, vraiment.

— J'aimerais que vous vous dispensiez un jour de tous ces « vraiment », répondit Bradtout. Ils n'ajoutent strictement rien au sens de vos phrases. J'aimerais aussi savoir, poursuivit-il sur le même ton, pourquoi personne n'a pris la décision de faire partir un journaliste plus tôt. Est-ce qu'il y en a un parmi vous qui peut me répondre ?

Personne n'allait lui répondre. Tout simplement parce que c'était lui le responsable. Lui qui voulait tout vérifier, tout signer, tout diriger, alors qu'il était injoignable, courait les émissions de radio, les débats, les déjeuners, les dîners et les plateaux télé.

— Bien, dit-il. Cela ne va pas nous empêcher de travailler. *Le Gaulois* ne peut pas être absent sur ce coup-là. J'ai demandé au service Sport une interview de Zidane, nous avons un reporter qui attend la réaction du ministre de l'Intérieur et nous allons faire un beau débat, n'est-ce pas Strada ?

Je sursautai et acquiesçai par automatisme. J'étais (presque) mon propre patron. Etre son propre patron revenait simplement à choisir quelle paire de chaussures vous alliez cirer tout en endossant les conneries de vos subalternes.

— Je pensais faire débattre Alain Finkielkraut et

Philippe Meirieu, le détracteur des « pédagogistes » et leur représentant le plus emblématique.

— Très bien. Heureusement qu'il y a ici des journalistes motivés, dit Bradtout dans un long soupir.

Il se leva. C'était le signal attendu par les chefs pour regagner leurs bureaux respectifs. Sitôt revenus, ils s'enfermaient en claquant la porte de leur bureau pour lire leur courrier et songer à leur déjeuner

*

De retour dans mon bureau, je jetai un coup d'œil sur mon répondeur dont l'icône clignotait insolemment, mais je ne pas pouvais me résoudre à écouter les messages. J'avais deux cent douze mails en attente, dont la moitié en spams, héritage de mes multiples incursions sur les sites de cul, voulant me vendre des vidéos pornos ou des génériques de Viagra. Le reste de mes messages provenait sûrement de communiqués de maisons d'édition partant bien sûr du principe que je n'avais rien d'autre à faire que de lire leur prose déprimante. Je m'occuperais de tout ça cet après-midi.

Pour le moment, je voulais déguster le satisfecit reçu en conférence. Je m'enfonçai dans mon fauteuil. Reflet de mon statut ambigu, il était confortable mais ne possédait pas d'accoudoirs. Une chope recouverte de cuir aux armoiries blanches et noires de Sciences-Po Aix était posée sur mon bureau et contenait des stylos et des crayons. La lumière pénétrait à travers de larges fenêtres et malgré le double vitrage, j'entendais le bruit de la circulation sur le boulevard Haussmann. Contre les murs solides s'alignaient d'antiques classeurs en métal récupérés dans les autres services, ainsi qu'une petite imprimante qui offrait à l'agent de la maintenance un boulot encore plus régulier que le mien.

La piétaille du journal – ceux qui allaient sur le terrain et non ceux qui éditorialisaient sur la nécessité de la compétition et de la prise de risque – avait été jetée dans un vaste espace, une espèce de no man's land où chaque bureau était installé de telle manière qu'il était impossible à son occupant de passer une journée sans s'exploser la rotule contre le coin d'un tiroir. Les architectes, les décorateurs et les coloristes chargés de rénover les locaux du *Gaulois* n'avaient pas éludé les difficultés. Ils s'étaient creusé les méninges pour rendre habitable à l'échelle humaine cette immense structure labyrinthique pour rats de laboratoire. Par exemple, les revêtements de mur et de sol variaient sensiblement d'un niveau à l'autre ainsi que la forme des cache-néons, des corniches en béton, les grilles d'aération et les coloris : pour le service Politique un bleu ciel vraiment céleste, pour l'Economie un vert pétant mais non pisseux, en Culture un rouge bordeaux et ainsi de suite.

Plus d'une fois, je m'étais arrêté pour réclamer à un des rédacteurs un avis ou un numéro de téléphone et je m'étais demandé si j'étais dans un journal ou dans une salle de change. C'était à ces moments-là que je me rappelais que je n'avais jamais vraiment essayé d'être journaliste. Je ne m'étais pas jeté à plat ventre en proclamant que l'information que je voulais soutirer était beaucoup plus importante à mes yeux que ma vie, ma mort, que tout l'univers et tout ce qui restait à découvrir. Mais je n'étais pas amer. Si j'avais appris une leçon dans la vie, c'était qu'il fallait attendre son heure, tout en sachant, bien sûr, que celle-ci ne viendrait peut-être pas.

Le comptable, Pierre Faye, m'appela pour me dire que le chèque qui couvrait mes notes de frais me serait peut-être envoyé la semaine prochaine. C'est ce qui me permettait de savoir qu'on était vendredi : Pierre Faye me contactait pour me donner de faux espoirs.

Bien que son bureau fût situé deux étages au-dessus du mien, je ne l'avais jamais rencontré mais il avait cette voix téléphonique moelleuse que les gens cultivaient pour contourner la vérité. Je l'imaginais mince et brun, un fin duvet sur ses phalanges.

— Votre facture est à la comptabilité, m'a-t-il expliqué, nous allons pouvoir procéder au paiement.

— Vous m'avez dit ça la semaine dernière, ai-je souligné.

Cette réflexion ne désarçonna pas le professionnel qu'il était. Il fallait bien justifier la raison pour laquelle l'administration chargée de la gestion du journal avait doublé ses effectifs quand, sur la même période, la rédaction avait, elle, diminué de moitié.

— La semaine dernière, c'était l'horreur, mon pauvre. Je ne vous raconte pas.

— Justement, si on dînait ensemble pour en parler ? Cela m'avait échappé.

— Je vous demande pardon ?

Il raccrocha et avec lui, l'espoir d'une rémunération prochaine s'évanouit. J'avais parfois tendance à me laisser emporter. Alors que je croyais faire la cour à un mec, il était déjà en train de porter plainte contre moi.

Bradtout entra dans mon bureau sans frapper comme à son habitude, c'était sa manière de montrer son pouvoir. Ça et piétiner en public la gueule de ses subordonnés.

Un chef de bureau ne songerait pas à insulter son laveur de carreaux. Le bonhomme risquerait de ramasser son seau et de partir nettoyer les carreaux de l'immeuble d'en face.

Les employés étaient traités conformément au degré d'orgueil qu'ils pouvaient se permettre de manifester, et cette loi des rapports sociaux faisait qu'on n'épargnait rien aux journalistes sinon le chevalet et la roue, parce que, dans le meilleur des cas, la moitié d'entre eux avaient été choisis pour leur inaptitude à trouver un emploi ailleurs.

La dureté des patrons de presse était probablement due à leur licence d'être désagréables en toute impunité. L'ego d'autrui était le mets le plus délicat, le caviar des rois, qui l'avait goûté une fois ne pouvait s'en passer. Pas plus tard que la veille, j'avais vu un syndicaliste exposer au directeur du *Gaulois* une longue doléance. Ce dernier venait de congédier une pigiste que nous avions envoyée en Irak comme correspondante de guerre au mépris de toutes les conventions de la presse. « Que voulez-vous, avait-il soupiré en remontant sa mèche qui, à plus de cinquante ans, continuait de lui pendre sur le front, nous ne sommes pas le Samu social. »

— Strada, nous allons changer notre fusil d'épaule. Laisse tomber tes deux intellos, nous aurons toujours le temps de les faire débattre. Ils seront trop contents d'accepter. J'ai reçu un appel, il y a dix minutes, de la place Beauvau. Nicolas Sarkozy veut s'exprimer sur les événements de Plounévez-Lochrist. Il nous propose un entretien qui doit paraître demain. Cela va doper nos ventes du samedi, elles en ont bien besoin. Et pour une fois qu'il ne choisit pas *Le Monde* pour délivrer le fond de sa pensée…

— Bien, mais je fais quoi ?

— Toi ? Il faudrait que tu remanies l'entretien qu'il nous accorde. Nous avons déjà envoyé les questions par mail et Laure Duparc a été chargée d'aller recueillir les réponses au ministère. Le ministre l'aime bien. Pas plus tard qu'avant-hier soir, il m'a dit qu'elle ferait une excellente chef de service politique. L'élection présidentielle approche…

Bradtout me dit ça en se frottant les mains comme s'il était sur le point de conclure une bonne affaire, par exemple refourguer au prix de vente son Audi.

— Mais mes collègues de la politique risquent d'en prendre ombrage si je réécris l'entretien, non ? objectai-je.

— Permets donc, Strada, que je me juche sur le

toit de mon objectivité pour n'y crier que cette indiscutable vérité : je me fous de tes collègues, ce sont des nuls.

Ce que j'ignorais était que le ministre avait coutume de s'adresser directement à eux en court-circuitant la hiérarchie du journal. C'était sa méthode à lui : faire peur aux directeurs et flatter les fantassins des journaux, les rubricards (et pas seulement la brune et jolie Laure Duparc), en les enserrant dans un tissu de fausse complicité. C'était habile même si Bradtout en avait pris ombrage...

Avant de partir, celui-ci avisa *A l'ombre des jeunes filles en fleurs* et *Sodome et Gomorrhe* sur une de mes étagères. Il me confia avoir « relu tout Proust » durant ces dernières vacances puis il me dit d'un air à la fois pénétré et complice avant de tourner les talons :

— Tu sais Strada, il me semble tout de même que je suis beaucoup plus équilibré que Proust.

Cela me prit toute une journée de rédiger cette tribune. Je ne m'étais pas arrêté, à part dix minutes pour aller acheter chez Food Fusion un sandwich crevettes-avocat, que j'avais grignoté à mon bureau tout en continuant d'écrire. J'avais du retard à rattraper non pas avec le bouclage, mais avec ma conscience que, de temps en temps, je me décidais à choyer. C'était énervant une conscience mais c'était aussi chaud et doux à caresser, à regarder grandir...

Je terminai mon pensum vers les huit heures du soir. J'hésitai une nanoseconde puis cliquai sur la souris et envoyai le texte à la correction, première étape avant la publication. Les dés roulaient désormais.

Après avoir rangé ma documentation en l'entassant sur une étagère branlante, je sortis du journal sans croiser un collaborateur, à l'exception d'une poignée d'ouvriers du Livre qui débouchaient quelques bouteilles dans la salle du comité. Ils étaient venus fêter leurs primes pour avoir empêché la diffusion le matin même du journal concurrent.

L'un d'eux, employé comme secrétaire de rédaction, me fit un grand signe. Je m'approchai croyant qu'une anomalie avait été relevée dans mon texte. Il me tendit un verre de whisky et s'en remplit un qu'il vida comme s'il s'agissait d'un lait fraise.

— Eh bien, Benjamin Strada, viens trinquer avec nous. Fais pas ta star. Quand est-ce que tu deviens rédacteur en chef qu'on s'amuse un peu ?

— J'y travaille ferme, répondis-je d'un ton las, feignant d'ignorer ce qu'il pouvait y avoir de blessant dans ses propos.

— Alors, t'en penses quoi, toi, du rachat du journal par Sabot ?

— Attendons de voir les décisions qu'il va prendre, dis-je prudemment.

— Ça risque d'être un peu plus dur pour des gens comme toi, non ? Remarque, tu peux pas tout avoir, t'as déjà de la chance par rapport à nous…

— C'est-à-dire ? demandai-je alors que j'avais parfaitement compris où il voulait en venir.

— Ben tu vois là, par exemple, tu peux sortir et te

taper quelqu'un quand ça te chante, n'importe quand ou n'importe où. Tu t'essuies la queue et après tu reprends ta vie d'avant comme si de rien n'était. Tandis que nous, c'est pas possible. Faut d'abord sortir le grand jeu à la nana, cinéma, sorties, resto et t'es même pas sûr de te la faire le premier soir pour peu qu'elle lise des magazines de gonzesses. Et puis même, quand tu te la fais, c'est précisément là que les emmerdes commencent... Alors que toi, tu peux baiser sans conséquence, et tu sais quoi ? Je t'envie. Enfin, presque, parce que le nouveau propriétaire, je ne sais pas si tu sais, mais les homos, ça n'a pas l'air d'être trop son truc.

Je haussai les épaules en souriant, le remerciai pour son verre et souhaitai à cette joyeuse troupe un excellent week-end devant Michel Drucker. Dans mon for intérieur, à dire vrai, j'étais plutôt flatté qu'il suppose que je pouvais me taper qui je voulais à n'importe quel moment. Pour le reste, je savais bien qu'il existait encore quelques poches de résistance à la culture gay. Qu'il y avait des individus qui ignoraient tout des soirées mousse ou des afters à Berlin, des gens qui n'avaient jamais fredonné des airs de comédie musicale américaine ni lu *Albertine disparue*. Heureusement, il y avait longtemps que cette question n'en était plus une pour nos actuels dirigeants qui manquaient rarement dans un dîner de ponctuer leurs panoramas de la vie intellectuelle par un « J'ai un très bon ami homo qui... ».

*

De retour à la maison, je vis qu'Ugo s'était endormi tout habillé, la bouche entrouverte et tordue comme un piège disposé en hâte, et dans lequel je ne tomberais plus. Chacun de ses mouvements s'accompagnait de l'émission d'un puissant jet d'air comme si une machine à vapeur se cachait dans ses poumons. Il errait à travers des pays où j'avais cessé d'être admis. Je soupirai et secouai la tête, non pas avec affection, mais simplement parce que le spectacle l'exigeait.

Tout en me faisant un sandwich au pastrami, je songeai combien il était facile de tromper non seulement les autres, mais aussi soi-même. En l'occurrence, pendant ces trois années où j'avais traîné Ugo partout, j'avais bien refusé de voir à quel point je devais être… Quoi ? déplacé ? ridicule ? grotesque ? Enfin, carrément baroque aux yeux de tout le monde. A commencer par mes proches : les regards qu'ils me jetaient parfois – des regards de franche perplexité, sinon de totale suspicion. Même les plus intimes se faisaient un devoir de Ne Faire Aucun Commentaire alors qu'ils savaient TOUS que j'avais la sottise de croire qu'un accouplement avec un garçon de quinze ans mon cadet prolongerait le bail de ma vie… C'est vrai que je faisais plus jeune que mon âge, le problème était que lui aussi. Et je savais très bien – fallait-il me le rappeler ? – que j'avais vu *Starsky et Hutch* au temps où la série passait en prime time. Mais j'avais essayé de déformer la vérité, de la remodeler comme ces ballons que les forains trituraient pour en faire des animaux.

Toutes ces réflexions n'avaient qu'un but : me donner bonne conscience pour sortir et baiser à couilles rabattues. Parvenu au bout du couloir, je pouvais encore entendre la respiration sifflante de mon futur ex. Car cette fois, il n'y avait pas de rabibochage possible même après une baise d'enfer. Fini, n, i, ni. Fini et aucun regret. Fini juste à temps, avant que ça devienne trop moche. Fini.

Fini et au fond, n'était-ce pas ce que nous souhaitions tous, être libres ? C'était de la nature de la liberté de s'affranchir de tout lien terrestre, à en croire le Dalaï Lama. J'avais appris ça en lisant le verso d'une boîte de thé au ginseng. La majeure partie de mon savoir en matière de bouddhisme provenait des boîtes de thé de chez Mariage Frères.

Donc, pensais-je dans l'ascenseur, je devais bien pouvoir trouver certains avantages à cette nouvelle situation. Plus besoin de me prosterner devant un névrosé qui se roulait par terre si, par malheur, on déplaçait d'un demi-centimètre un quelconque objet chromé sur la fameuse table basse. Notre relation avait explosé en plein vol, s'éparpillant en mille miettes à travers la campagne ? Inutile de fouiller parmi les débris dans l'espoir d'y trouver la boîte noire.

En arrivant dans l'entrée de l'immeuble, je pris conscience qu'elle n'empestait plus l'urine canine. Cette absence de puanteur était pour moi une sorte d'épiphanie olfactive, et un effort de mémoire me permit de l'attribuer à la disparition du chien de madame Tretmann. Cette fragile vieille dame était ma voisine du dessous depuis des années et je l'aidais, ou plutôt je l'avais aidée de temps en temps à porter ses courses, des services de ce genre, jusqu'au jour où son carlin était venu pisser sur le paillasson de mon appartement qu'Ugo avait préempté. Il avait vu là une agression caractérisée à laquelle il fallait répondre avec la plus extrême dureté. Vous connaissez déjà l'épilogue de cette ténébreuse affaire si vous avez suivi.

Pour se venger du syndic, un locataire pervers avait fait lire à notre gardienne *L'Elégance du hérisson*. Irène – c'était son doux nom – interrompit à mon passage les voltes savonneuses de sa serpillière et de son seau en zinc pour discourir non pas sur l'importance de l'injustice en général, les vicissitudes des transports en commun et le gonflement des jambes en particulier, mais sur la dernière exposition de Damien Hirst à Amsterdam. Je l'écoutais sérieusement en hochant la tête et en mesurant mes pas pour ne pas glisser et m'éclater le crâne sur le marbre.

Dehors, il faisait encore chaud. Le soleil se couchait et les rues grouillaient d'apprentis vampires pressés de rentrer chez eux pour poursuivre leur journée de travail dans leurs deux pièces avec cuisine à l'américaine. Pas question de ronfler dans les cercueils avec la néo-post-économie.

Je faisais quelques pas vers la place des Victoires. Façades hautaines, fenêtres obscures, pas un magasin

– hormis des boutiques de fringues – ni un restaurant, mon quartier était un musée qui ne tolérait les visiteurs que de mauvais gré. Les flics y paradaient. Non pas qu'il y eût quelque danger : la seule criminalité à recenser par ici était en col blanc. Les flics se contentaient de jouer les flics, en bombant le cul comme font les flics pour bien mettre en évidence leurs menottes et leurs revolvers. Ils écartaient les coudes et roulaient des épaulettes, comme des flics, quoi. Une fois la patrouille partie, la place s'étendait, déserte, sous les étoiles, à l'exception d'un taxi. Je contournai le véhicule et, à la place du conducteur, un homme grisonnant qui dormait. Je cognai du bout des doigts à la portière. L'homme se redressa brusquement en ouvrant les yeux grands comme des cuvettes de chiottes, comme si ma vision formait la continuation d'un rêve ou plutôt d'un cauchemar. Il baissa sa vitre et aboya :

— Mais qu'est-ce qui ne va pas chez vous ? Hein ? Qu'est-ce qui ne va pas ?

Un truc qui brille

« La sincérité, c'est bien à l'égard de soi-même. A l'égard des autres, c'est sans intérêt. »

PAUL LÉAUTAUD.

Le lendemain matin, je me réveillais avec un mal de tête atroce comme si on venait de m'empaler le cerveau sur un pieu métallique. Trop de choses à penser ou à oublier, ce qui revenait au même. Mon premier réflexe confus avant que la réalité ne reprenne le dessus fut de caresser Ugo étendu là à mes côtés. Baiser m'a toujours allégé la tête. Voilà pourquoi j'ai du mal à comprendre ceux qui vous éconduisent en prétextant : « Non. Pas ce soir. J'ai la migraine... » Je le caressais donc et, aussitôt, une pulsion chimique traversa mon corps à la vitesse de la lumière de mon cerveau (aïe) jusqu'à mon entrejambe. Je le caressais mais ce corps roulé dans la couette me paraissait de moins en moins familier. Je tentais de le pousser d'abord doucement du bout de l'orteil puis plus vigoureusement du talon. La forme allongée grogna et ne bougea pas. Ugo aurait déjà réagi en me fracassant le crâne avec la lampe de chevet.

Je craignis d'être dans un de ces polars américains où le héros se retrouve après une nuit de débauche avec un cadavre à ses côtés. Je fis un effort surhumain pour ouvrir tout grands mes yeux gonflés et là, je m'aperçus que non seulement je n'étais pas dans de beaux draps mais qu'en plus, ce n'étaient pas les miens. L'idée saugrenue me vint de me rendormir ce jour-là et tous les jours à venir jusqu'à ce que retentisse la trompette du Jugement dernier et que les cadavres marinés au ventre blanchi se relèvent de la saumure pour être pesés dans la balance avec les autres âmes consommables. Si vous demandiez quels furieux mélanges j'avais ingurgités, je vous répondrais que je n'avais toujours pas digéré les pages de Proust qu'Ugo m'avait forcé à avaler la veille.

Debout les morts ! Je me redressai avec une énergie aussi soudaine que surjouée. Après une chasse à travers la chambre, je parvins à récupérer la totalité de mes vêtements moins une chaussette. Tant pis, je ferais sans. Je me dirigeai aussi vite que possible et avec autant de dignité que l'exigeait la situation vers la porte de sortie. Et, bien sûr, je m'explosai l'orteil contre le seul meuble de la pièce. Je m'obligeai à réciter une dizaine de mantras – une technique apprise lors de mon engagement pour la cause tibétaine l'été dernier – et, à force de concentration, ma douleur s'épanouit dans tout le pied. Dans le couloir, un homme surgit alerté par le bruit. Tout frais sorti de sa toilette, juste vêtu d'un Calvin Klein immaculé, il séchait sa tignasse noire et bouclée vigoureusement.

— Tu pars déjà ? C'est vrai qu'il est trois heures de l'après-midi.

Il se pencha vers moi et je sentis un de ces parfums sucrés en vente dans les aérogares. C'est fou combien une mauvaise eau de toilette pouvait vous ruiner une image patiemment construite.

— Après tes exploits, tu t'es endormi un peu vite, poursuivit-il. Si tu veux qu'on remette ça un jour, c'est quand tu veux. T'es sympa. Bien foutu. T'es différent des autres mecs que mon copain et moi, on rencontre dans les bordels. On ne risque rien avec toi. C'est évident que tu n'es pas intéressé par une relation suivie. T'es pas du genre à t'installer avec quelqu'un.

Son ton était presque joyeux, j'imaginais que je devais prendre ses propos comme une sorte de compliment.

Il m'observa et me demanda en s'efforçant de faire paraître tout à coup sa voix plus masculine.

— Est-ce que je peux t'offrir quelque chose avant de partir ?

Son allusion était assez minable, mais flatteuse pour un ego fragile.

— Non, merci. Tout va bien, dis-je.

— Allez, t'es vraiment sûr ?

— A moins que notre langue ait changé en vingt-quatre heures, répondis-je, le mot « non » veut généralement dire « non ».

Ses grands cils battaient avec une sincérité résolue, un peu comme Bambi quand il veut convaincre les chasseurs de ne pas buter sa mère. Comme s'il n'avait pas entendu ma réponse, il sourit, m'attrapa le poignet et me tira vers la salle de bains. Je redécouvris sa force mais aussi la tortue maorie qui lui tatouait le bas du dos.

Je le baisai en essayant de me concentrer sur le bruit sourd que faisait la tuyauterie et lorsqu'il jouit enfin, ce fut en pinçant les lèvres. J'accompagnai le mouvement et presque aussitôt, j'éprouvai le regret de ne pas avoir assisté la veille à un long concert de Berlioz, à une pièce de Kleist ou de Peter Handke. Bref, à l'un de ces événements culturels un peu ardus qui sont l'équivalent d'un long passage d'*A l'ombre des jeunes filles en fleurs* et qui m'auraient remémoré que je devrais être en pleine convalescence affective. Je me rhabillai une deuxième fois non sans pousser de profonds soupirs qu'il interpréta comme des regrets alors qu'il ne s'agissait que d'une grossière exaspération.

— Je dois y aller, dis-je.

— Prends soin de toi, me répondit-il.

C'était un peu saugrenu venant d'une personne qui avait ouvert de grands yeux quand je lui avais demandé de me passer une capote, mais la cohérence des hommes est un mystère, au même titre que l'engouement pour les cafés Costes ou l'érection de ces grosses têtes sur l'île de Pâques.

*

En sortant des Halles, j'entendis hurler « police, police » et retentir quelques détonations, puis, surgissant du coin de la rue, un jeune Black s'affaissa sur le trottoir, en se tenant la cuisse gauche d'un air légèrement agacé comme s'il avait une crampe.

Une dizaine de policiers s'empressèrent de former autour de lui une cage humaine.

Souvenir du temps où je me croyais encore journaliste ? Je m'approchai du groupe par curiosité. Une policière à queue de cheval qui devait peser dans les cinquante kilos s'interposa et me repoussa du plat de la main.

— Tu veux quoi, là ? aboya-t-elle comme une héroïne lesbienne de Virginie Despentes.

— Euh, rien, je me demandais juste si vous…

— Ben tu te demandes rien, tu circules. Tu dégages… Tu traces. On est occupés, si on a besoin on te fait signe.

— Pardon mais… n'êtes-vous pas en train de me tutoyer ?

— Eh bien… ouais. Et alors ? continua-t-elle sur le même ton tandis que résonnaient derrière elle des chocs sourds.

Elle n'avait pas la moindre espèce de honte et de repentir. C'était comme si je lui avais demandé si elle avait l'intention de continuer à laisser son sang circuler dans son organisme et à faire entrer l'air dans ses poumons.

Je poursuivis mon chemin vers la rue Marie-Stuart,

pressé de regagner ce havre de paix qu'est le quartier Montorgueil. Je me dis en marchant que ça aurait pu être dangereux, mais je m'en moquais. Aux Halles, on est bien obligé d'enjamber ce que la rue place sur votre chemin.

Je me dis aussi qu'il fallait terminer ou commencer ce week-end dignement. J'allai chez Florian qui habitait un coquet souplex (30 m^2 en rez-de-chaussée, le double en sous-sol), acheté à prix d'or à Rainbow Flat. Sa nuque rasée, sa boucle d'oreille et ses tatouages auraient pu, quarante ans plus tôt, le faire passer pour un révolté, un marginal, mais aujourd'hui quel inspecteur des Finances n'a pas les seins et la bite percés ?

Nous avons sniffé pour deux cents euros de « coke » et nous avons bien plané pendant… allez, je dirais : « cinq ou sept minutes », c'était peut-être de la craie finalement.

Florian était administrateur au Sénat. La plupart de ses collègues étaient gays et aigris. Le charme des endives, c'est leur amertume. En théorie, il assistait nos vieux parlementaires, mais je n'avais jamais compris ce qu'il faisait vraiment : rédigeait-il des amendements et des rapports destinés à suivre un classement vertical ou tendait-il à ses vieux édiles un bassin lorsque la nécessité s'en faisait sentir, ou les deux à la fois ? Toujours était-il que l'argent devait tomber tous les mois.

Il sortit ses trésors qu'il avait « empruntés » à la bibliothèque Médicis du Sénat : des inédits de cet excentrique de baron Corvo. Il s'agissait de trois nouvelles dont l'une se déroulait en plein Quattrocento. L'histoire tragique et douloureuse d'un ragazzo amoureux du jeune cardinal Riario, neveu et amant de Sixte IV, balancé un soir dans les eaux du Tibre. De la littérature pour homos honteux des années soixante-dix. Il m'en avait fait une photocopie et m'obligea à la lire. L'ennui dans sa grande pureté chimique.

Je hochai la tête.

— Vraiment très intéressant.

Puis Florian évoqua sa carrière littéraire, éreintant tel ou tel critique, tel ou tel collègue jaloux qu'il soupçonnait d'avoir voté pour l'attribution de je ne savais quel prix. C'était un peu fatigant parce que je n'avais jamais entendu parler de ces gens et qu'il les mentionnait comme si tout le monde les connaissait.

— Peut-être que d'ici quinze ou vingt ans, les gens comprendront mon projet. Mais pas si ces connards sont encore là, Benjamin. Du coup, j'ai décidé d'écrire pour eux. Je me fais publier à La Table Ronde puis chez De Fallois et, dans deux ans, je décroche un des prix de la Fondation de France.

— Et tu veux leur raconter quoi ?

Il m'expliqua qu'il écrivait un roman total pour dénoncer la montée de l'islamisme et la décomposition de la langue française. L'explosion de notre belle syntaxe et la libanisation de notre société. Les deux s'alimentant mutuellement, selon lui, et nous entraînant dans une course folle vers l'abîme. Je lui dis que le sujet avait été abordé dans des termes approchants par l'éditeur Richard Millet dont on faisait grand cas aux « Lettres gauloises », le supplément littéraire de mon journal.

— Tu m'as mal compris. Je veux bien être « tradi » mais pas taxidermiste. Mon livre sera un roman sans personnage principal ! protesta-t-il. Tu comprends ? La composition, les recoupements, une ligne narrative mais pas de protagoniste, pas de héros traversant toute l'histoire. Rien. L'individu, aujourd'hui, ce n'est plus le sujet. Face à la montée des périls, il nous faut penser col-lec-tif.

— Vraiment très intéressant, répétai-je d'une voix fatiguée.

Mais j'étais bien en peine de poursuivre le dialogue parce que j'étais trop occupé à contrôler les grincements de ma mâchoire.

— Et toi ? finit-il par me demander comme s'il venait vraiment de s'apercevoir de ma présence. Toujours au *Gaulois* ? Ça devrait bientôt bouger pour toi, non ?

— Tu parles de quoi ? Du rachat du titre ou de l'élection présidentielle qui commence à se profiler ?

— Eh bien, les deux sont liés, il me semble, à moins de nier l'évidence et de considérer que la Terre est plate...

— De quoi tu me parles ?

— Rien, je plaisante... Enfin, presque, j'ai dû faire une note à mes parlementaires sur ce sujet. Tu sais qu'il existe un lobbying actif – la très sérieuse Flat Earth Society – qui défend cette idée.

— Une idée ? C'est un gag, oui. Tu te fous de moi.

(Je fis semblant de regarder tout autour de la pièce.) Elle est où la caméra cachée ?

— Nulle part. Et je suis sérieux. The Flat Earth Society fondée il y a cinquante ans par l'Anglais Samuel Schenton, commença-t-il à pérorer, appuie ses travaux sur la Bible.

Florian se leva et chassa son chat obèse qui avait élu domicile sur une pile de dossiers. Il fouilla dans l'un d'eux et brandit triomphalement un papier avec l'en-tête du Sénat.

— Il faut que tu saches que dans les Livres saints, on parle en permanence des extrémités de la Terre, présentée comme une surface plate. Par exemple dans le livre de Job, il y a cette image que j'aime bien où Dieu saisit ces extrémités afin « qu'en soient secoués les méchants » (Jb 38, 13). Tu imagines ? Le Tout-Puissant faisant le ménage en secouant la carpette terrestre pour enlever les poussières que nous sommes ?

— Marrant.

— Marrant ? Fascinant serait un mot plus juste. Ecoute aussi l'évangile selon saint Matthieu. Il est écrit que : « Le Diable emmena le Christ encore sur une montagne extraordinairement haute et lui montra tous les royaumes du monde et leur gloire… » (Mt 4, 8). Cela est bien entendu impossible avec un globe terrestre, tu en conviendras.

— Florian, il faudrait que ta dope soit meilleure pour que je trouve ça vraiment drôle. Ils sniffent quoi les types qui écrivent ces conneries ?

— Rien. Ils sont sérieux.

— Et ils ne se sont jamais demandé pourquoi en bateau ils ne tombaient pas en battant des bras dans le vide sidéral après avoir traversé l'océan Pacifique comme dans un bon vieux Tex Avery ?

— Non. Parce qu'ils te répondraient que la Terre a la forme d'un disque avec, au centre, le pôle Nord, et les continents groupés autour de lui sauf l'Antarctique qui correspondrait en fait à la circonférence du disque. Personne n'est jamais tombé du disque car personne n'a jamais pu traverser l'Antarctique. CQFD. Voilà pourquoi la Terre est plate comme une tartine de pesto.

— Et les images prises par les satellites ?

— De vulgaires trucages. Pour les astronautes il y a quelques années on a justement révélé que Neil Armstrong n'a jamais posé le pied sur la Lune, on a aussi prouvé que les photos étaient truquées. Une petite recherche sur Google et tu auras plein de liens…

— Je n'ose imaginer ce qu'ils pensent de Darwin…

— C'est une question que j'ai traitée l'année dernière. Des écoles libres sous contrat avec l'Etat voulaient enseigner que Dieu avait créé l'homme il y a dix mille ans à notre image. Je sais, cela peut faire rire. Mais après tout, quel mal font-ils tous ces illuminés ? Ils ne posent pas des bombes, eux, ils ne traversent pas les gratte-ciel avec des avions, eux, ils ne déclarent pas la guerre à la planète entière, eux. Je dirais même qu'ils apportent presque un peu de poésie et de fantaisie à une époque qui en manque cruellement. A propos de poésie, il me reste encore un peu de coke.

— Je n'avais pas vu ça sous cet angle mais tu as peut-être raison, concédai-je.

Florian s'appliqua à faire deux lignes parfaitement égales. Je ne sentis rien du tout. Peut-être que j'en avais trop sniffé et que ça ne me faisait plus d'effet.

— On n'en prend jamais assez ! s'écria Florian quand je lui fis part de mon désarroi existentiel.

— Oui, mais quand ça t'attaque le nez ?

— Légende urbaine. Tu as lu des études scientifiques sur le sujet toi ? Moi, non. Il faudrait en prendre des kilos. De toutes les manières, au premier symptôme, je me fais plaquer les cloisons des narines avec des parois en or massif.

Ainsi dopé, je remontai la rue Marie-Stuart en chantant à tue-tête : « When your day is done/And your wanna run/Cocaine/She dont lie/She dont lie/She dont lie/Cocaine ! »

En rentrant chez moi, je m'attendais à trouver Ugo affalé devant la télévision, une canette de Red Bull light à portée de main. Je me préparais à afficher un air ennuyé et à trouver une excuse. « Nous avons bouclé très très tard au journal. J'avais oublié mes clés et j'ai préféré ne pas te réveiller et aller dormir chez… » Sauf que la porte était fermée et qu'il n'y avait pas de traces d'Ugo.

Je contemplai la pièce, incrédule. La table basse avait disparu. Des chaises aussi et un sofa. Je me rappelai vaguement que madame Tretmann avait été cambriolée quelques semaines auparavant. Apparemment dans le quartier Montorgueil, on constatait une recrudescence de vols, ces derniers temps. On avait presque tout embarqué chez cette malheureuse femme, y compris le panier et la gamelle de son chien. Je filai dans la chambre et ouvris les placards. Mes vêtements étaient encore là. Ma collection de Fred Perry et mes costumes Kenzo – ouf –, mais… les débardeurs men 4 men d'Ugo avaient disparu. Curieux cambrioleur. Qui irait voler des tee-shirts fabriqués en Inde et laisserait des vêtements coûteux manufacturés en Chine ?

Le déclic fut long, mais je finis par me précipiter dans le bureau. L'ordinateur et les affaires d'Ugo s'étaient envolés mais sur mon ordinateur une lettre avait été posée.

> *Cher Benjamin,*
> *Je pense que tu auras compris en lisant cette lettre que j'ai déménagé. La décision a été douloureuse à prendre, j'ai beaucoup réfléchi mais je crois qu'il faut se comporter en adulte dans ces situations-là. Mon problème est que je t'aime trop. J'ai l'impression de ne jamais être à la hauteur de notre relation. Du coup, cela me rend agressif à ton égard. Nous nous sommes beaucoup apporté mutuellement durant ces années. J'ai gardé le portable, la clé USB Louis Vuitton, l'iPad, la cafetière Nespresso customisée par Starck et quelques objets du même ordre qui, de toute façon, ne devraient pas te servir à grand-chose. Voilà. Essaie de vite*

remonter la pente, cela nous permettrait de demeurer de bons amis.

Je t'embrasse.

Ugo

Est-ce que je ne me sentais pas idiot à présent ? Est-ce que je n'avais pas remarqué, avant d'apprendre qu'il voulait prendre « du recul », qu'il sortait de plus en plus en boîte ? Qu'il ne rentrait jamais avant le petit matin ? Qu'il multipliait les séances de musculation à la salle de sport ? Que ses jeans étaient de moins en moins baggy et lui moulaient de plus en plus les fesses ?

Est-ce qu'il ne m'avait pas semblé sentir l'odeur de quelqu'un sur lui et est-ce que je n'avais pas tout simplement décidé qu'il ne se lavait pas exprès pour ressembler davantage à Brad Pitt ? Est-ce que je ne l'avais pas cru quand il était revenu à la maison avec une coupe mili et qu'il m'avait affirmé combien c'était pratique d'avoir les cheveux rasés parce qu'on n'avait pas à les sécher en sortant de la gym ?

OK. Nous n'avions pas baisé depuis un bon moment, mais des tas de couples traversaient des périodes difficiles et j'avais essayé de pimenter un peu notre vie sexuelle. J'étais allé jusqu'à porter un tee-shirt en latex qui, lorsque je l'avais retiré, m'avait épilé les pecs pour n'avoir pas mis assez de talc.

OK. J'avais eu une ou deux petites histoires à côté et, pour être honnête, je m'étais même demandé si ça n'aurait pas pu devenir de grandes histoires. Est-ce que je n'avais pas cru être super cool, à m'absenter de mon travail dans la journée pour m'envoyer en l'air, vite fait, avec un mec contacté sur Internet sans qu'il s'en aperçoive ? Eh oui, devinez lequel était aveugle. Dans mon esprit, j'imaginais que notre histoire avait atteint le stade où elle allait s'éteindre tranquillement dans son sommeil. Après tout, nous avions parcouru le chemin habituel, empoignades passionnées dans les salles de cinéma au début, plateaux télé par la suite.

Ces deux derniers mois, j'imaginais être parvenu à garder deux casseroles sur le feu : une à la maison et une au-dehors, à qui je faisais la révision générale à chaque fois qu'Ugo allait visiter sa famille à Pontault-Combault. Il s'appelait Eric ou Olivier, un nom comme ça, mesurait 1,75 mètre ou 1,85 mètre, mais pas plus.

J'éprouvais pour lui un mélange d'attirance et de jalousie. C'est bien connu, l'amant d'hier est le rival de demain. Pourtant pas un prix de Diane à proprement parler, pas de quoi bloquer la circulation, mais toujours prêt à rendre service quand j'avais devant moi une heure à tuer. Mais depuis la semaine dernière, enfin depuis quarante-huit heures, je m'étais indubitablement assagi. J'avais changé tandis qu'Ugo était demeuré exactement le garçon qu'il avait toujours été. Gentil, si vous le preniez dans le bon sens, mais orgueilleux et paresseux, et sous la coupe de celui qui le flattait en dernier.

Et puis comment renoncer à toutes ces aventures sexuelles ? Comment s'y résoudre ? Un jour, je serai un vieil homme aux cheveux gris, confronté à l'imminence de la mort. Je me rappellerai alors l'homme plus jeune que j'avais été et me dirai sans doute : Comment as-tu pu y renoncer ? Te priver de l'occasion de te satisfaire avec un super coup parce que tu te sentais coupable ? Après tout, est-ce que les lions se sentent coupables ? Mmh ? Les tigres ? Non bien sûr ! Alors pourquoi moi ? Je suis un mâle, un mâle de l'espèce. Un mâle homosexuel, certes, mais jusqu'à nouvel ordre les homosexuels descendent bien des hétérosexuels, non ?

Je décidai de passer quelques coups de téléphone. Comme souvent en pareil cas, je découvris qu'en dépit de l'affection sans bornes qu'ils me portaient, mes amis ne laissaient pas de trouver ma déconfiture des plus amusantes. Ils éternisaient la discussion moins pour me « remonter le moral » que pour apprendre quelques détails bien sordides, ou me donner des nouvelles d'Ugo. Coup de téléphone typique.

— Salut Benjamin, comment vas-tu ?

— Ça va.

— Ugo s'est vraiment conduit comme un salaud avec toi.

— Oui mais bon, c'est déjà de l'histoire ancienne.

— Il a vraiment de la chance que tu ne sois pas rancunier. Il n'a pas le droit de te traîner dans la boue après tout ce que tu as fait pour lui. Tu l'as quand même porté à bout de bras, logé, nourri pendant trois ans. Il était bien content de trouver un pigeon comme toi.

— Oui, oui… J'en ai profité aussi…

— Si peu quand on voit combien, lui, a abusé. Et tout ça pour en arriver à ce qu'il te chie dans les bottes.

— Ah… C'est à ce point…

— Oui. Attends que je te lise son dernier statut sur Facebook. A ce propos, il a effacé les photos de vous deux sur la place de Marrakech…

Il y avait aussi les amis qui pensaient que j'avais besoin de conseils. Ils me disaient que je faisais un déni de la réalité. Ils disaient, Je suis là pour t'épauler. Ils disaient, Tu peux m'appeler quand tu veux si tu as envie de parler et dans ton cas, on a TOUJOURS envie de parler. Les uns me suggéraient de m'inscrire dans des groupes d'entraide pour les gens qui vivaient ce que j'étais en train de vivre mais précisément, qu'est-ce que j'étais en train de vivre ? D'autres me proposaient la médiation védique, le tir à l'arc zen. La médecine douce. Le massage sacro-crânien. Une croisière gay avec des marins coiffés comme Leonardo DiCaprio et habillés du seul speedo. Je n'étais pas en colère contre eux. La plupart d'entre eux s'étaient retrouvés dans une situation analogue mais justement, je les suspectais de vouloir la revivre à travers moi.

Un électrochoc était devenu nécessaire. Je pris une série de douches chaudes et froides autant pour me faire oublier la désertion d'Ugo que la nuit que je venais de passer et dont je ne tenais pas à démêler toutes les… Bon sang ! Le bruit de la tuyauterie mais c'était bien sûr… J'avais oublié de détacher un escort du radiateur du salon ! Pas grave, il y aurait bien eu quelqu'un pour le démenotter. La dernière douche à l'eau glacée me remit définitivement en prise directe avec la réalité, mais laissa intact le désir de me glisser dans un cercueil et d'attendre les pompes funèbres. Je me séchai et enfilai ma robe de chambre ouatinée en velours noir à l'extérieur et doublée de satin ocre effet tartan à l'intérieur. J'avais acheté cette dernière quelques mois plus tôt pour la porter dans les moments de détresse psychologique extrême. Elle me donnait l'impression d'être un autre homme, de ceux qui sirotent un verre de cognac dans leur fauteuil en se félicitant de la chance qu'ils ont eue d'investir dans les bons fonds de pension à l'abri des courtiers indélicats.

Je regardai le courrier. Je détestais tomber sur des factures. Non pas que je n'aie pas les moyens de les payer mais j'étais presque physiquement incapable de rédiger des chèques. J'éprouvais, à chaque fois, un vertige à assumer mes responsabilités et à me prendre en main. Ouf. Cette fois-ci, je n'avais reçu qu'une offre spéciale, sans obligation d'achat : « Félicitations, vous avez un mois pour annuler notre décision de vous retirer le foie. » Comment avais-je atterri sur leurs listings ? Avais-je signé quelque chose ? Ce garçon avec son sous-main à la sortie du métro ? Je croyais qu'il donnait des entrées pour une soirée nostalgie Sylvie Vartan.

En passant dans la cuisine, je vis qu'Ugo avait laissé quelques reliefs de son petit déjeuner. Notre dispute n'avait pas entamé son biorythme personnel. Il avait bien pris son comprimé de DHEA, ses vitamines parfumées au gingembre, ses capsules d'oméga-3 et sa pilule d'Acetyl L-Carnitine pour sa séance journalière de sport.

La radio, qu'il avait laissée allumée, crachait un reportage sur le déplacement d'un collaborateur de Nicolas Sarkozy à Plounévez-Lochrist. Se souvenant que son patron était aussi ministre des Cultes, il avait obtenu l'assagissement de la secte mormone en leur promettant une école sous contrat pour leurs chères têtes blondes. Le reportage était suivi d'une brève interview du ministre de l'Intérieur. Je reconnus au passage des phrases dont j'avais truffé son entretien au *Gaulois*. Je me dis que je ne devais pas être un si mauvais nègre : « Le meilleur moyen de vaincre l'indifférence ? Je vais vous le dire : c'est de reconnaître des droits différents. Car, mes chers concitoyens, la France n'est grande et singulière que quand elle sait être plurielle. Je suis fier de mon pays et j'aimerais faire partager à tous ce beau sentiment. »

L'éditorialiste qui officiait depuis plus de trente ans sur les ondes louait la rapidité de réaction du ministre, son sens politique et son professionnalisme qui faisait tant défaut au président de la République aussi immobile et ringard qu'un empereur mandchou de la Cité interdite.

Puis la radio passa un soliloque du ministre du Développement numérique durable : « Tous les citoyens devraient avoir accès aux nouvelles technologies. Je le répète avec force : nous devons TOUT mettre en œuvre afin que la société de l'information à venir ne comporte aucun exclu... Car je le dis sans crainte : l'ordinateur communicant, c'est l'encyclopédie universelle du XXIe siècle qui comblera le fossé numérique et… » J'admirais cet intéressant exercice de langue de bois ministérielle et me demandais si les centaines de mails que je recevais pour le Viagra, le Xanax, ou les vidéos de jeunes mecs à poil, comblaient mon fossé numérique. Mon portable sonna, je baissai la radio.

— Bonjour, est-ce que je peux vous passer monsieur le ministre de l'Intérieur ?

Qui aurait pu dire « non » ? Même si, une fraction de seconde, je pensai à une mauvaise plaisanterie.

— Je ne te dérange pas ? me demanda une voix qui me paraissait déjà familière.

— Euh, non.

— Tu as fait un bon boulot en réécrivant mon entretien dans ton journal. C'est Noël Bradtout qui a mangé le morceau (rires). Ne quitte pas, je vais te passer une admiratrice.

Et c'est ainsi que je me suis trouvé à bredouiller deux ou trois mots de remerciements à Cécilia Sarkozy. J'étais devenu un débiteur sans même avoir eu le temps de m'en apercevoir.

J'étais un peu sonné par cet appel. Je me sentais à la fois honoré, choyé, remarqué et, en même temps, j'avais l'impression que je venais de subir une fouille au corps.

Je me dis que quelques pages de la *Recherche* s'imposaient. Je posai *Sodome et Gomorrhe* à la verticale contre une bouteille de jus de litchis afin de le lire tout en dévorant mon bol de pétales de riz et de blé complet, mais l'ouvrage malmené la veille refusait de tenir debout. En une élégante glissade, Palamède XV, baron de Charlus, prince d'Agrigente, de Carency et des Dunes, s'éloigna sur le marbre de la table et tomba à la renverse aussi sûrement et majestueusement que l'Empire byzantin.

Je le coinçai alors avec mon assiette. Cette fois le livre tenait. Sur un toast, je posai du blanc de dinde puis, en dégustant avec bruit, lus : « A ce moment, où il ne se croyait regardé par personne, les paupières baissées contre le soleil, M. de Charlus avait relâché, dans son visage, cette tension, amorti cette vitalité factice, qu'entretenaient chez lui l'animation de la causerie et la force de la volonté. » C'était bien ça, il ne fallait jamais baisser sa garde, ne jamais donner à voir que, sous une brutalité postiche, se planquait la bonté. Tandis que le jus de fruits me caressait le palais, je comprenais le sens de cette transformation physique de Charlus et d'un nombre croissant d'habitants de Sodome dans la *Recherche* : le secret se marquait sur le corps – le baron pouvait bien se piquer de virilité, lui à qui tout le monde semblait efféminé, « il faisait penser tout d'un coup, tant il en avait passagèrement les traits, l'expression, le sourire », à une femme. Ainsi donc, le visage du baron vieilli lui criait le secret qu'il s'efforçait de taire aux autres. On n'échappe pas à son identité à l'époque de Proust. Heureusement, ces temps étaient révolus, les homosexuels pouvaient aujourd'hui, en toute quiétude, sortir du placard. Ils n'étaient plus regardés comme des bêtes curieuses, même plus comme une lointaine tribu aux mœurs inscrutables.

Plus personne ne se faisait la réflexion du narrateur de la *Recherche* : « Combien de fois plus tard fus-je frappé dans un salon par l'intonation ou le rire de tel homme, qui pourtant copiait exactement le langage de sa profession ou les manières de son milieu… »

Plus personne ne faisait attention à nous, nous étions heureusement passés de l'ombre à la grisaille. Pourquoi alors, la lecture de Proust continuait-elle d'exercer sur moi une telle attraction ? La comédie sociale ? La comédie mondaine ? Le premier roman queer ? Non. Je sentais bien que vouloir trouver en Albertine un Albert travesti en femme, sous le prétexte d'un cou de taureau, c'était commettre le plus terrible contresens. Pourquoi je le lisais ? Je n'arrivais pas à dire autre chose que : parce que c'était le plus doux et le plus attentionné des amis qui avait commis le vice suprême de parler de soi sans parler de lui. Et il avait parlé de lui en se démultipliant. Il était le narrateur, mais aussi tour à tour Charlus, Swann, Albertine, Saint-Loup, Colette, les Guermantes, Bergotte…

Alors oui, me perdre dans les sous-bois de cette œuvre, voilà qui me plaisait. Après quelques pages, mon esprit s'apaisait. Hygiène de Marcel Proust !

Hugo m'avait-il plaqué ? Je me promettais de ne pas le contacter, même si le seul fait d'y penser me conduisait à lorgner vers mon portable en recharge dans le salon tel un ancien fumeur nargué par un paquet de clopes.

Le « divorce » avait été explosif mais, comme toute chose qui explosait, il s'ensuivait immédiatement un espace net et nivelé. Je pouvais voir l'horizon maintenant. Je ne voyais même que cela : l'horizon, morne et plat comme un paysage batave. La tension dans notre couple s'était relâchée parce qu'il n'y a plus de couple. La toile était désormais vierge. Super. N'était-ce pas là la meilleure façon de commencer une nouvelle vie, aurait dit Swann ?

Il était temps d'établir une liste. Les listes contribuent à commencer les bonnes thérapies, disait mon psy. Je m'en rappelais d'une assez hilarante, au début des *Chroniques de San Francisco*, qui étaient un peu finalement – mutatis mutandis – la *Recherche*. Et je décidai d'en élaborer une à mon tour.

1. Ne jamais aller pêcher un garçon qui avait quinze ans de moins que soi. Surtout s'il affirmait ne pas attacher d'importance à une différence d'âge considérable.

2. Se méfier de celui qui emménageait chez vous après une deuxième nuit de baise en vous faisant croire que c'était votre idée…

3. Eviter un compagnon qui engageait la conversation avec des inconnus ou qui se sentait à l'aise immédiatement avec vos amis. Tôt ou tard, il dévoilerait à vos proches un détail croustillant de votre vie sexuelle.

4. Se souvenir que se « marier », c'était aussi tout faire pour devenir un objet de dégoût l'un pour l'autre. (C'était pas mal ça, je devrais le replacer dans un papier.)

5. Fuir celui qui avait une tendance à l'exercice illégal de la psychanalyse sauvage. (Va souvent de pair avec le type numéro trois.)

6. Ne pas rechercher le prince charmant quand soi-

même on était un des trois petits cochons. (Classique mais rarement observé.)

7. Courir quand un de ses nombreux « down to earth » à chemise de bûcheron vous proposait un concert de Chantal Goya aux Follivores. (Va souvent de pair avec le numéro deux.)

8. Je ne trouvais pas de huitièmement. Ce n'était déjà pas si mal. Cela me fournissait sept leçons à méditer. Mes sept piliers de la sagesse. De quoi me préserver la prochaine fois que la tentation pointerait le bout de sa corne. Ou plutôt de quoi faire en sorte (je l'espérais) qu'il n'y eût pas de prochaine fois. Mais là je rêvais. L'expérience m'avait appris que j'appartenais plutôt à ces personnes qui finissaient par reconnaître comme les héros de Jonathan Coe : « Oui, j'ai beaucoup appris de mes erreurs, et je suis sûr de pouvoir les répéter à la perfection. »

Décidément, qu'est-ce qui n'allait pas chez moi ? Qu'est-ce qui clochait ? C'était la dernière interrogation qu'Ugo m'avait jetée au visage. Je me plantai devant un miroir ovale au cadre d'acajou.

Mon premier mouvement fut d'examiner ma tête dans la glace. Chiffonnée, certes, mais pas plus que d'habitude après une nuit de baise. A quoi ressemblait le cocu de l'histoire ? Il était grand. Lorsque je faisais l'effort de me tenir droit, j'atteignais presque un mètre quatre-vingt-dix. C'était déjà ça. Blanche-Neige n'avait baisé avec aucun des sept nains. Ils l'avaient accueillie, choyée, lui avaient fait des scones et des muffins, avaient retapé son lit, lavé ses culottes après une dure journée à la mine. Mais quand le prince charmant était venu, c'est avec lui qu'elle était partie faire des cochonneries.

Mon beau miroir, étais-je « séduisant » ? Pour ne pas lasser et surtout parce que la description d'un personnage est toujours incomplète, je dirais que je devais être plutôt beau mec. Tant de gens me le répétaient – et, il y a encore un mois, personne autant qu'Ugo. Bref, j'avais toujours des ambitions sur le plan physique et ce n'était pas aujourd'hui que j'étais prêt à y renoncer en dépit... Le coup d'œil complice que je m'apprêtais à m'envoyer fut stoppé net quand je LE vis : ce léger mais sournois renflement au bas de l'estomac, un léger bourrelet presque féminin sous ma cage thoracique qui se dissipait dès que je me redressais ou levais les bras. De profundis. Mes abdos étaient inhumés sous la bière.

Je savais bien que c'était un peu gonflé d'être affligé parce qu'on avait un bourrelet de trop. Je pouvais m'estimer heureux de n'avoir que ce souci. Il aurait pu m'en arriver de pire, physiquement. Par exemple, la maladie d'Alzheimer, le cancer, la sclérose en plaques. Sans parler des catastrophes dites naturelles. Et n'oublions pas la guerre, la peste et la famine. C'était curieux que le fait d'avoir conscience de tout ça n'aidât pas le moins du monde à supporter d'avoir le bas du ventre un peu mou. Au début, ce dernier était camouflé par ma carrure, la largeur de mes épaules, mais maintenant il cessait le salaud de se montrer discret... « Le privilège de l'âge, m'avait dit mon coach en me tapotant sur le bide, désormais, vous allez moins inquiéter que rassurer. »

Le mois dernier, en rentrant chez moi, j'avais trouvé une douzaine de mes plus proches amis et Ugo assis dans le salon, l'air grave comme si quelqu'un était mort et, étant un peu médium sur les bords, j'avais aussitôt deviné ce qui se passait. C'était mon anniversaire. Comment ne pas détester ce moment où tous ces gens bondissaient d'excitation parce qu'une nouvelle année vous arrivait en pleine face ?

En atteignant trente-huit ans l'an passé, je croyais avoir enfin cessé d'envier la perfection physique de la jeunesse, cadeau d'anniversaire inattendu mais bienvenu quand on a la malchance de vivre dans ce quartier Montorgueil, au centre de Paris, regorgeant de jeunes créatures sautillantes et sportives. Enfin, je n'allais plus être obsédé par la certitude que je pouvais être aussi sain et en forme et musclé que ceux que je voyais courir sur un tapis de salle, à condition de m'y atteler sérieusement. Enfin, je pouvais me retrancher derrière ce slogan défaitiste et pathétique mais irrésistible : « On me donne moins que mon âge... » Mais c'était avant de voir cette partie de moi-même si rétive à la raison diététique et au sport qui venait gâcher mes pectoraux développés, ce pli malveillant qui risquait de faire fuir la gaylinette cendrée au croupion stéatopyge, souvent déplumée au laser et rôtie aux UV, avec le tatouage vétérinaire et le baguage percé pour la traçabilité. Sans oublier les autres volailles gavées aux hormones, bodybuildées, élevées en plein R'n'B, perfusées à la musique techno dans des boxes nocturnes et ficelées dans leur marcel corseté.

On avait beau prétendre qu'entre la pensée et la panse, il existait un réseau complexe d'affinités et d'aveux (j'avais dû lire ça aussi dans *Philosophie News*), mon reflet manquait de séduction. STOP ! Inutile de me raconter des histoires : je ne me posais pas ce type de question depuis qu'on m'avait plaqué. Nooon. Je savais que je portais en moi un grief : je ne m'aimais pas ou pour être plus précis : je ne m'aimais plus. Je n'étais pas content de la personnalité que les autres m'avaient octroyée. Quelque chose en moi était bancal.

Quand mes confrères me demandaient : « Mais c'est quoi ton plan de carrière ? », il ne m'en fallait pas plus pour errer dans des toundras d'indécision. Quel était mon plan de carrière ? Eh bien, au départ, il m'apparaissait être aussi clair que celui auquel mes contemporains aspiraient, non ? Je ne voulais pas devenir célèbre. Je voulais juste laisser à la postérité un truc qui brille avec mon nom gravé dessus.

Retour sur le divan

> *« La psychanalyse est une confession sans absolution. »*
>
> CHESTERTON.

Quand je ne savais plus où j'en étais et que ma vie commençait trop à ressembler à une pièce de boulevard, j'appelais ma meilleure amie, Sarah Berg, qui ne manquait jamais une occasion d'accourir des leçons plein la bouche et des livres plein les bras. Vu mon état, je n'allais pas déroger à cette règle.

Une heure plus tard, nous étions donc tous les deux à faire la queue au Starbucks dont le but était moins de produire les meilleurs cafés que d'aligner le plus grand nombre de succursales.

Quand enfin notre tour est arrivé, je me suis avancé sans me douter que j'allais revivre un épisode d'*American Rigolos* de Bill Bryson.

— Bonjour. Deux grands cafés s'il vous plaît.

— Quelle sorte ? demanda la vendeuse qui perçut bien mon hésitation derrière le ton assuré de ma commande.

— Chaud dans une tasse et grand.

— Très bien mais de quelle sorte ? Arabica, macchiato, americano ?

— Moi ce que je veux ce sont deux tasses de cafés « normaux ».

— Donc, vous voulez deux arabica.

— Je pense oui.

— Avec crème normale ou basses calories ?

— Je ne veux pas de crème fouettée.

— Les arabica sont servis avec la crème fouettée.

— Ecoutez, dis-je d'une voix sourde. Je ne comprends rien à vos commandes complexes, interminables et détaillées jusqu'à l'absurde. Ce que je veux c'est un bon café.

— Mais cela ne me dit pas si vous le voulez avec crème normale ou basses calories, dit-elle sans se démonter.

J'ai pris ce qu'on me donnait. D'ordinaire, je mettais moins de temps pour remplir une demande de prêt hypothécaire. Sarah s'est assise en face de moi. Elle avait des yeux bleus qui lui mangeaient le visage et dévoraient ses interlocuteurs. Sarah passait sa vie à suivre des régimes les uns après les autres à la grande consternation de son entourage. Pourquoi maigrir quand on a des yeux pareils ?

Chaque année, au printemps, elle partait en Italie pour s'y nourrir pendant trois semaines de fabuleux plats de pâtes puis elle s'en retournait à Paris où elle reprenait un régime régénérateur à base d'hormones de mouton, de céleri et de jeunes costauds.

Quoi qu'il en soit, elle possédait une qualité insaisissable qu'on nomme autorité. Sarah constituait au fond l'illustration parfaite de la célèbre formule qui proclame la supériorité du caractère sur l'intelligence. C'était bien simple, elle respirait l'autorité, elle l'irradiait. C'était sa marque de parfum. Cela tenait en partie à sa position à France Télévisions où elle produisait trois émissions de divertissement que vous avez sûrement vues. L'une d'elles refaisait juger par un tribunal d'enfants les grands procès politiques du passé. C'était frais et déroutant. Mais sa puissance venait aussi du fait qu'elle possédait l'oreille du grand patron lui-même. (« Et ses couilles », suggérait-on dans les couloirs.) Cette fois-ci, la leçon promettait d'être rude si j'en jugeais par la frénésie avec laquelle elle entortillait ses mèches brunes autour de son index.

— Il serait temps que tu te décides à devenir adulte, Benjamin, tu ne trouves pas ?

Sarah venait de passer à l'attaque. En l'occurrence, il ne s'agissait pas d'une question mais d'un ordre. Je n'avais plus qu'à attendre la feuille de route.

— Ugo et ses emmerdes ! Exit le complexe de Pygmalion qui ne t'a apporté jusqu'à présent que des galères ! Ne crois-tu pas qu'il est grand temps que tu choisisses un mec de ton âge ? Si tu ne le fais pas pour nous, je t'en supplie, fais-le pour tes amis. Ce serait bien que, pour une fois, on puisse échanger avec celui qui t'accompagne deux ou trois mots intelligibles sans qu'il se mette à glousser ou draguer la moitié du restaurant, non ?

Je n'avais pas assez de courage pour demander à la mante religieuse qui se trouvait en face de moi pourquoi elle jetait, elle-même, son dévolu sur des garçons bien plus jeunes qu'elle. On ne donne pas toujours les conseils qu'on suit. Surtout à ses amis. J'éprouvais à l'égard de Sarah une sorte d'affection mêlée d'envie. Cette femme avait su faire son chemin dans la vie sans jamais tenir compte du principe de réalité (ni même en soupçonner l'existence).

Elle but une gorgée de café. Ce qui déposa sur sa lèvre supérieure une fine moustache qui ne lui allait pas si mal.

— Ce serait bien qu'il travaille, cette fois-ci…

— Tu es toujours excessive. Ugo a bossé chez Kenzo.

— Tu le dis toi-même : « a bossé ». Et pourquoi il s'est arrêté ?

— Oh, un léger malentendu, dis-je sur un ton évasif. Il avait vu une cliente prendre une écharpe dans son sac mais c'était son écharpe. Il avait cru que c'était un sosie de Martine Aubry, mais c'était Martine Aubry.

— C'est moche…

— Je ne te le fais pas dire. Je croyais que tu aimais bien Ugo.

— Je l'observais avec intérêt, nuance. Je l'ai parfois considéré comme la forme de vie la plus primaire que l'on puisse regarder sans microscope.

Un Tamoul vendeur de roses vint lui mettre son bouquet sous le nez. Elle le regarda droit dans les yeux et j'eus la très nette impression durant quelques secondes que l'homme s'enfonça dans le sol de plusieurs centimètres, comme s'il avait vu l'incarnation de Shiva.

— On ne peut pas dire non plus que tu te sois facilité les choses, poursuivit-elle. Le problème est que cela a fini par rejaillir sur ton boulot.

— Ah parce ce que là aussi, c'est de ma faute ?

— Disons que tu aurais fait une carrière plus rapide dans la communication ou l'édition.

— Ah oui ? Et pourquoi pas coiffeur ou marionnettiste chez Michou ?

— Ne prends pas tout de travers. Merci. A vrai dire tu es trop… trop insaisissable pour ce journal, je veux dire pas assez coincé, beaucoup trop imprévu. Certaines personnes ont du mal à l'accepter, Benjamin.

Sarah voulait dire que je n'avais jamais fait mystère de mon homosexualité, ce que recouvrait en son langage le qualificatif d'« imprévu ».

— Et au fond… pour te dire les choses comme elles sont, c'est un miracle que tu n'aies pas dû quitter *Le Gaulois*. Je te rappelle que tu t'es permis quelques excentricités.

— N'exagérons rien, protestai-je mollement.

— Oh tout de même… tu n'as pas oublié ton problème avec… avec ton ministre.

Sarah me rappelait que j'avais été dragué ostensiblement par Jacques de Buvard. Le même qui avait lutté contre le mariage homosexuel avec l'efficacité d'un cobra s'efforçant d'hypnotiser une mangouste en peluche. Cette étoile montante de la droite protestante et bordelaise s'était convaincue que j'étais l'homme de sa vie alors que je n'avais jamais laissé transparaître le moindre sentiment à son égard. Il me bombardait de textos énamourés, transpirait à grosses gouttes dès qu'il m'apercevait, lançait ses collaborateurs à ma poursuite. Plus tard, j'appris qu'il était coutumier du fait et qu'il recommençait tous les six mois. Son chef de cabinet qui était aussi son « mari » avait fini par casser tout le mobilier du ministère. Le problème était qu'il était venu un jour me chercher à la sortie du journal en débardeur et short kaki.

— C'était allé un peu loin, Benjamin, trop loin, si tu veux mon avis, ricana Sarah. Tu aurais mieux fait de céder.

— Céder ? Parce qu'il m'inondait de propositions douteuses et d'appels à 2 heures du matin ? Parce qu'il me proposait de l'accompagner à chaque fois qu'il partait en mission en Grèce ou en Turquie ? Parce qu'il était mal dans sa peau et parce qu'il était ministre, j'aurais dû passer à la casserole ?

Sarah fit une moue qui signifiait que ce genre de situation n'était pas très nouveau pour son sexe.

Oui, ces derniers temps, je savais qu'elle avait eu plus que son lot d'expériences sexuelles désastreuses parce qu'elle voulait garder son ascendant sur tel directeur des programmes ou tel patron de médias. Des hommes dont la conception des préliminaires consistait à vous glisser la langue dans l'oreille et à déposer davantage de bave qu'un gastéropode. Quand il ne lui sautait pas dessus pour lui pincer les seins à la faire crier. Elle avait dit au dernier étalon de ce type, en attrapant d'une main le paquet de cigarettes et le briquet sur la table de chevet : « Ça ne te dérange pas si je fume ? »

Durant des années, elle avait dit m'envier pour ma supposée absence d'inhibition et le nombre de mes partenaires. Mais, aujourd'hui, elle reconnaissait que multiplier les expériences était un avantage seulement s'il s'agissait de BONNES expériences.

— Mais que veux-tu que je fasse maintenant ? lui demandai-je.

— Juste que tu sois un peu plus vigilant. Profite d'être moins préoccupé par ta bite et pose-toi. Assure-toi, cette fois, de ne pas rater le train. Il y en a un gros qui se prépare bientôt si tu vois ce que je veux dire... Tu vas devoir sauter dans le wagon.

— Euh, non justement, je ne comprends pas... train, wagon...

— Il ne t'a pas échappé qu'il va y avoir une élection présidentielle dans moins de deux ans, si ? Et tu crois qu'il faut rester les bras croisés et continuer d'être immobile ? L'occasion ne se présente pas deux fois de donner un bon coup de pied dans la fourmilière. Du vent ! On va pouvoir balayer tous ces préjugés, tous ces tabous. Allez, ouste !

— Et si je suis très bien comme je suis ? On me fout une paix royale au journal.

— Il existe une frontière ténue entre le luxe

admirable de ne rendre compte de son temps à personne et l'amertume de savoir que personne ne se soucie de ce qu'on peut bien en faire.

— C'est de toi, ça ?

— Je ne sais pas, j'ai oublié. Réfléchis bien à ce que je viens de te dire : tu te bouges le cul, tu réseautes à mort.

— Je ne connais personne…

— Dans un mois, je fais une conférence sur « Nos piètres penseurs », tous ceux qui nous ont foutus dans le politiquement correct… Viens m'écouter, tu rencontreras du monde. En attendant – elle se leva d'un bond – je vais être en retard à mon cours de danse. Ciao bello. Prends soin de toi.

Et elle me planta là encore plus déprimé. Je me rendais compte que je m'étais enfermé dans ce personnage que j'avais créé, et que je ne pouvais pas prétendre tout changer en quelques minutes en m'offrant une coupe de cheveux à cent euros ou des lunettes Armani. Certaines choses doivent être réglées tant qu'on est jeune. Passé quarante ans, on ne commence pas subitement à avoir de la volonté, pas plus qu'on ne commence à jouer au piano ou à adorer Bacon.

*

Voici venue l'heure des confessions. Il est temps que je révèle le secret qui a transformé mon être insouciant en une misérable viande à vers. Car je me souviens d'une époque où j'étais heureux. Ou plus exactement raisonnablement satisfait de mon sort.

Une époque où je pensais ne pas être malheureux, ce qui signifie qu'à un moment donné, sans même m'en apercevoir, pfft j'ai perdu le goût, l'appétit et ce, sans crises d'anxiété et sans dépression. Tout à coup, oui, je me suis senti comme un lépreux psychique. C'est bien simple, j'avais l'impression que des lambeaux de moi voletaient vers tous ceux qui m'approchaient. J'avais d'abord emprunté le jeu de l'oie classique : Rispéridone, Prozac, Paxil, Effexor, Wellbutrin. Puis j'étais retourné voir mon généraliste. Ce dernier m'avait conseillé de me rendre dans un « Centre d'hygiène mentale », l'intitulé fleurait bon le XIXe siècle et la clinique du docteur Blanche.

Au bout de quelque temps, le psychologue m'avait dit de voir un comportementaliste. Le comportementaliste m'avait conduit vers un psychanalyste.

Jérôme Pinçon-Blanchart – un beau nom de psy – n'habitait pas loin du journal. Son cabinet de consultation était situé au premier étage d'un joli immeuble style Régence de la rue des Archives. La faible hauteur sous plafond du premier étage installait une pénombre très fin de siècle. Une indicible odeur de respectabilité bourgeoise stagnait dans l'entrée : vieux cuir, bois ciré, terreau des plantes vertes, bibelots antiques dans des vitrines… Tant mieux car pour voir un psy, j'avais dû vaincre quelques préjugés familiaux. L'introspection nous dévoilait des choses que l'on avait volontairement bien enfouies au fond de soi. Elle creusait, forait, fouillait, déterrait. Difficile à admettre quand toute une éducation vous présentait l'introspection comme déprimante. Prends tes traumas, tes angoisses, tes chagrins, tes phobies et… avale ! Sois un bon garçon, mange.

Je m'étais auparavant renseigné sur mon nouveau médecin de l'âme. C'était préférable. J'avais connu une collègue qui avait eu quelques problèmes en ne sonnant pas à la bonne porte. Son psy lui avait garanti qu'il lui rendrait tous ses souvenirs, y compris les vieux traumatismes refoulés à jamais dans son cerveau. Un peu de thérapie régressive, un zeste d'hypnose et elle avait accusé ses parents d'inceste dans une lettre geignarde et mouillée de morve.

Avec Pinçon-Blanchart, je ne courais pas de tels risques. Les postures éthérées de l'anti-orthodoxie, les minauderies de l'impersonnalité, ce n'était pas pour lui. Il adorait son métier. Jour après jour, ses patients l'invitaient dans les recoins les plus secrets de leurs vies. Quand vous alliez à son cabinet, c'était pour qu'il vous dépiautât la psyché jusqu'à l'os. Moi encrassé, surmoi voilé, ça galvanisé, il vous astiquait toute la machine avec le chiffon du bon sens avant de le replacer dans le compartiment moteur de l'identité.

D'emblée, lors de notre premier entretien, face à face, il m'avait parlé de transfert. Il m'avait cité sentencieusement Freud : « Le transfert est la substitution de la personne du médecin à une personne antérieurement connue. » Mais je n'avais pas tout de suite saisi la portée de ce qu'il me disait, j'étais complètement obnubilé par la contemplation des chaussettes mauves qui gainaient ses maigres chevilles exposées par l'inaction de ses jambes croisées.

— Je suppose, docteur, que, avant de pouvoir m'aider, ai-je susurré comme si je parlais dans un temple, vous avez besoin d'en savoir plus sur mon histoire ?

Aïe ! Pinçon-Blanchart avait du tout de suite calmé l'enthousiasme du patient qui se voyait déjà parti à l'aventure, exalté à l'idée d'être un novice au début de son initiation, piaffant à l'entrée du souterrain, tout prêt à marcher vers la lumière. Non, on n'entrait pas en analyse comme on entre en religion. Un silence long et profond avait suivi. Telle une relique pédestre, la chaussette fut derechef l'objet d'une attention dévote. Puis Pinçon-Blanchart se racla la gorge avec un bruyant « heuheuf ! » et répondit :

— Pas nécessairement.

— Pas nécessairement ? répétai-je bêtement.

— Je ne suis pas ici pour délivrer un savoir mais pour vous écouter. Ici, on ne délivre pas de savoir. Il s'agit plutôt de vous proposer une méthode.

— Mais je ne vous parle pas de mon problème ?

— Non. Nous ne fonctionnons pas comme ça.

— Et nous allons fonctionner comment ?

— Parlez-moi de votre père.

Pinçon-Blanchart aurait toujours le dernier mot. Je l'avais compris dès ce moment-là et c'était bien, au fond, ce qui m'avait plu : me soumettre à une autorité légitime. Visiblement, le sphinx de la rue des Archives regrettait de n'avoir pas exercé dans une époque antérieure, quand le domaine de la psychologie était encore à définir, quand la jungle des désordres mentaux était parcourue par des petites bandes d'explorateurs qui embarquaient tous les spécimens à leur portée pour les empailler dans un cabinet de curiosités. Personne, alors, n'eût osé empêcher un homme de science d'agir selon sa fantaisie. Hypnose, électricité, douche glacée – tout ce qui passait par la tête pouvait devenir une thérapie parfaitement respectable. Hé ! Freud lui-même n'avait-il pas vanté les vertus curatives de la cocaïne, injectée à fortes doses pour le traitement de la toxicomanie ? De nos jours, l'honorable Viennois serait enduit de goudron et de plumes et expulsé de l'université.

Il paraît qu'à la première séance tout est dit. Ensuite, on ne faisait plus qu'approfondir. Pinçon-Blanchart l'avait prétendu lors du premier entretien.

— Parlez-moi de vos parents.

— Quand je vais les retrouver, avais-je commencé, j'en ressors déprimé. Nice – ils habitent Nice – a beaucoup changé, ma mère n'a plus trente ans, je peux fumer à table, je ne trouve plus mes sœurs avec leurs cheveux bruns encore humides après le bain. Il y a des photos de morts : mes grands-parents, des cousins, des gens qui me manquent beaucoup et à qui je ne manque pas car rien à présent ne leur manque et moi encore moins. Et puis, chaque fois que je parcours la vieille ville, je me fais assassiner par mon enfance. Le restaurant « Aux petits farcis » rue Lascaris et la librairie de l'avenue Félix-Faure ont disparu, je n'ai plus de nouvelles du libraire qui connaissait par cœur les romantiques noirs et qui avait vendu à Jean-Louis Bory en 1968 un cahier rouge à spirale. L'hôtel familial que nous possédions a disparu. Il a été remplacé par un spa tibétain inauguré il y a trois ans par le Dalaï Lama. Une seule chose n'a pas changé. Ce sont les longs silences. Ma famille était une famille où on n'avait jamais appris à se parler. Quant à la relation entre mon père et ma mère… Je doute que leur mariage ait été particulièrement heureux – je ne les ai jamais vus rire lorsqu'ils étaient ensemble – mais au fil des ans, ils se sont laissés entraîner dans une sorte de dépendance et de résignation, tels deux êtres humains cramponnés l'un à l'autre sur le pont incliné d'un bateau qui sombre. Il arrive que l'on confonde avec l'amour des sentiments bien pires que la simple haine.

— Ne vous éloignez pas du sujet, recentrez-vous sur votre père. Quelle est votre relation avec votre père ?

Aussi loin que je remonte, je perçois une vague silhouette : sur le devant se tient la famille, lui est à l'arrière-plan, à peine distinct. Jusqu'à l'âge de treize ans, j'ai nourri l'idée que je me trouvais par erreur dans cette famille, que quelque part mes vrais parents cherchaient désespérément à me retrouver. Beaucoup d'enfants passent par cette étape, m'a assuré Pinçon-Blanchart. Le problème est que, précisément, je n'ai pas encore fait le deuil de cette espérance.

— Vous souffrez d'une crise d'identité, m'a dit le psy dès la deuxième séance, en hochant la tête, alors même que je me tortillais sur le divan (un divan on ne peut plus freudien, je peux vous l'assurer, parfait jumeau de celui que l'on peut voir dans le fameux musée de Sigmund, à Hampstead, jusqu'au jeté de lit persan).

Une crise d'identité... Et si je n'avais pas envie d'en avoir une ? Je ne parlais pas de crise mais d'identité. Qu'est-ce qu'ils avaient tous ces temps-ci avec leurs identités ? Tout le monde, aujourd'hui, se croyait obligé d'en porter une en sautoir. Il était même chaudement recommandé d'en avoir plusieurs et d'arborer une poitrine de médailles identitaires bringuebalantes comme autrefois les maréchaux soviétiques. Je pensais que le monde moderne nous avait libérés du boulet de notre identité héréditaire et voilà que, maintenant, j'étais un zéro qu'il fallait remplir. Et si j'ai envie de rester ce zéro, mmhh ?

— Aviez-vous des amis, monsieur Strada ?

— J'avoue que j'ai dû être un enfant très seul. Périodiquement, mes parents ou mes sœurs faisaient un effort pour m'intégrer aux activités sociales des familles voisines, mais aucune des amitiés qui en résultaient ne semblait devoir durer. Je me souviens de jumeaux avec lesquels je fus pas mal de temps très ami, à ceci près que nous ne nous exhibâmes jamais réciproquement nos parties intimes.

— Parliez-vous de vos problèmes ?

Parler ? Plutôt mourir, oui ! Chacun à la maison serrait contre soi son misérable petit tas de secrets comme s'il s'agissait d'une bouillotte. Tous indéchiffrables aux autres et à eux-mêmes : tous sauf moi, évidemment. L'idée du sexe avait brutalement explosé dans mon esprit et je passais mon temps à me masturber.

Je savais ce que je cherchais, même à quinze ans, je le savais. Je cherchais un homme. Et je l'ai trouvé le jour où mon oncle s'est mis en tête de me donner personnellement des cours de judo tous les mercredis après-midi en rentrant de l'école. Est-ce que cela suffisait à me donner une identité ? J'avais des désirs simples, déterminés, et c'est bien ce qui a fini par me perdre quand ma mère m'a surpris avec son propre frère dans le même kimono.

Du coup, j'avais dû chercher ailleurs. Je piquais à mon grand-père *Le Nouvel Observateur*. Ça l'agaçait toujours comme si cela me donnait accès à des secrets de famille. Mais en vérité, je n'en avais rien à faire de toutes ces infos sur lesquelles je me jetais si goulûment.

La plupart des titres restaient ésotériques : « Le Proche-Orient et nous » ; « Etes-vous démocrates ou républicains ? » ; « Algérie, l'impossible décolonisation » ; « La gauche américaine contre-attaque ». Dès que mon grand-père avait le dos tourné, je me jetais sur les petites annonces que je décryptais beaucoup plus facilement : « H 30a 1,78, du charme, humour, sport, litt., ciné, ch. JH, séduis. sport. pour relation complice sur 06, 83, 13. Ecrire journal réf. 9223/12K. »

*

« Que veux-tu faire VRAIMENT ? » Chaque fois que ma mère m'avait posé cette question, je n'avais jamais réussi à trouver des réponses satisfaisantes. C'était pourtant une bonne question – du moins ce que les parents s'imaginaient être une bonne question. Je passais mon temps à lire un grand hebdomadaire. Je serais donc journaliste. Ainsi en avait-elle décidé. L'amour constant et sans réserve d'une mère fournit à l'enfant un terreau fade mais fertile de normalité et d'habitude sur lequel il grandit et s'épanouit. Dans mon esprit vide et docile, je ne songeais même pas à contester ce choix. Je vivais dans le présent monotone. Mais je ne concevais pas l'avenir. Le passé, ce cher passé, fournissait les limites de mon futur. Et je campais sur ces limites comme un légionnaire sur les frontières de l'Empire romain. Du temps où j'étais encore au collège, j'imaginais que je serais professeur d'histoire ou archéologue.

— Vous l'aimez ce passé, n'est-ce pas ?

Là, ce fut la fois où j'ai regardé Pinçon-Blanchart d'un air soupçonneux. Avait-il (du moins à ses yeux) toujours tendance à s'exprimer à coups de phrases ineptes comme on joue au tennis, et que pouvait-il faire d'autre que de renvoyer la balle du fond du court ?

— Euh, oui. Pas vous ? Je peux continuer ?

— C'est à vous de décider.

— Mon parcours est classique. Direction le lycée Masséna puis Sciences-Po à Aix-en-Provence. A Aix, je m'essayais à devenir semblable aux jeunes bourgeois provençaux que je rencontrais – méprisant, cynique, refusant d'être courageux ou simple. Je n'étais plus le garçon excentrique qui se distinguait du groupe par sa manie d'avoir toujours un livre à la main et sa connaissance trop pointue du monde latin. Je portais les mêmes tee-shirts et les mêmes jeans que tous mes camarades, je mangeais les mêmes bagels au saumon et buvais la même bière australienne. Pendant quatre ans, j'ai eu des amis et même des petits amis, avec lesquels j'étais sur la même longueur d'onde après avoir passé la main sous l'élastique de leur caleçon. Fini Sénèque et Cicéron. Et pourtant, pourtant, c'était peine perdue. Mes compagnons ne manquaient pas d'amabilité mais je n'appartenais pas à leur monde. Je ne me sentais pas exclu. Je me sentais simplement invité. Voilà, j'étais un visiteur. Je n'attirais aucune attention, ma participation à la vie sociale du groupe était pour moi maximale et pour eux inexistante. Et pourtant, j'avais tout accepté. Y compris la fois où mes collègues m'ont bloqué au sol dans les vestiaires pour que l'un d'eux puisse me coller ses couilles sur le visage. Ça ne m'avait pas beaucoup dérangé à l'époque, j'avais pris ça pour une sorte de rite initiatique comme ceux que l'on voit dans les documentaires sur les campus américains. Même après cet épisode, je ne suis pas devenu un personnage, encore moins une personnalité. Je parie qu'aucun étudiant – même ceux avec lesquels j'ai couché – ne peut, aujourd'hui, se rappeler ma figure. « Benjamin ?… Benjamin ?… », le visage plissé pour stimuler la mémoire, « est-ce le petit gros qui venait de Bordeaux ?... Non ? Ah... désolé, décidément je ne vois vraiment pas ! »

— Vous avez une mauvaise opinion de vous-même. Vous continuez à vous voir comme une vague silhouette derrière vos parents...

Mon psy m'a délivré cette vérité lors de la quatrième séance en arrondissant la bouche comme si un œuf allait en sortir.

— Vous avez sans doute raison, mais j'ai entendu l'autre jour un expert raconter que c'est une chose très courante. J'écoute toujours très attentivement les experts. L'expertologie est la science de notre temps. Donc, l'expert soulignait combien la dépréciation de soi constitue actuellement une sorte d'épidémie en France. Cela a peut-être un rapport avec le déclin général puisqu'il paraît que le pays « tombe ». Dans mon cas, je me sens touché par le déclin. Je me sens nettement moins bien qu'il y a dix ans.

— La première étape doit consister à interrompre ce cercle vicieux de haine de soi...

— Mais je ne me hais pas !

— Tss, tss... et d'autodestruction engendré par la honte.

— Mais je n'ai pas honte !

— Vous ne l'exprimez jamais clairement mais je conçois la haine et la honte que vous devez éprouver à cause de votre comportement que vous jugez dégradant. C'est tout le travail du thérapeute que de vous aider à inverser ce processus. Je suis persuadé que votre père a dû vous dire combien il était déçu que vous n'ayez pas suivi ses traces.

Quand je me retournais et regardais par-dessus mon épaule ce vertigineux couloir lambrissé de miroirs que constituait mon passé, je m'apercevais que les problèmes que j'avais rencontrés, quels qu'ils fussent, n'avaient jamais eu l'occasion de me tourmenter très longtemps – je pouvais généralement compter sur le soutien de mes parents. Ceux-ci se sentaient-ils coupables de mes préférences sexuelles ? Je ne le sus et ne le savais toujours pas.

En sortant de Sciences-Po, je fus engagé comme stagiaire à *Nice-Soir*. La voie royale, quoi. Je sus très vite que je pouvais sortir un papier de deux feuillets sur à peu près n'importe quoi (quelquefois des trucs merdiques à ne pas y croire) sans quitter mon coin de salle de rédaction et le rendre à temps quel que soit le délai – de sorte qu'on m'exploitait à fond. Je me vengeais en truffant les articles de références littéraires ou philosophiques entre deux communiqués de la gendarmerie. Une nouvelle caserne des pompiers était inaugurée ? Nos lecteurs avaient le droit à une citation de Bachelard. Un empoisonnement dans une cantine scolaire ? Ils avaient droit, cette fois, au *Banquet*.

A vingt-deux ans, j'étais moins impressionné par le retour de Daniel Guichard au foyer des vieux de Cimiez que par le pouvoir de ces édiles locaux qui pouvaient se faire coiffer ou manucurer dans leurs bureaux. N'était-ce pas ça la vraie classe ? J'étais fasciné par leur puissance de travail : j'avais noté qu'ils couchaient « en mairie » (plus précisément, ils y découchaient), et par leur aptitude à prendre une décision (« Celle-là, on l'embauchera le jour où elle sucera sans mettre les dents »).

Ils savaient se montrer généreux, voire prodigues avec l'argent public. Des sommes rondelettes s'écoulaient entre leurs doigts lourdement bagués et ils avaient l'intelligence de ne pas chercher à appliquer la loi à la lettre. N'était-elle pas belle la vie ? A ce train-là on devenait vite leur obligé puis leur intime. Ah, qui dira le charme de la vie de localier en province ? Peut-être les journalistes accrédités autrefois à la mairie de Paris ?

Etre journaliste sur la Côte d'Azur exigeait une grande abnégation. Je me souvenais que lors de mon dernier mois de stage, la propriétaire du casino Bull, la perle de la Riviera, s'était baladée un peu imprudemment le long de la digue avant de plonger dans la mer et de disparaître. On n'avait jamais retrouvé le corps de la pauvre femme. L'histoire m'avait semblé étonnante à double titre : qu'on ait pu perdre, à Nice, une propriétaire de casino, et puis que la nouvelle de l'incident ait mis deux jours avant d'être portée à la connaissance de la presse. J'avais eu le malheur de faire part de mon étonnement à mes collègues. Je fus convoqué dans les deux minutes par mon chef de service qui me jugea « inapte » à couvrir les subtilités de la vie niçoise. Il décrocha pour moi un rendez-vous avec René la Salade. Adjoint au maire pour les opérations spéciales, René était horticulteur et président du Syndicat des arrosants de la plaine du Var. Cela ne s'inventait pas. Il n'arrosait pas que les grosses légumes mais aussi les flics, les greffiers, les guichetiers, les militants associatifs…

René m'avait examiné, avait remarqué ma veste en tweed bon marché assez grande pour recouvrir un cheval, mes ongles qui semblaient passés régulièrement à la meule. Il flairait la soumission du futur jeune homme protégé, devinait que j'étais une pâte facile à étaler.

Pour ma part, j'avais mis du temps avant d'oser détailler mon interlocuteur. Le visage de René, tout en rides et crevasses, était un delta compliqué par où les gouttes de sueur qu'il sécrétait surabondamment en ces jours de canicule s'écoulaient en zigzaguant vers le bas. Ses yeux se dissimulaient derrière des sortes de poches lourdement accrochées à ses sourcils. Une touffe de poils jaillissant d'un cou de taureau et tombant en cascade par-dessus le bord empesé du col venait compléter le tableau.

— Alors comme ça jeune homme, on rêve de devenir un grand journaliste ?

René se foutait de mes hypothétiques talents de reporter. Ce qui l'intéressait, en revanche, était que mon père, Maxime Strada, avait reçu le baiser du précédent maire avant que celui-ci ne déguerpisse en catastrophe pour ouvrir une boîte de fringues en Uruguay…

— Laissez-moi faire, me dit-il, trop content de montrer l'étendue de son pouvoir bien plus grand que la plaine du Var.

Il prit un crayon sur le plateau luisant de son bureau et tapota un bloc-notes jaune, un legal pad américain dont la couleur s'assortissait subtilement au bois noir. Il reconsidéra la fiche avant de taper sur le cadran de son téléphone revêtu d'un velours cramoisi le numéro de sa secrétaire.

— Miranda. Appelle-moi le rédacteur en chef du *Gaulois*, à Paris. Oui, tout de suite pas dans une heure. Il a intérêt à faire fissa s'il veut qu'on continue de subventionner son Salon du livre merdique. Quoi ? Qui d'autre a appelé ? Le ministre de la Culture ? Mais qu'est-ce qu'ils ont tous avec la culture ces temps-ci ? (Se tournant vers moi :) C'est pas avec ça qu'on gagne des élections. Ça ne te rapporte pas une voix ! (Puis de nouveau au téléphone :) Je m'occupe d'agriculture, moi, pas de culture, ma petite. Je laboure profond ! Pas vrai ? Et pendant que tu y es, viens donc voir ce que j'ai trouvé sous mon bureau.

L'assistante entra cinq secondes plus tard. Elle portait un jean serré qui révélait un derrière rebondi, et un tee-shirt si possible encore plus moulant où se logeait avec peine une poitrine qui n'aurait pas déparé dans *Hustler*. Elle posa un coin de fesse sur le bureau de l'édile et croisa négligemment les jambes sur ses maladies.

— Qu'avez-vous trouvé, monsieur René ?

Et l'édile tout en clignant de l'œil se soupesa consciencieusement les couilles. La fille partit d'un grand éclat de rire avant de tourner les talons et de lâcher :

— Ah, vous alors, monsieur René…

Ravi de sa plaisanterie, ce dernier leva son quintal de graisse et lança :

— Et voilà jeune homme, comme on dit en mairie : « Elle est pas belle la vie ? »

René se frotta les mains et fit tinter ses chevalières. Il était très content de lui. Tout autant que s'il avait fait un dessin et qu'il l'avait affiché sur la porte du réfrigérateur.

— C'est super, murmurai-je.

— Vous avez la chance d'avoir ici à Nice des élus créatifs, renchérit-il.

Puis il me reconduisit jusqu'en haut du grand escalier de l'hôtel de ville, les épaules bien droites et la démarche raffermie par cent dix kilos de certitudes niçoises.

*

Ma séance chez Pinçon-Blanchart fut suivie de beaucoup d'autres. Quatre-vingt-onze exactement durant lesquelles l'évocation de mes souvenirs tantôt me tourmenta, tantôt m'apaisa. Chaque séance se terminait sur un mystère. On croyait progresser sur un chemin avant de se retrouver au point de départ, inconscients que nous étions que notre conscience était un labyrinthe. Quatre-vingt-onze séances durant lesquelles Pinçon-Blanchart, tapi en Minotaure, fut tour à tour et parfois en même temps le mentor, le père, l'instituteur, le frère, l'inquisiteur, le sauveur. Quatre-vingt-onze séances durant lesquelles, comme des centaines de milliers de patients, j'ai appris à haïr mon analyste mais à me surprendre à imaginer des figures érotiques avec lui.

Voilà pourquoi je me rendis encore une fois rue des Archives après ma rupture avec Ugo d'un pas presque apaisé. Trois vieillardes habillées de plastique passaient devant moi en haletant sur de mini-VTT. Elles étaient poursuivies par un homme d'âge mûr également qui me contourna en rollers. Bronzé, moulé dans une combinaison de lycra violet, il dansait en patinant, une musique aux basses puissantes s'échappant de son casque. Il me sourit et leva le pouce. Une manière, sans doute, de me faire partager son extase de Thésée pourchassant les Parques.

Arrivé devant l'immeuble, je n'hésitai pas comme je le faisais habituellement avant de pousser la lourde porte cochère qui s'était refermée cent quatre-vingt-deux fois derrière moi avec un bruit de porte de prison. Une ado profondément dépressive attendait dans le cabinet. « Un cas d'urgence » pensai-je. Elle était incapable de se tenir droite sur une chaise sans doute parce que son médecin lui avait prescrit un tranquillisant si puissant qu'il avait transformé ses muscles en gelée de viande. Ses sourcils étaient percés, ses lèvres étaient percées, ses joues étaient percées de rivets de type industriel, mais ses oreilles ne l'étaient pas. Je supposais que c'était parce qu'elle trouvait ce point de percement trop prosaïque. Je me souvins du diamant à l'oreille d'Ugo. Il m'avait coûté un mois de salaire.

Mais Pinçon-Blanchart me sortit de ma rêverie. Il avait une serviette de plage autour de la taille, le duvet des épaules humides et les yeux embués. Des odeurs d'amour se dégageaient de lui.

— Monsieur Strada ? Vous êtes déjà là ? Vous n'avez pas écouté le message que j'ai laissé à votre assistante ?

— Je n'ai pas d'assistante, vous avez eu une collègue qui a omis de me transmettre l'information. C'est fréquent.

Je me demandais parfois s'il ne faudrait pas créer un journal interne juste pour nous informer les uns et les autres au sein de la rédaction.

— Vous auriez dû appeler avant de passer.

— C'est qu'il m'est arrivé un événement désagréable qui remet en question beaucoup de choses...

— Je comprends mais je suis au milieu d'une expérience, là.

— Quelle expérience ?

« Je crois bien qu'on a fini » lança une voix depuis l'intérieur. Pinçon-Blanchart avait l'air un peu penaud face à ce désaveu.

— Apparemment, vous avez fini, dis-je.

— Apparemment. Accordez-moi alors quelques instants.

Quelques minutes plus tard, il revint visiblement de bonne humeur.

— Lorsque j'ai ouvert ce matin mon agenda et vu les noms des huit ou dix patientes avec lesquelles j'allais passer la journée, j'ai été gagné par un sentiment que je me suis surpris à qualifier de religieux. Il fallait que je fête cela.

D'un geste souverain, il tendit le gigot emmailloté de popeline qui lui servait de bras et m'invita à entrer dans son cabinet vide de toute présence féminine. Je me tournai vers la junkie qui n'avait pas bougé un cil.

— Excusez-moi docteur mais cette demoiselle attendait…

— Elle ? Mais c'est ma fille ! Allez, entrez monsieur Strada. Alors, commença-t-il avant de s'arrêter aussitôt et de pointer son stylo Montblanc vers mes avant-bras. Vous avez plein de marques et d'écorchures… Qu'est-ce qui vous arrive ?

Je ne voulais pas évoquer tout de suite le combat perdu avec Ugo ou, plutôt, je ne voulais pas en parler par ce biais, je préférais choisir le terrain.

— Oh je ne sais pas.

— On dit parfois que les petits accidents sont l'expression d'une colère rentrée, dit l'analyste. Décrivez-moi précisément ce que vous ressentez. Vous vous souvenez ? C'est ce que nous faisons souvent. Et ensuite, nous pourrons commencer à réduire la pression une fois que nous saurons précisément ce qui est la principale cause de votre angoisse. Tenez, reparlez-moi de votre père.

— Mon père aurait tant voulu que j'aie des lettres.

— Des lettres ou de l'être ?

Je me raidis et empoignai un coussin.

— Dans d'autres circonstances j'apprécierais, mais en ce moment je goûte peu le jeu de mots.

— Le jeu de maux ou de mots, dites-vous. Vous n'aimez pas le mot je. Il y a quelque chose qui vous tarabuste vraiment, monsieur Strada. C'est bien… il est toujours bon de se poser des questions.

Et c'est vrai que ce salaud visait juste, je soupirais intérieurement. Dans une conversation, j'aimais dire « nous » et pas « je ». Ou alors « on ». C'est bon « on », c'était rond, c'était accueillant, c'était le cercle magique qui délimitait et dans lequel on pouvait se réfugier. Mais c'est vrai aussi que je commençais à être excédé de ses calembours à l'emporte-pièce. La semaine dernière, comme je lui expliquais mon appétit nouveau pour la théologie, il m'avait interrompu pour dire : « Mmh, intéressant, au nom du Père ? Mmh, au nom de votre père, peut-être. » Et on était repartis pour un tour. Le but s'éloignait, le temps s'abolissait. C'était bien une histoire sans fin.

Mais cette fois, était-ce le contrecoup de ma dispute domestique, j'avais envie d'aller au bout de mon interrogation. Je sentais que j'étais prêt et aucune remarque intempestive ne m'arrêterait. Mon moi était en ébullition comme du lait dans une casserole laissée trop longtemps sur le feu. Ça y est, je débordais.

— Je suis un homme sans identité. Admettons, vous le soulignez assez depuis un an. Mon éducation et mon milieu m'ont doté d'un ensemble d'outils et de méthodes suffisamment efficaces pour surmonter cette infirmité. A me voir bavarder lors d'un cocktail, à me regarder engager une conversation avec ma voisine de table sans intérêt au cours d'un dîner, on ne devinerait jamais la nature de ma maladie. Mais elle est là, sous un vernis socioculturel (j'habite le centre de

Paris, je lis le Goncourt chaque année, j'ai la compil du Bouddha Bar...), je souffre de tous les corollaires de cette absence d'identité : un air d'assurance fragile, un aplomb tout théorique, une méfiance réflexe à l'égard de toutes les manifestations d'émotion, la crainte de la spontanéité, une peur panique d'attirer l'attention, un besoin presque irrépressible de me conformer...

« Et en plus, je dois cohabiter avec ce ventre rond. Un petit mais insolent bidon qui me vient de ma famille. C'est la seule identité héréditaire à laquelle je ne suis pas parvenu à me soustraire. Est-ce que ma nature a horreur du bide (pardon, j'aime finalement moi aussi ce genre de facilités) ? Mais justement, quelle est ma nature ? Peut-on être religieux et laïc, pédé et de droite, penser qu'un canard qui a été bien cuisiné n'a pas donné sa vie en vain et surveiller le moindre renflement suspect au niveau de son estomac ? Dans un pays où on prend soin le plus vite possible de vous étiqueter avant de vous ranger dans une boîte, prélude à cette grande boîte qu'est le cercueil, est-il raisonnable de raisonner sur ces sujets ?...

Je mis dix minutes à comprendre que le bruit que j'entendais derrière moi était un discret mais réel ronflement. Pinçon-Blanchart ronflait. Etait-ce son habitude de dormir quand un patient entamait une conversation de fond ? Et puis, que fallait-il faire lorsque son psy dormait ? Le réveiller ? Toussoter ? Se racler la gorge ? Se lever du divan ? J'essayais de le comprendre : demeurer ainsi assis des heures et des heures, comme un journaliste pisse-copie à sa table, mais pour ne recueillir que de pauvres témoignages de la misère humaine. Supporter ces je, supporter ces moi qui geignaient et se tordaient de douleur sur le divan. Toujours les mêmes histoires d'enfant peu aimé, trop aimé, mal aimé, trop bien aimé. Voilà pourquoi je choisis d'attendre sagement des minutes qui durèrent des heures. J'attendis soumis jusqu'à ce que cesse le ronflement et que revenu de sa torpeur soudaine, Pinçon-Blanchart me dise, pour me relancer comme il le faisait quand il estimait que mon propre mutisme durait trop :

— Oui ?

Arrivé à ce stade, j'étais sur le point de frapper un grand coup en révélant que je venais de me faire plaquer pour la première fois et que cela marquait un tournant tragique dans mon existence quand l'analyste m'interrompit :

— Je crois que nous n'aurons pas le temps aujourd'hui, monsieur Strada.

— Pardon ?

— Cela fait exactement cinquante minutes, monsieur Strada. Nous devons reprendre cette conversation une autre fois. J'ai des intervalles libres la semaine prochaine si vous voulez.

— Mais j'allais en venir à l'essentiel, protestai-je, peut-être pour la première fois. Je veux parler, parler encore, parler. Je n'en ai pas fini…

Hébété, je contemplais le décor alentour : la vue sur cour, et la lampe, et les statuettes phéniciennes et le portrait de Freud.

Mon interlocuteur esquissa un sourire (presque) conciliant. « Tout est essentiel, monsieur Strada, dit-il d'un air pénétré. Ce que vous m'avez dit est très significatif, j'ai largement de quoi réfléchir et vous aussi. »

Tout à trac, une image s'imposa : Pinçon-Blanchart honorant la mystérieuse créature de tout à l'heure et se retirant au moment même où celle-ci commençait à entrevoir l'esquisse du canevas d'un hypothétique plaisir et lui murmurant à l'oreille : « Tu as largement de quoi te contenter et moi aussi. » C'est bien ce que j'avais toujours soupçonné : suivre une thérapie, c'était payer pour le mince réconfort d'un laïus interruptus.

— Nous en resterons là aujourd'hui. Vous avez du bon sens, susurra Pinçon-Blanchart de façon conclusive, non sans avoir gratté sa dizaine de minutes sur la séance. J'avais du bon sens, en effet. Quant à bien me connaître – mon Dieu, cela faisait assez longtemps que je venais le voir pour qu'il puisse affirmer, sans crainte d'être contredit, que j'avais certainement plus d'argent que de bon sens.

L'Hôtel Axel

« Quand ils ne sont pas effrayés, ils rampent lentement, leur queue et leur ventre traînant sur le sol. Ils s'arrêtent souvent et semblent s'endormir pendant une ou deux minutes, les yeux fermés et les pattes arrière étendues sur le sol brûlant. »

CHARLES DARWIN.

Paris connaît trois saisons : on sort de l'automne, on va vers l'automne, on est en automne. J'étais assis tranquillement à la terrasse des Marronniers et je regardais déambuler les icônes du Marais, qui hésitaient entre montrer leurs nouvelles fringues à l'Open Café ou se faire sauter dans les toilettes du Cox. A côté de moi, deux jeunes garçons glapissaient comme une bouilloire oubliée sur le gaz et le sujet qui les occupait n'était pas la régulation monétaire internationale mais le nouvel AussieBum, le slip à poche qui venait du pays des kangourous.

Cela faisait deux mois qu'Ugo était parti – il fallait multiplier par six le temps dans la vie gay comme pour les chiens… J'étais passé par tous les stades requis de la convalescence – fixation sur le boulot, fixation sur le sport, fixation sur la bouffe, et j'avais eu mon lot de rendez-vous arrangés. C'est-à-dire des rencontres pour tirer un coup et puis basta ; quelquefois des rencontres pour tirer un coup puis pour prendre un verre au café Beaubourg et beaucoup plus rarement des rencontres pour tirer un coup avec dîner à la clé. Il me faut bien admettre que l'acte sexuel finissait ici par se réduire à une banale activité de loisirs analogue au baby-foot. Deux garçons seulement étaient revenus en troisième semaine et aucun en quatrième. Suivant les conseils de Pinçon-Blanchart, je passais mon temps à me répéter en sourate que rien ne clochait chez moi mais je commençais sérieusement à en douter.

Jusqu'à présent, j'avais toujours imaginé qu'il existait quelque part, concernant les affaires de cul et de cœur, une sorte de cour de justice divine qui s'assurait que les choses s'arrangeaient à long terme si l'on agissait correctement. Ma forme à moi de croyance en une sorte de justice immanente m'avait toujours persuadé que quelqu'un ou quelque force impersonnelle céleste surveillait tout et faisait en sorte qu'un comportement juste entraînât un résultat équitable. En d'autres termes, que les bons (je me plaçais plutôt dans cette catégorie) étaient récompensés et les méchants punis. Et c'était au moment où je commençais (aussi) à douter de cette croyance que survint un événement qui allait changer le cours des choses. Mais ça, je ne le savais pas encore.

— Cela ne vous dérange pas si je prends cette chaise ?

Un quinquagénaire version George Clooney se planta devant mon semblant de soleil. Je retirai précipitamment toutes mes affaires avec un grand sourire, sacrifiant à l'un des rites les plus éclatants du social dans notre vie. Le social, c'était quand on faisait quelque chose (de bon ou de mauvais) qu'on n'avait pas envie de faire et qu'on n'arrivait pas à s'en abstenir.

L'inconnu me rendit mon sourire et s'assit avec une nonchalance étudiée.

— J'adore vos articles, dit-il en consultant la carte des consommations qu'il devait déjà connaître par cœur.

— Vous êtes très gentil.

Que dire d'autre ? Et j'étais sincère en le disant, même si je prononçais ces mots avec le ton du duc de Windsor tâchant d'être aimable avec un éboueur. Il fallait dire que j'étais toujours pris au dépourvu par ce type de compliment comme s'il s'adressait à une autre personne et du coup, je répondais à chaque fois automatiquement comme si mes réponses étaient préenregistrées. Je lui demandai quels étaient les articles qu'il avait aimés, mon interlocuteur me répondit qu'il les appréciait tous.

— Vous venez souvent ici ? me demanda-t-il.

— Chaque fois que je veux être tranquille.

Ce n'était peut-être pas très aimable mais cela m'avait permis jusqu'à présent de me débarrasser des importuns. Pas cette fois.

— Et qu'est-ce que vous faites le week-end prochain ?

Là, il tourna son visage vers moi et planta son regard dans le mien.

L'abordage était si soudain et inattendu, que je renversai mon Coca zéro sur mon tee-shirt (en principe, je n'avais pas besoin d'un événement inattendu : une boisson me suffisait).

— Eh bien… Mais pourquoi me demandez-vous cela ? Vous voulez aussi ma chaise et ce qui est assis dessus ?

Il s'ensuivit un long silence gêné. Le thé glacé de chez Mariage Frères arriva et mon interlocuteur vida la moitié du verre d'une seule gorgée goulue. Il y avait tant de vie dans sa façon de boire que je décidai de lui accorder tout de suite un « bon point ». Du coup, je commençai à l'observer avec plus d'attention.

Des cheveux drus et courts. Classique. Ses avant-bras étaient, en revanche, tapissés d'un motif régulier de petites boucles de poils roux. En fait, il serait plus juste d'écrire que ma première impression fut celle d'un homme entièrement dominé par un motif régulier de petites boucles de poils roux. Ses manches étaient retroussées, ce qui m'avait permis de me forger cette première impression confortée par la toison s'échappant de l'échancrure de sa chemise et grimpant à l'assaut de sa pomme d'Adam, comme ces végétations à croissance accélérée et hostile dans les séries de science-fiction.

Je ne devais pas oublier le sourire ravageur d'une dentition habilement blanchie et réalignée. Bref, tous les artifices de la séduction sur une bonne ossature, rien de plus. Mais cela suffisait à entretenir le charme si je voulais m'en convaincre. Et cet après-midi, je voulais m'en convaincre. Je savais que quand on s'abandonnait aux lunettes noires du découragement, on n'était plus jamais capable de supporter le soleil. Le salaud lut dans mes pensées. Et passa à la vitesse supérieure en me tutoyant.

— Ecoute, je vais aller droit au but. Je t'ai déjà aperçu plusieurs fois dans des soirées, à moins que cela soit dans une salle de sport ou bien sûr à une chaîne d'infos. Tu me plais. Tu n'es pas trop con… du moins si j'en crois les apparences. Je pars vendredi prochain à Barcelone. Je t'invite si cela te chante. Je te rassure : je ne me montrerai pas trop exigeant. Et puis, ce serait bien que tu aies une aventure avec un homme de mon âge. Quand tu auras passé soixante-dix ans, les hommes de mon âge seront les plus jeunes que tu pourras t'offrir.

Quatre-vingt-dix-neuf fois sur cent, j'aurais repoussé cette proposition. Ugo et moi étions allés si souvent à Sitges (tous les ans, je crois) sans jamais passer par Barcelone. J'avais fini par oublier l'existence de cette ville que Madrid, avec sa Bear Pride et ses bars de la Chuenca, venait de détrôner comme capitale gay du sud de l'Europe. Mais il se trouvait qu'Ugo n'était plus là et que je souhaitais également me convaincre de tout ce que j'avais pu rater en restant avec lui. Je n'avais rien de prévu, et je me disais, après tout, merde, pourquoi pas ?

*

Et c'est ainsi que je me retrouvai un vendredi soir à Roissy. Renaud Wallace puisque c'était son nom, avait acheté les billets d'avion et réservé les chambres d'hôtel. J'appréciais le pluriel de « chambres ». On pouvait être, après tout, un garçon facile à convaincre et garder son amour-propre.

En attendant d'embarquer, nous nous étions engagés dans une conversation de la pire espèce dans ces circonstances. C'est-à-dire une conversation de pure convention. Visiblement, cela ne posait pas de problème à Renaud. Je connaissais des gens qui passaient leur vie en ayant ce type d'échanges sans s'en émouvoir. A l'évidence, contrairement à moi, il savait être lui-même sans être ridicule.

Nous avons commencé par parler de notre job. Il était consultant pour deux boîtes du CAC 40 et une trentaine d'organismes et d'établissements publics aux sigles cabalistiques. Puis nous avons évoqué l'étrangeté des rencontres à une terrasse du Marais, chacun affirmant que c'était la première fois qu'il tentait l'expérience. Cette partie-là de la conversation n'était pas inintéressante mais, hélas, elle ne dura guère plus de cinq minutes. Ensuite, nous parlâmes du mérite de nos quartiers respectifs et du prix de l'immobilier à

Paris. Enfin – et là, ça se gâtait – on passa aux films que nous avions vus dernièrement. On pouvait imaginer que rien n'allait plus si on abordait le sujet du cinéma au bout d'à peine une heure de conversation. C'était compter sans notre créativité. Nous abordâmes la question de savoir quel était le meilleur bordel de Paris mais aussi à Londres, Berlin, New York, Madrid, Buenos Aires et les coutumes locales. A Rio, les escorts qui se trouvaient dans une grande maison en bois sur trois étages se paluchaient, avant de passer à l'acte, dans une grande salle de télévision en matant des vidéos hétéros. L'hétérosexualité comme exotisme... Et quand tous les thèmes de conversation furent bien épuisés, on parla politique. Ou plutôt Renaud parla politique. Ce qui donnait à peu près ça :

— Je ne comprends pas pourquoi les médias nous enferment avec leur crise de l'économie. L'économie n'est jamais en crise. Elle peut plonger dans la misère ceux qui n'ont pas compris les règles ou qui refusent de s'adapter (ce qui revient au même). Les pauvres, les vieux, les illettrés, les faibles peuvent rester sur le carreau. Des chefs d'entreprise, des avocats, des publicitaires peuvent manger l'asphalte, mais le show ne s'arrête jamais. Jamais. Vous dites tant de contre-vérités, vous les journalistes, c'est votre métier qui veut ça. Vos mensonges ne sont que des conventions placées au milieu du chemin, destinées à entraver les meilleurs assez effrontés ou inconscients pour emprunter la voie rapide. Personne n'est censé les prendre au pied de la lettre. La vérité est que Paris n'est pas une ville mais un champ de bataille. Oh bien sûr, on ne voit pas les corps flotter et descendre la Seine. Bien sûr, les pillages et les massacres ont lieu dans des enceintes privées. Bien sûr, le lynchage n'est plus que symbolique. Mais c'est la guerre. Tuer ou se faire tuer. Manger ou être mangé. Je vais te dire un truc auquel je crois dur comme fer : plus les riches s'enrichissent, plus la société s'enrichit. Médite.

« Nous autres Français sommes surprotégés, infantilisés. Trop d'Etat. Ce président Jacques Chirac qu'on se coltine depuis plus de dix ans, c'est une couille molle. Sa troisième voie, c'est de la daube. Remarque, il doit aimer la daube, c'est son côté radical-cassoulet.

Là-dessus, il rit. Ce qui n'était pas très bon signe : toujours se méfier de ceux qui s'esclaffaient à leurs propres plaisanteries.

— Ce qu'il nous faut, continua-t-il, c'est une rupture. Regarde Sarkozy comme il se démène à l'Intérieur. Voilà un politique qui fait son job. Je suis pour lui à fond. Là où il y a une volonté, disait l'autre... Voilà ce qui nous affaiblit dans le grand combat de la vie : l'absence de volonté, la peur de l'inconnu. Les adeptes du saut à l'élastique ou de la descente des chutes du Nil comme ceux qui partent faire du trekking à la rencontre des tribus islamistes de l'Aden, ne savent pas ce qu'est vraiment le risque. Rien de plus dangereux, aujourd'hui, que d'investir, calculer les gains, vendre, acheter... L'ivresse des cimes...

Je demandai poliment pour placer un mot :

— Tu gagnes beaucoup d'argent ?

Il me regarda un peu étrangement avant de répondre comme si je cherchais à lui faire les poches.

— On en gagne, on en perd, reprit-il. Le mieux est de ne jamais se poser trop de questions. Un mec sur un vélo ne va pas passer son temps à se demander pourquoi il tient en équilibre. S'il le fait, il est sûr de tomber. Je ne compte plus les fois où j'ai joué le tout pour le tout. Sans réfléchir. Sans enquête préalable, sans consulter personne. Comme par hasard, ce sont les fois où j'ai ramassé un sacré paquet de fric. Tôt ou tard, il faudra bien que le mérite soit reconnu. Mais ça implique que l'on ne pourra plus accepter de se laisser marcher sur les pieds aussi souvent par les membres de la grande famille humaine. Et c'est là tout le problème…

Ça y est ? C'est terminé ? J'étais toujours épaté par ceux qui se présentaient aux autres bardés de certitudes tout en sachant qu'ils n'avaient pas de réponses à la plupart des questions qu'ils se posaient. J'admirais, si, si, j'admirais la manière dont ils parvenaient à donner un sens à toutes ces choses dénuées de sens, alors qu'en ce qui me concernait, j'aurais plutôt eu tendance à ne pas être sûr à cent pour cent que la Terre n'était pas plate à l'image des tarés dont m'avait parlé Florian.

Le voyage se passa sans encombre. J'étais exempté de conversation. Quelques minutes après le décollage, une hôtesse s'était agenouillée dans le couloir à côté de moi et m'avait demandé si je pouvais lui rendre un service. Façon hamster, les joues remplies de noix de pécan et de cacahuètes, j'opinai et elle me plaça en *première* classe à côté d'un gamin qui lisait sagement *Harry Potter et la citrouille gothique.* Je poussai un soupir d'aise et me plongeai à mon tour dans *A l'ombre des jeunes filles en fleurs.* Je retrouvai ainsi Renaud à la sortie de l'avion. Il était nerveux car le vol avait une demi-heure de retard et, dit-il, on nous attendait à la sortie de l'aéroport.

Je ne m'intéressais pas beaucoup aux voitures mais je savais reconnaître une somptueuse limousine quand j'en voyais une. C'était un peu comme entrevoir qu'il existait bien des mondes parallèles. Le chauffeur jeta les bagages dans le coffre puis le fit claquer assez fort pour faire sonner les dents à l'intérieur de la boîte crânienne.

Il roula lentement comme s'il était en contrôle technique. Les vitres étaient fermées et je ne vis rien de l'entrée de Barcelone. A 11 heures du soir, le carrosse nous déposa devant l'Hôtel Axel. Le premier établissement de la chaîne gay qui avait essaimé, depuis, à Berlin et Buenos Aires en attendant Tel Aviv ou Miami.

Le hall d'entrée était tout en gris et blanc à l'exception des petits carreaux de couleur piqués au rainbow flag. Le jeune homme à l'accueil était derrière un minibureau rond très feng shui. Le micro qu'il avait à l'oreille donnait l'impression qu'il parlait à Dieu directement. A notre arrivée, il battit des cils comme Joan Crawford quand elle implorait Bette Davis de ne pas jeter sa chaise roulante du haut de l'escalier. Sur son tee-shirt noir qui moulait avantageusement ses pecs était écrit « heterofriendly ».

Tous les gentils animateurs de l'hôtel le portaient ainsi que des pantalons mettant en valeur leurs petits culs rebondis. Ils se déplaçaient même pour vous servir un café comme ces gazelles africaines qui bondissaient pour aller plus vite et qui ne faisaient qu'attirer connement l'attention du prédateur.

— Tu vas voir, me murmura Renaud à l'oreille. En plus, tout ici est écolo.

Traduction : dans nos chambres grandes comme des boîtes à chaussures et à la décoration minimaliste, il y avait un petit carton à côté des préservatifs mis gracieusement à disposition, qui nous priait d'aider à préserver les ressources de la Terre en évitant le blanchissage superflu. On ne changeait les serviettes de toilette que si on les laissait sur le carrelage de la salle de bains. Tout cela faisait preuve d'un esprit responsable mais c'était un peu rude quand même pour moi. Je veux dire que je me croyais aussi écolo qu'un autre, par exemple, j'achetais toujours du shampooing en flacon biodégradable, mais l'un des plaisirs d'habiter un grand hôtel, c'était de dormir tous les soirs dans du linge repassé de frais et de s'envelopper dans un drap de bain tout propre chaque fois qu'on prenait une douche, non ? L'insipidité de ma vie avait fini par transformer l'obsession du linge propre en un impératif moral. Et je pensais déjà que je laisserais mes serviettes sur le sol durant tout le séjour ; j'éviterais simplement le regard de l'homme de chambre quand je le croiserais dans le couloir…

Par la fenêtre, je jetai un coup d'œil sur le haut de la rue, je croyais deviner au loin les Ramblas. Je rejoignis Renaud dans sa chambre. Il matait la télé en peignoir et s'émerveillait du nombre de chaînes que l'hôtel avait mises à notre disposition avant de se rendre compte qu'elles ne diffusaient toutes que de la puta mierda.

J'avais envie d'aller mettre un peu le nez dehors. Barcelone avait la réputation d'être très festive et libérée avec plein de bars, plein de clubs, de sexe et tout ça comme Londres ou Amsterdam. Jusque-là, je n'en avais pas vu la trace, mais nous n'avions pas encore exploré le quartier gay qui se trouvait à un pâté de maisons de l'hôtel. J'aurais apprécié qu'on fasse un peu de repérage. Mais quand je glissai quelques insinuations dans ce sens, Renaud eut l'air complètement obtus, comme s'il faisait exprès de ne rien saisir.

Il prit plusieurs appels sur son portable. Il avait apparemment l'habitude de baisser la voix au téléphone et de se couvrir la bouche de la main, comme si, assis à quelques pas de lui, je ne pouvais pas l'entendre.

Je pensai un moment qu'il avait peut-être ses projets à lui de hot sex, avec rien que nous deux dans le coup plus un escort « local », mais ce n'était pas ça. Renaud était en quête de dope. Le colis qui devait lui être délivré lors de son arrivée à l'hôtel dans le coffre de la limousine, s'était « perdu » en route.

Il était minuit. Sans drogue, il commença à bâiller. Il s'excusa et prétexta qu'il avait eu une journée fatigante et qu'il était peut-être l'heure de se retirer. Ma foi, j'étais étonné, et un peu vexé. Ce n'était pas que j'avais une envie irréfragable de son corps mais bon, je m'attendais à ce que lui, il manifestât un peu plus ouvertement d'intérêt pour le mien. Je lui répondis donc que c'était une bonne idée, que j'allais l'imiter de sorte à être en pleine forme le lendemain matin. Nous nous séparâmes presque cérémonieusement dans le couloir à la porte de la chambre sous les yeux d'autres clients. Il faut dire que cet hôtel mettait tout en œuvre pour développer la convivialité. A chaque étage, un réfrigérateur encastré dans le mur et rempli d'eau gazeuse était mis à la disposition de tous. Pour un oui ou pour un non, les occupants des chambres sortaient en peignoir ou en slip pour se servir avant de regagner leur nid. Certains laissaient entrouvertes les portes de leur chambre… au cas où.

En regagnant l'ascenseur, je m'aperçus justement que la chambre en face attendait de la visite. Je frappai discrètement à la porte et n'eus pour toute réponse qu'un discret soupir. Je recommençai plus fort et entrai pour voir le spectacle d'un jeune garçon qui dormait sur le couvre-lit, vêtu d'un slip blanc.

Si la scène avait été naturelle, elle n'aurait pas pu être plus excitante. Nous autres, on rêvait en permanence de nous retrouver un jour ou l'autre dans un film de cul. Etait-ce l'effet d'une frustration chronique ou bien était-il effectivement irrésistible ? Une envie de lui sauter dessus s'empara de moi.

Pour voir comme on dit au poker. Je tendis la main pour lui pétrir une fesse. Ce contact suffit à électriser le dormeur qui tourna son visage vers moi, se cambra puis poussa de profonds soupirs. Malgré tout ce que pouvait penser Sarah, je n'étais pas encore bon à jeter. Je baissai son slip d'un coup. Autant ne pas se perdre en préliminaires.

— Oui. C'est bon. Vas-y. Là. Plus fort. Encore. C'est ça. Oui. Tu baises bien !

Ce qui bien entendu, le fit jouir en une minute, et je jouais le jeu – ma performance méritait un public de plus d'une personne.

*

Le lendemain matin, il faisait un temps splendide, idéal pour explorer Barcelone à pied et idéal pour se promener sur le sun deck de l'hôtel et attraper un cancer de la peau. A ma grande déception, je trouvais que la piscine sur le toit de l'hôtel était trop petite pour nager. C'était une de ces vasques pour oiseaux installées afin que l'on puisse dire « hôtel avec piscine » sur la brochure. Elle jouait néanmoins son rôle : celui de donner envie de vous déshabiller. En revanche, le bain à remous, situé juste à côté, était assez vaste pour une petite orgie romaine, ce qui est, au fond, la véritable raison d'être des bains à remous. La mousse rosâtre qui flottait à la surface m'inspirait une confiance très relative. Il y avait déjà quatre personnes qui y barbotaient : un couple d'un certain âge qui ressemblait à deux crabes ébouillantés, et deux jeunes lesbiennes maussades à la coiffure punk. Renaud s'y jeta sans hésiter. Je restai sur le bord. Incommodé par l'odeur de chlore. J'avais lu quelque part que ce n'était pas le chlore en soi qui dégageait une odeur, mais la réaction chimique produite par l'urine. Les naïades et tritons devaient pisser dans l'eau. Toutes les trente secondes, l'une de ces créatures marines sortait de l'eau pour aller quérir une des petites bouteilles d'eau glacée, encore une fois gracieusement mises à notre disposition.

Renaud me proposa d'aller à pied vers le port. C'était extraordinaire à quel point, dès qu'on partageait son quotidien avec quelqu'un, on le découvrait sous un jour nouveau et on était irrité par des choses complètement inattendues.

J'ai attendu dans le hall une bonne demi-heure que Renaud descende. J'avais l'impression familière d'attendre un avion en retard dans le bar d'un aéroport.

Un jeune Espagnol en short kaki tournait autour de moi en vrombissant comme un insecte. Je le fixai à mon tour et il se dirigea vers moi.

— Sandro, se présenta-t-il.

— Benjamin.

Je lui serrai la main qui était chaude et ferme. Il me tendit un papier.

— Si tu te sens seul ce soir. Mon numéro de chambre est la 127.

Cela se passait comme ça à l'Hôtel Axel.

— Et tu fais quoi dans la vie ? me demanda-t-il pour prolonger juste quelques secondes (pour la forme) notre conversation.

— Je suis journaliste.

— Ah, comme Carrie Bradshaw !

C'est aussi à cela que l'on reconnaissait l'Hôtel Axel. Le premier nom d'homme de presse qui venait à l'esprit des clients n'était pas Albert Londres mais l'héroïne de *Sex and the City*.

Ce fut le moment que choisit Renaud pour faire son entrée en scène. Pour notre expédition vers La Barceloneta, il portait des lunettes de soleil très foncées et un chapeau de coton à bords tombants qu'il avait acheté des années plus tôt chez Diesel. C'était le genre de chapeau que portaient les retraités en Floride et sous d'autres climats chauds.

Nous marchions à une bonne allure. Au bout d'une demi-heure, j'émis le souhait de m'acheter une casquette pour me protéger du soleil. Il faisait si chaud que même les mannequins dans les vitrines des magasins avaient des auréoles sous les bras.

Nous étions sur une portion particulièrement tarte de l'avenida où s'entassaient les bars et les restaurants affichant des tapas catalans, équipés pour la plupart de haut-parleurs qui inondaient la rue d'une musique disco catalane tonitruante pour attirer le client, ou alors de télés branchées sur la chaîne catalane qui diffusait au maximum du volume sonore des vieux films de Bollywood doublés par des acteurs catalans.

Si incroyable que cela pût paraître, nous peinions à trouver un simple café. Mais après tout, c'est ça les week-ends ou les vacances : passer son temps à ne rien faire ou à chercher quelque chose à manger ou à boire, avec de temps à autre la lecture d'un guide touristique. Pour le genre prétentieux ou intello, restait la possibilité d'aller se faire bousculer dans un musée.

Il y avait justement pas très loin une exposition d'un photographe américain sur les prostitués de La Nouvelle-Orléans, je l'avais vue il y a deux ans au Festival d'Arles. Nous allâmes y faire un tour. Tout y était élégant, joli éclairage, jolis visiteurs, des photos qu'on accrochait au mur de son salon et pas dans la cabine du camion d'un routier. Des photos à la composition parfaite : des prostitués nus qui posaient seuls, des prostitués nus qui posaient par deux, des prostitués qui posaient par trois, quatre, six. Certains étaient des junkies, d'autres des Latinos, d'autres encore des Noirs avec une paire de gants de boxe accrochés au cou. Rien de sale. Ils posaient et c'était tout. Des prostitués nus du quartier Marigny et un bon matériel photographique. Une nouvelle heure de marche nous permit d'arriver au port de plaisance de Barcelone qui ressemblait, au fond, à tous les ports de plaisance du monde à l'exception de celui de Nice où seuls les triplex flottants à pavillon panaméen sont tolérés.

— Mmh… mmh, s'exclama Renaud en inspirant une longue goulée d'air qu'il rejeta bruyamment par les narines, ah ça fait du bien ! Le bord de mer me manque cruellement.

Notre errance m'avait au moins permis de me faire une idée sinon de la ville, du moins de ses habitants. A Barcelone, la population se divisait à peu près en trois catégories. On avait d'abord les très riches avec leur temps libre, leurs régimes diététiques, leurs cartes d'admission à la salle de gym ; ils étaient généralement minces et en pleine forme. Et puis, on avait ensuite les pauvres obèses parce qu'ils ne pouvaient se payer que les churros, les plateaux télé bon marché et bourrés de calories ou la bouffe des fast-foods. La troisième classe, c'est les SDF, la plupart roumains, marocains, albanais ; eux, ils étaient très maigres parce qu'ils n'avaient même pas les moyens de se payer la merde que mangeaient les pauvres.

Renaud me proposa de rentrer à l'hôtel pour faire une petite sieste. Dans le taxi qui nous ramena, il passa son bras autour de mes épaules. Je compris à quel genre de siesta il pensait. Sa respiration s'était faite plus rapide en anticipation d'un contact plus intime. J'avais la chair de poule partout et ce n'était pas à cause de l'air conditionné que le chauffeur avait mis à fond. Ah bon, c'était l'heure déjà ?

Oui, le moment était venu. Renaud ne voulait pas seulement me serrer dans ses bras. Il voulait « faire la bête à deux dos ». J'avais lu cette expression chez David Lodge qui l'avait piquée à Shakespeare. Faire la bête à deux dos était, en tout cas, plus juste que « coucher avec ».

Eh bien heureusement que j'étais assommé par le soleil, sans quoi je serais mort d'embarras. Je voulais dire, il y avait de quoi éclater de rire ou fondre en larmes, et avec ce que je m'apprêtais à subir, c'était l'hilarité qui devait prendre le dessus. Le fou rire me prit dès que je vis Renaud ouvrir une de ses deux valises puis sortir précautionneusement d'une housse en cuir La Martina une paire de pinces à seins.

Il avait l'air étonné de ma réaction. Apparemment, il les mettait toujours pour faire l'amour avec ses précédents amants. Mais quand en plus il enfila un jockstrap en cotte de mailles, je n'en pus plus. Je me demandais s'il n'avait rien oublié, comme un heaume voire une armure. Ce qui n'aurait pas été forcément une mauvaise idée, car vu l'étroitesse du lit, il courait le risque de tomber par terre durant les préliminaires.

Il apparut très vite que Renaud attendait que je saisisse ses pinces à seins et que j'en use comme Tarzan avec sa liane. Un jeune comédien m'avait raconté un jour qu'il était poursuivi par un rêve où il se trouvait sur scène sans savoir quelle pièce il jouait, obligé de deviner les répliques et ses déplacements en fonction de ce que disaient et faisaient les autres interprètes. J'avais l'impression d'être en train de doubler le rôle du précédent amant de Renaud avec le même handicap. J'ignorais comment il s'en tirait mais quant à moi, je me sentais à mi-chemin entre le premier rôle et celui du figurant hallebardier.

Je m'exécutai avec un zèle excessif qui fit que, cette fois, le cri de Tarzan retentit dans tout l'hôtel.

J'entendis aussitôt le bruit sec des portes de chambres qui s'ouvraient à l'étage. Quelques clients de l'Hôtel Axel étaient dans l'attente de subir le même traitement.

Je ne pouvais plus retarder la chose. Je l'aidai à se mettre à quatre pattes et m'activai sur un rythme qui pourrait passer non pas pour de la passion mais pour de l'intérêt. Quand il s'agissait de feindre dans ce domaine, j'en connaissais un rayon. Tout à coup, Renaud se retourna et s'empara de ma queue. Il balançait sa tête sur un rythme d'enfer. Un vrai pro : contrôlant sa respiration, restant parfaitement détendu et parfaitement concentré. Au bout de dix minutes, il ne marqua aucun signe de fatigue. Il aurait été grossier de ne pas lui offrir une salve de bravos. En fait, en dépit des efforts qu'il déployait, je sentis le sommeil me gagner. Vite ! Ouvrir le tiroir aux fantasmes, trop heureux que personne ne devinât quelle image je choisissais pour me faire gicler.

Je n'étais pas un égoïste et je terminai ma besogne jusqu'à ce que Renaud ait poussé un grand cri qui, cette fois, devait être de plaisir.

— Pour toi, c'était bien ?

Naturellement, je lui dis que c'était formidable (quoique, pour être franc, il m'était arrivé de tirer davantage de plaisir d'un bon bain chaud et parfumé après une dure journée de travail ou d'un volumineux club-sandwich).

Bon, après ça, nous dormîmes une petite heure, puis décidâmes de monter au dernier étage pour nous plonger, lui dans le jacuzzi et moi dans la piscine.

Inondée de lumière et d'un bleu éclatant, elle me paraissait plus grande que ce matin mais, toujours trop petite pour risquer un plongeon, je me glissai dans l'eau. L'eau était fraîche, juste ce qui était nécessaire pour me réveiller. La lumière batifolait autour de moi. Aucun bruit à part le clapotis de l'eau contre mes bras et le bord de la piscine. J'aurais dû me dire : le bonheur total, meilleur que l'argent ou le sexe illimité. Je n'y parvenais pas…

Renaud pataugeait dans son bain à remous. En face de lui, se tenait un jeune Italien qui affichait un sourire béat. La mousse tenait lieu de camouflage. Aux mouvements de Renaud qui glissait de plus en plus au fond, je devinais que son pied devait être en train de masser doucement les couilles du jeune homme. Il prenait d'autant plus de plaisir à se livrer à ce petit jeu aquatique qu'il me savait être juste à côté.

Plus tard, en me remémorant cet épisode, je me suis demandé si ce n'était pas moi qui avais tout faux. Après tout, Renaud ne se posait pas de questions. Il ne se mettait pas en doute et se prenait tel qu'il était. Il coïncidait avec lui-même alors que moi je ressemblais à ces personnages dans les grands cahiers que les enfants coloriaient. La couleur était un peu décalée par rapport au dessin : elle débordait, comme s'il y avait un flottement.

Le portable de Renaud sonna, il sortit de l'eau sans prendre la peine de masquer un début d'érection et chercha dans son peignoir. Il afficha un air grave et sortit du sun deck après m'avoir signifié de l'attendre.

Il revint quelques minutes après en brandissant une petite enveloppe rembourrée.

Je sortis de l'eau à mon tour et me dirigeai vers lui.

— Une bonne nouvelle ?

Il hocha la tête, ouvrit deux enveloppes supplémentaires et arracha des mètres de rouleaux adhésifs pour finir par sortir un petit sachet empli d'une poudre blanc cassé.

— Voilà qui va me permettre de prendre des forces pour ce soir quand nous allons écumer les discothèques.

Je frissonnai en entendant cela. Je n'avais pas mis les pieds dans une discothèque depuis dix ans et je n'éprouvais pas l'envie de m'y rendre depuis plus longtemps encore. La seule perspective de payer pour me faire assourdir et écraser les pieds par des adolescents en Diesel qui se bousculaient au bar me donnait la nausée.

— Comment as-tu réussi à trouver ça ?

— Quand on appelle un trader en France pour lui demander de t'envoyer quelques grammes de coke étant donné que tu l'as aidé à se mettre quelques millions de stock-options dans la poche, il ne te répond même pas. Ici, tout est possible. Si tu fais la même chose en Espagne, il t'envoie la dope par porteur spécial depuis Madrid.

D'après le plan de la ville donné par l'hôtel, le quartier gay n'était qu'à une rue. Alors tels deux lemmings recherchant leurs congénères, nous sommes partis dans cette direction pour trouver un restaurant.

— Je sais où nous allons dîner, dit Renaud. J'ai horreur des surprises.

— Moi aussi, renchéris-je alors que je n'en pensais pas un mot.

Renaud choisit un restaurant baptisé Le Castro. Ce qui me faisait penser que les noms d'établissements gays étaient, à Barcelone comme ailleurs, de consonance californienne version années soixante-dix : New Chaps, Bear Factory, Salvation… A peine avions-nous posé un orteil dans le resto qu'un serveur, crâne ras, les anneaux aux oreilles à l'image de la Vache qui rit, se rua vers Renaud pour lui proposer « la même table que d'habitude ». Aïe, faute de goût.

Vingt minutes plus tard, nous attendions toujours la carte. Mon compagnon parvint à choper au passage un serveur qui partit nous chercher deux menus comme s'il allait grimper au sommet de l'Himalaya sans oxygène. Nous avions le choix entre le filet de kangourou et son risotto à la truffe blanche et le steak de requin à l'émulsion de parmesan sur un tartare de crosnes.

Nous prîmes une bouteille de rioja mais j'en bus la plus grande partie parce que Renaud se restreignait en vue de sa performance à venir.

Il s'éclipsa aux toilettes le temps de se faire une ligne. Il ne crachait pas sur la came, persuadé que c'était là un passage obligé pour être plus cool. Et puis, si l'alcool faisait grossir, la poudre aidait à perdre du poids.

La nuit s'annonçait tendue. La nourriture était assez quelconque, et si par hasard un des plats était bon, il n'en y avait jamais assez, mais il était servi avec tout le décorum souhaitable et une lenteur qui nous faisait croire que nos vies étaient passées au mode ralenti. C'était la première fois que je me hasardais à exprimer le fond de ma pensée depuis notre arrivée mais Renaud ressentit cela comme si je l'avais giflé.

— Je suis désolé, dit-il avec raideur, je fais de mon mieux.

Mais bien sûr… Je ne t'adresse aucun reproche.

Le Barcelone gay était comme le Paris gay, le Buenos Aires gay, le Miami gay ou le Tel Aviv gay. Ce n'était pas une poule de luxe ruineuse. Plutôt un pickpocket doté de trois paires de mains, qui fouillait les poches, le moindre repli de vos vêtements et votre cul. L'addition donna l'impression que quatre autres personnes s'étaient assises à notre table et avaient commandé le menu « dégustation » au champagne.

Plus délestés que lestés, nous descendîmes la rue Casanova et croisâmes des bars tous plus design les uns que les autres.

C'était au fond simple, le Barcelonais moyen vivait catalan, bouffait catalan, chiait catalan. Il n'avait que le mot Catalan à la bouche. Le gay barcelonais, lui, vivait design, bouffait design, chiait design, et avant de se faire enfiler s'assurait que la position dans laquelle il tendait son joli cul était l'angle de prise de vue immortalisé par les films de Chi chi LaRue.

Nous nous apercevions que tout le monde avait foutu le camp pour rejoindre les vraies soirées, celles qui se déroulaient en dehors de Barcelone. Il ne restait plus que quelques poignées de pédés abandonnés.

Renaud proposa d'aller à l'Eagle, un bar cuir, et de baiser à s'en faire péter le cerveau... Oui, il répéta cette phrase plusieurs fois.

« On mesure l'intelligence d'un individu à la quantité d'incertitudes qu'il est capable de supporter. » Dixit Emmanuel Kant. Tout pouvait arriver dans un bar. On ne savait jamais qui on allait rencontrer ni où on allait finir. C'était comme un grand tourbillon d'infinies possibilités. Allais-je partir avec le barman albinos qui ramassait dans la salle les chopes de bière ou adhérer à ce club de cyclistes transsexuels ?

Ni l'un, ni l'autre puisque l'Eagle était précisément sans surprise. Il appartenait à la catégorie glauque, tout simplement. L'ouvreur avait des cheveux blond sale comme de la margarine pleine de miettes. Il nous distribua à l'entrée de grands sacs-poubelle pour y mettre nos vêtements. Pas évident de se déshabiller sans poser un coin de fesse sur le banc en bois à l'entrée dont un simple raclement avec une spatule aurait permis à l'Institut Pasteur de faire de gigantesques progrès dans l'étude des MST. Je parvins cependant à me foutre à poil en gardant mes Nike Safari. Renaud avait prévu le coup avec ses santiags.

Je demandai des préservatifs. L'ouvreur me répondit qu'il y avait une machine qui en distribuait ainsi que du poppers près du bar mais que, ce soir-là, elle était en panne.

A l'intérieur, c'était le bazar habituel : hangar en béton, loges en préfabriqué tapissées de rideaux en filet de camouflage qui avaient été blancs. La quantité de fumée était incroyable, les cendriers débordaient de cigarettes consumées et le sol était parsemé d'exosquelettes de cacahuètes écrabouillées. Les clients avaient tous un verre à la main et paraissaient s'emmerder ferme. Seuls quelques excités déployaient une énergie formidable pour tenter d'attirer une proie dans un coin sombre.

Au milieu de la salle, il y avait une table de billard. Les joueurs s'y tenaient hanche contre hanche et descendaient des bières très fraîches. Ce qui me fit envie. Je me retournai vers Renaud pour lui demander s'il avait soif mais il avait disparu. Je me dirigeai seul au bar.

Le barman était inexplicablement blanc et glabre et son corps réussissait l'exploit d'être à la fois maigre et gros. Il était, lui, vêtu d'un grand tablier en cuir semblable à celui des tanneurs. Je m'approchai et sortis de ma chaussette le ticket d'entrée.

— Une pression.

Le barman me servit sans décocher un sourire. On ne devait pas détruire l'atmosphère. Tout devait sentir la testostérone même si ce n'était pas la première odeur qui me venait à l'esprit en reniflant.

Je fumais, observant les couples qui se faisaient et se séparaient, affichant parfois une demi-érection.

J'avais l'impression d'avoir le trac. J'essayais d'avoir l'air naturel en prenant un air dégagé à mi-chemin entre « je remarque » et « je ne remarque pas », mais en fin de compte, je ne jouais pas très bien la comédie. Je terminai ma cigarette en crapotant. La fumée s'échappait des cendres rougeoyantes tout comme le fil se dévide de l'anus de l'araignée. Allez savoir pourquoi, je me demandais ce que les New-Yorkais auraient dit si Spiderman avait eu ce super-pouvoir.

— Voilà à quoi on a droit comme bière à la pression, râla un barbu accroché au comptoir qui avait la tête d'un conquistador et un sexe si long qu'il donnait l'impression d'avoir été prolongé par un étui pénien de Nouvelle-Guinée. Cette éternelle sempiternelle Heineken ! La bière qui a les meilleurs pubs et le goût le plus dégueulasse du monde entier. Qu'ils aillent se faire foutre les Hollandais avec leur pisse. On est à Barcelone ici, pourquoi on nous sert pas de la San Miguel ? Pourquoi elle est si sucrée cette bière ? Parce qu'ils ont le marché américain et les Amerloques, ils aiment ce qui est sucré. Je suis allé à Disneyworld, moi. Eh ben là-bas, ils te mettent du miel sur leurs Choco Pops, ces cons.

Je hochai la tête sans répondre. Le verre terminé, j'allai aux chiottes. Pour certains clients de l'Eagle, le défaut des toilettes, c'était que d'autres s'en servaient pour uriner. Les portes étaient entrouvertes et pas besoin de les ouvrir davantage pour savoir ce qu'il s'y passait. Un bruit curieux provenait d'une cabine du fond. Ce n'était pas un bruit humain ; on aurait plutôt dit une porcherie ou, pire, un porc solitaire de deux cents kilos.

Le barbu du bar m'avait suivi. Il posa ses grosses fesses sur le bord du lavabo.

— Tu sais ce qu'ils devraient faire ici ? Au lieu de nous flanquer une salle de billard et un bar miteux ? Ils auraient dû ajouter des chiottes supplémentaires juste pour sniffer de la coke. Franchement, c'est un scandale ! Etre obligé de se planquer aux toilettes pour s'éclater comme si on était des criminels. Ça craint !

— Je prends pas de dope ce soir, lui dis-je.

Il me happa par le bras.

— Hé ! Regarde, j'ai un cadeau pour toi. Le pied, le vrai pied. T'aimes prendre ton pied ? Normal, tout le monde aime, et tu verras, c'est de la bonne, bébé. Pas de la camelote. De la pure... Qu'est-ce que tu crois que c'est, guapo ? De l'héroïne, pardi, de la belle brune dorée... comme dans la chanson. Un zeste de magie pour voir la vie en rose. Je te la chauffe si tu veux pour la rendre douce et moelleuse comme du miel. D'accord ? T'inquiète pas, guapo, juste une petite goutte avec une aiguille neuve, regarde : je la sors de l'emballage. Pas de risque de sida de mierda. Je te le dis : je vais m'occuper de toi. On peut dire que tu as du bol de m'avoir rencontré.

Il me débitait ses conneries en me caressant l'avant-bras comme s'il cherchait déjà à trouver une de mes veines bleutées.

Renaud choisit ce moment pour entrer en fanfare dans les toilettes avec deux tapins.

— Benjamin ! Je t'ai cherché partout. Au lieu de te branler dans les toilettes, viens, on va fêter ta découverte de Barcelone.

Il gueulait avec un enthousiasme tel qu'on avait l'impression qu'il venait de décrocher la timbale et la queue du singe.

J'ai oublié comment je suis parvenu à le raccompagner jusqu'à l'Hôtel Axel puis jusqu'à sa chambre. Une fois allongé sur le lit alors que je lui enlevais les santiags, il manifesta le désir de baiser.

— Je suis désolé, Renaud, mais je suis un peu fatigué, c'est tout. Nous repartons tôt demain à Paris.

— Toi fatigué ? Pffff…

— Oui je suis fatigué ! répondis-je passablement énervé. Je sais que je ne porte pas tout le poids des mutations de la société sur mes épaules mais j'ai moi aussi un travail.

Il me fit un tel numéro que je finis pour avoir la paix par lui laisser prendre mon sexe dans sa bouche.

*

Dans l'avion qui nous ramenait à Paris, nous étions assis côte à côte et il devenait impossible de ne pas parler.

— Qu'est-ce que tu vas faire de ta personne, Benjamin, à présent ? me demanda Renaud en me prenant par la main.

Je détestais ce genre de question.

— Faire de ma personne ?

Je vis sur son visage une expression qui pouvait passer pour la manifestation d'un souci sincère.

— Tu es dans un état pas fameux et tu le sais. Tu es journaliste au *Gaulois* depuis dix ans. La vie que tu mènes n'est pas très épanouissante mais ce qui est plus grave, c'est que ta carrière piétine. Tu pourrais aussi bien être perdu en mer, mon petit. (C'était nouveau ce « mon petit » et guère à mon goût.)

Il se répandit en paroles sur les postes auxquels je pouvais prétendre. Je lui répondis que j'écrivais un essai sur les vies de Marcel Proust. Je n'ambitionnais certes pas d'être un jour un géant de la littérature mondiale, comme beaucoup de gens qui menaient une vie active et bien informée, je n'écrivais pas spécialement bien mais bon... Je vivais dans un milieu où il était devenu quasi impossible de ne pas être publié. On pouvait se présenter comme un terroriste du dimanche tendance nécrophile mais il était impossible d'avouer que vous n'étiez pas en train de travailler *sur* un essai, des nouvelles, un roman, une biographie, au risque d'être considéré par vos interlocuteurs comme une bête curieuse qui méritait au mieux la pitié, au pire la fourrière. Voilà pourquoi depuis quelques années, je me mettais régulièrement à ma table de travail pour écrire. Cela m'autorisait à sortir tous les soirs et je me plaignais amèrement que mes obligations mondaines m'empêchassent de me consacrer entièrement à mon œuvre.

— Je ne parle pas de ça, coupa Renaud. On s'en fout de ton essai ! Il y aura toujours quelqu'un pour gribouiller quelque chose à ta place. Si tu es le prototype du beau jean-foutre, c'est en partie à cause de la façon dont tu vis ta vie mais c'est surtout à cause de ton boulot, tu es trop bêcheur.

— Bêcheur ?

— Tu donnes trop l'impression de regarder les gens de haut. C'est pourquoi la plupart de tes collègues te détestent autant. L'aspect bêcheur est inscrit dans tes gènes. Tu es bien trop intelligent pour pouvoir réussir au sein de ton journal ou, du moins, à la fois trop intelligent et foncièrement incapable de le cacher. Dans la presse, on accepte cette tare si ceux qui en sont affligés savent jouer les idiots, ce qui n'est pas ton cas. Tu as deux ou trois idées et tu les défends avec un talent qui n'a pas manqué de t'aliéner la sympathie de tes collègues moins doués, dans ce monde de médiocrité. Seulement voilà : avec les années ton impétuosité s'est progressivement affaiblie et tu es devenu ce que tu es à présent.

— C'est-à-dire ?

— Un homme « qui aurait pu faire carrière ».

— Super ! Merci. Je commence à perdre espoir, dis-je, tenant ma tasse de café à la hauteur des lèvres.

— Surtout pas, répliqua Renaud. Tu es trop jeune pour perdre espoir.

En réalité, ayant déjà mis un pied dans la quarantaine, j'avais statistiquement l'âge idéal pour perdre espoir.

— Ah bon, dis-je en tentant de soustraire ma main

à sa poigne paternelle, mais il ne me laissa pas faire et me la serra encore plus fermement.

— Ce que je ne t'ai pas dit, c'est que je suis consultant également pour *Le Gaulois* ou plutôt pour son futur patron Charles Sabot. Ils cherchent tous en ce moment un nouveau rédacteur en chef pour leur *Magazine*. C'est le bordel, le dernier en date n'avait qu'un livre dans sa bibliothèque et encore, je ne suis pas sûr qu'il ait terminé de le colorier. Si tu es intéressé, je peux t'aider. Quand Sabot reçoit un de mes conseils que je lui facture à prix d'or, il est si cérémonieux qu'il me donne l'impression d'être Moïse recevant les Tables de la Loi sur le mont Sinaï. Normal, plus tu es cher dans ce job, plus tu as de chance de te faire respecter. C'est un peu comme les artistes contemporains sauf que mes œuvres se détériorent beaucoup moins vite. Alors, tu serais partant ? Tu vas voir, Sabot est un peu… bourru et à cheval sur une ou deux conventions, mais c'est quelqu'un de bien. Je suis sûr que tu devrais t'entendre avec lui…

Je savais qu'il ne se vantait pas. Dans la presse aussi, le consulting avait assis son pouvoir sur la frilosité et la peur des dirigeants. Pas un grand groupe qui n'ait eu recours ces derniers temps aux graphiques colorés, aux diagrammes camembert, aux séances interminables de vidéoprojecteur et aux fameux peep-shows rebaptisés pour l'occasion sondages qualitatifs.

Etais-je prêt à me lancer dans le vide sans filet et, peut-être même, sans élastique ? Voilà longtemps que je voyais mes autres confrères me passer devant sous prétexte que j'étais le meilleur dans mon domaine. Dans la presse, il était préférable de ne pas exceller dans un secteur si on ne voulait pas y finir sa carrière.

Au *Gaulois*, j'avais connu un critique littéraire de génie qui était parti à la retraite en ayant le salaire d'un employé du gaz. Seuls les médiocres et à plus forte raison les nuls pouvaient changer d'affectation. C'était ce que l'on nommait dans notre jargon, la « punition ascensionnelle ». Pour les autres, il y aurait toujours un imbécile galonné pour dire : « C'est formidable ce qu'il fait, ce serait vraiment dommage de ne pas continuer… Il est tellement irremplaçable à ce poste que ce serait une perte pour le journal s'il changeait de rubrique. » A vrai dire, je n'étais pas sûr que ce type de jugement ait été l'apanage de notre profession.

Bref, je voyais là le meilleur moyen de changer de catégorie et de ne plus m'occuper – enfin ! – de la rubrique Débats du quotidien. J'étais fatigué de la mauvaise foi de mes contemporains à l'égard de Jacques Chirac. Voilà un homme qui avait quand même passé dix ans de son mandat à démontrer comment le pays aurait été géré si l'on s'était contenté de caler le corps de François Mitterrand dans un fauteuil avec des coussins. Ce qui le disqualifiait pour cette course à l'oubli à laquelle quelques mauvais esprits le vouaient et notamment, les amis de son ministre de l'Intérieur qui entonnait tous les jours le grand air du dénigrement.

Je m'entendis chuchoter un timide et con « Je suis intéressé ». Après avoir entendu ces quelques mots, Renaud s'endormit et son étreinte se relâcha.

On pouvait reprocher ce qu'on voulait à Ugo mais il avait du moins raison sur un point. J'étais un grand enfant. Je parlais des sages antiques aussi bien que les hebdomadaires qui en faisaient leurs choux gras. Mais la sagesse… Elle m'apparaissait comme une sorte de diète dont l'absence de sel me répugnait. Je n'étais pas assez vieux pour la confondre avec la vertu. Après tout, ne disait-on pas aujourd'hui qu'on cessait seulement d'être ado à trente ans ? J'avais juste pris un peu de retard sur la moyenne. J'avais, enfin, la capacité de grandir, ou, en tout cas, je l'espérais.

La surprise du chef

> *« Tout est grand dans le temple de la faveur, excepté les portes qui sont si basses, qu'il faut y entrer en rampant. »*
>
> DUC DE LÉVIS.

J'attendais Sarah au Georges, le restaurant lové au dernier étage du Centre Pompidou. Le rendez-vous des touristes américains, des fausses vedettes des médias, des mannequins anorexiques, et la cantine de mon ami Richard Kupferman, senior consultant pour Goldman Sucks. Ce que j'aimais dans ce restaurant, (outre le fait qu'il me rappelait la phrase de Giraudoux dans *La guerre de Troie n'aura pas lieu* : « Le privilège des grands, c'est de contempler les catastrophes d'une terrasse »), c'était que, pour y parvenir, l'ascenseur privé étant en panne un soir sur deux, il fallait prendre les escalators et aller à la rencontre d'une étrange tribu : les « pompidoliens ».

La plupart de ces autochtones étaient très pâles et passaient le plus « clair » de leur temps dans les entrailles du Centre.

Impossible de savoir s'ils exerçaient un métier en dépit de leurs cartables de cuir en piteux état dont ils ne se séparaient jamais. A force d'être confrontés aux caractères d'imprimerie et à la réverbération des projecteurs d'illusions, leurs yeux étaient rouges, dilatés, perdus dans le vague.

Les femmes de la tribu étaient petites et rondes et jetaient des regards beaucoup plus agressifs que les mâles sans doute parce que, été comme hiver, elles étaient vêtues de ponchos en poil de lama. Ce qui me fascinait était que cette tribu vivait en totale autarcie depuis la mort de Barthes et de Foucault, doucement mais opiniâtrement indifférente à tout ce qui ne concernait pas ses idoles. Rien n'était susceptible de lui faire abandonner son territoire. Pour l'apaiser, le directeur du Centre lui sacrifiait, de temps en temps, un conférencier.

Je vis arriver Sarah de loin, elle gravissait les marches lentement, d'un pas mesuré mais assuré. Une démarche étudiée, selon un mode d'approche de la vie que, à mon avis, elle étendait et imposait à tout ce qui l'entourait. Elle me faisait penser à une actrice qui s'avançait vers la scène pour recevoir son Academy Award. Elle avait tiré en queue de cheval ses longs cheveux bruns, incroyablement épais. Ses pommettes hautes lui donnaient un air de princesse. Eté comme hiver, elle affectionnait de porter un body noir et arborait toujours un bijou intéressant – une épingle ornée d'un éléphant, des boucles d'oreilles byzantines, un bracelet en bois précieux... Elle se pencha vers moi et m'enveloppa aussitôt de Muscs Koublaï Khän de chez Lutens. A une autre époque, d'un sexe différent, elle eût été un conquérant mongol rêvant de villes incendiées, de captifs gémissant sous le joug, de chevaux épuisés d'avoir parcouru les frontières mouvantes de son empire.

— Bonjour Benjamin. Alors que vas-tu m'annoncer cette fois ? Tu te maries avec un Pygmée du Burundi ? Tu deviens moine au mont Athos ? Tu as décidé de faire du trekking ? Tu as acheté une fiole contenant l'haleine de Marilyn Manson et tu t'apprêtes à la renifler pour le trip du siècle ?

Tout ce qu'elle disait paraissait avoir été frisé au fer. Quand j'écoutais parler mes autres amis, leurs phrases me semblaient toutes plates, leurs mots se contentaient de pendouiller dans le vide. Alors que Sarah, quand elle disait quelque chose, la fin des mots rebiquait. Je savais qu'elle venait d'enregistrer l'émission de radio très politiquement incorrecte, « Rien n'est tabou », sur une grande station. Elle était encore dans le débat. Les chroniqueurs de cette émission, tous « anticonformistes », avaient fini par créer un discours labellisé « rebelle ». C'était l'émission préférée des chauffeurs de taxi et de leurs bergers allemands puants.

A un autre moment, j'aurais été gêné de l'entendre presque crier mais chez Georges, c'était le mode normal de conversation – s'il était possible de nommer ainsi cette foire d'empoigne des besoins d'affirmation de chacun (personne n'écoutant qui que ce soit et tout le monde vociférant son avis).

Comme je la savais impatiente, je résumai ma rencontre avec Renaud puis mon week-end en gardant le meilleur pour la fin…

Elle me sourit et me caressa d'une main experte le genou. Elle appartenait à ce type de femmes qui avaient besoin de tester en permanence leur pouvoir de séduction.

— Comment s'appelle l'heureux élu ?

— Renaud Wallace.

— Son nom me dit quelque chose. Est-ce qu'il n'a pas un cabinet de conseil ? C'est lui qui a participé à l'élaboration de la nouvelle grille de France Télévisions ?

— Oui, c'est lui.

— Humm… Le résultat n'est pas très glorieux. Si c'est pour refaire ce que les amis de Jospin faisaient de pire…

Je haussai les épaules.

— Tu serais sympa de ne pas dire du mal de celui qui pourrait être l'homme de ma vie.

— Tiens donc ! Et combien sont-ils sur la liste ?

— Tu ne le connais pas !

Sa main se reposa sur mon genou.

— Alors parle-moi de lui.

— Plus âgé que moi. Sur ce point, tu remarqueras bien que je n'ai pas tardé à suivre ton conseil à la lettre.

— Plus rapidement eût été indécent. Va aux faits, s'il te plaît. C'est un biscuit ?

— Dans son genre… Oui. Il est bien foutu, il a la peau douce et un beau cul. Et concernant le sexe, il est très imaginatif…

— Mon chéri, si tu veux, je t'arrête tout de suite. (Quand elle était énervée – c'est-à-dire souvent – elle ponctuait toutes ses envolées par « si tu veux ».) Arrêtez de croire, vous les homos, que vous êtes toujours sur le point de trouver la dernière innovation en matière de sexe. La dernière trouvaille dans ce domaine remonte au jour où nos ancêtres les amphibies sont sortis de l'eau pour vivre sur la terre ferme. Faire ça à sec, Benjamin, ça c'était de la nouveauté.

J'arrêtai d'écouter sa mise en boîte. Je savais parfaitement donner le change, veillant à hocher la tête, froncer les sourcils ou esquisser un demi-sourire comme si de rien n'était. Lorsque je me ressaisis quelques instants après, il ne me sembla pas avoir raté quelque chose. Avec une certaine satisfaction, je lui balançai LA nouvelle : ma possible promotion à la tête de l'hebdomadaire du *Gaulois*.

— Devenir rédacteur en chef du *Gaulois Magazine*… Mazel Tov ! Mais si tu veux, là, je me demande si ton « quicky » ne s'est pas foutu de toi, me lança-t-elle de sa voix rauque de fumeuse. Sans être désagréable, poursuivit-elle, je ne suis pas sûre que tu sois l'homme de la situation.

Je m'y attendais. Ce que je devais bien sûr entendre par là, c'est qu'elle était ELLE l'homme de la situation.

Comme nous étions sur la terrasse, Sarah saisit son sac pour trouver des cigarettes. Au bout de quelques minutes, d'un geste radical, elle finit par le vider sur la table pour un tri patient.

— Si tu avais raison, repris-je, profitant de ce qu'elle était occupée, penses-tu vraiment qu'il aurait pris la peine de me rappeler pour me demander si j'étais toujours partant ? Je pense que dans le domaine professionnel, c'est quelqu'un de sérieux. Je sais bien que cela semble être une proposition tombée du ciel mais après tout, les processus de décision sont, aujourd'hui, de plus en plus étranges.

Elle avait allumé sa cigarette.

— Oui, enfin, ils sont parfois apparemment très simples. Si tu veux, jusqu'à présent, je croyais qu'il n'y avait que France Télévisions qui était un repaire de pédés. Il est impossible que je participe à une émission sans en rencontrer un. Note bien que je n'ai rien contre, sauf que ce système ne permet pas toujours de promouvoir les meilleurs et qu'il est nettement préférable de ne pas être une nana. Je ne te fais pas de dessin.

A vrai dire, je préférais qu'elle arrêtât là mais c'était compté sans la bile qu'elle avait accumulée durant l'émission.

Elle prit une profonde inspiration avant d'expirer :

— Si tu veux, vous vous présentez comme des victimes mais quand il s'agit de vous placer, il y a toujours une main secourable pour vous aider à grimper à l'échelle.

Je fis la grimace comme à chaque fois qu'elle abordait ce sujet. J'étais prêt à lui faire remarquer que ce genre de réflexion n'était ni juste, ni amical mais, tôt ou tard, notre échange aurait fini avec son « argument » massue que j'avais entendu cent fois : « On peut être contre le mariage gay sans être taxé d'homophobie, non ? » Après tout, est-ce qu'elle avait vraiment si tort que ça ? Est-ce que Renaud Wallace m'aurait proposé ce poste si je n'avais pas fait la bête à deux dos avec lui ?

Je regardais la table à côté. Un couple venait d'y prendre place ; un homme d'une soixantaine d'années, très élégant, et un jeune homme dont les vêtements provenaient sans aucun doute d'une boutique des Champs-Elysées. Contre toute attente, le plus âgé tourna le dos à la vue panoramique sur Paris. Il avait un léger accent anglais. Il désigna l'affiche géante qui ornait le Centre Pompidou et demanda à son compagnon s'il avait vu l'exposition qu'elle annonçait. Celui-ci secoua la tête comme s'il voulait se débarrasser d'un insecte. L'Anglais encouragea son interlocuteur à y aller. Bacon, dit-il, avait mené une vie d'excès et de fureur, mais ce n'en était pas moins un génie. Génie que révélait une vision unique, exemplaire de notre modernité. Le jeune homme écouta impatiemment en se gardant bien de relancer la conversation. Toute son attitude était une autre version de la traditionnelle mise en garde des putes : « J'embrasse pas. » De son côté, l'Anglais souhaitait attirer le jeune homme dans les chauds replis de son savoir pour donner quelque humanité à leurs relations tarifées. J'imaginais que Charlus n'avait pas dû procéder autrement. J'essayais de saisir en les observant mieux s'il n'y avait pas quand même autre chose mais je fus interrompu dans ma réflexion par Sarah dont la voix était montée d'un ou deux décibels.

— Si tu veux y aller, vas-y ! Je sais que tu en meurs d'envie, comme un enfant qui voit un manège. Seulement, je te préviens, une fois monté sur le cochon volant, tu ne pourras plus redescendre, tu devras attendre la fin du tour complet.

— Je pense que je me sens prêt, rétorquai-je.

— Dans cet univers, ton look, tes vêtements seront complètement décalés. Quant à ton état d'esprit – cela crève les yeux – il va les indisposer. Si tu acceptes, je te préviens tu iras droit dans le mur.

— Mais j'ai déjà accepté...

— Franchement, déclara Sarah – et deux miettes au coin de sa bouche se virent promptement effacées d'un auriculaire discret –, je ne sais pas comment tu arriveras à tenir...

Elle avait l'air d'être tellement sûre d'elle que ce fut à cet instant précis que je commençai vraiment à vouloir ce poste, de toute la force de mon âme. A le vouloir comme on pouvait vouloir quelque chose que l'on considérait hors de sa portée. Dans mon esprit affamé de succès, obtenir ce job relevait d'un nécessaire et vain challenge. A la minute où Renaud m'avait parlé du *Gaulois Magazine*, j'avais bien vu que je n'appartenais pas à ce monde-là, mais je m'adapterais. Ma charmante amie venait de me confirmer ce que je savais. Donc il me fallait ce poste. Tout de suite. Sans compter que des milliers de journalistes étaient prêts à se damner pour l'obtenir.

Florian que j'appelai en sortant du déjeuner était sur la même longueur d'onde.

— Mais oui, cela ne se refuse pas. Ne sois pas stupide. Pense à tous les gens célèbres que tu vas croiser. En plus, pour une fois tu auras des trucs géniaux à raconter autres que j'ai passé la tribune de Christine Boutin ou j'ai dû complètement réécrire l'entretien de l'académicienne russophile… On va avoir de quoi rire pendant des années.

— Bien vu.

— Et ta copine Sarah, elle en dit quoi ? Tu le lui as déjà annoncé ?

— Tout à l'heure, ouais, je lui ai dit. Elle ne trouve pas que ce soit une bonne idée. Elle pense que je vais trop m'« exposer ».

— En gros, elle te dit : « Pour vivre pédés, vivez cachés. »

— C'est un peu ça.

— Présente-la-moi, j'aurai vite fait de la faire changer d'avis.

— J'y songe.

J'avais un peu honte de l'avouer. Mais pour moi, c'était impossible de présenter mes amis les uns aux autres. Je devais cloisonner. Tous trouvaient ça un peu curieux mais pour une raison qui m'échappait, à mes yeux, c'était normal.

— Sarah est une emmerdeuse, si tu veux mon avis. Une vraie rabat-joie, décréta Florian. Rappelle-toi cet axiome : un ami, ce n'est pas celui qui est là quand tu es dans la merde, mais c'est celui qui se réjouit quand il t'arrive quelque chose de bien. Médite !

— Ouais, peut-être, répondis-je platement.

— En tout cas, tu vas t'amuser.

*

Avant de relancer Renaud, je m'étais rendu au service des archives du *Gaulois Magazine* afin de me familiariser avec ce titre. Nous appartenions au même groupe de presse mais je n'avais ouvert le journal que dans des salles d'attente, chez mes grands-parents ou en faisant la queue devant des comptoirs d'aéroport.

Tout homme cherchant à entrer dans une entreprise de presse était bien inspiré d'aller jeter un coup d'œil dans ses archives. Ne fût-ce que pour vérifier le degré d'estime dans lequel les propriétaires tenaient le titre et ses journalistes.

Les archives du *Gaulois* me faisaient l'impression d'être un décor pour film d'action américain du style *Blade III contre les vampires*. J'errai de niveau sombre en niveau sombre comme un personnage dans une pièce minimaliste. Les salles de stockage conduisaient vers des parkings souterrains abandonnés et les parkings à leur tour donnaient sur des corridors jonchés de détritus. C'était noir, suintant et plein d'échos de gouttes d'eau qui tombaient. Je pris l'ascenseur de gauche, celui de droite était en panne. Dans la cabine qui entamait sa lente descente, on entendait les craquements et les gémissements moyenâgeux des chaînes et des poulies.

J'avais pris l'ascenseur avec Gilbert, le chroniqueur gastronomique du *Gaulois Magazine*. Son rôle consistait à ne pas choisir un restaurant au-dessous de 200 euros par tête de pipe. Sacré Gilbert qui me connaissait déjà et voulait « ab-so-lu-ment » m'indiquer le chemin à suivre : « Un jour j'ai envoyé une stagiaire me chercher un vieux numéro du *Magazine*, je l'attends encore. » Sacré Gilbert, il avait dû sortir sa vanne une bonne dizaine de fois. A vrai dire, à chaque fois qu'il avait rencontré un nouveau rédacteur en chef. Insubmersible Gilbert avec son costume beige, ses chaussures beiges et ses cravates vives tel un enfant en panoplie de Batman. Malgré sa longévité respectée dans la grande maison, il avait su rester simple. Pas comme le gommeux qui, sous prétexte qu'il s'occupait de l'édition japonaise de *La Gauloise* (le titre féminin du groupe), se donnait des airs de Madame Butterfly. C'est que Gilbert se faisait un devoir de ne pas « perdre le contact » avec les ouvriers du Livre. Chaque fois que l'un d'eux entrait dans l'ascenseur – et c'était fréquent aux étages inférieurs – il prenait le temps de lui faire un brin de causette. « Salut, Kevin ! disait-il. Comment va la vie ? » (A la réflexion, son nom était peut-être Jeannot et pas Kevin. Non. C'était Kevin. Il devait y avoir un autre ouvrier quelque part, nommé Jeannot.) Parfois, Gilbert faisait mine de le boxer ou bien lui parlait du cancer de sa femme...

Aussi quand l'ascenseur atteignit le niveau le plus bas, j'avais le moral au beau fixe. Tout allait être très facile. Je feindrais de boxer Jeannot ou Kevin pour rire, puis mentionnerais comme ça, en passant : « Faudra qu'on aille se boire une mousse, un de ces jours. » Naturellement, je n'en ferais rien.

Arrivés au cinquième sous-sol, Gilbert m'indiqua la route à suivre et me salua gaiement pour aller retrouver sa BMW Z4. Je me souvenais de la pub « Rouler en Z4, c'est découvrir la voiture à l'état pur et avec tous ses sens. Musclée, sportive et esthétique, elle offre un plaisir de conduire sublimissime pour ceux qui aiment les propulsions ». Il fallait bien pour le cul de Gilbert l'assurance des pneus runflat. Les seuls pneus permettant de rouler à plat.

L'archiviste était habillé comme un prof sans âge qui aurait acheté tous ses vêtements en une seule promotion à C&A en 1973. Il était assis derrière son pupitre d'écolier, tellement voûté et atrophié par l'arthrite qu'il ressemblait à un crustacé en complet-veston. Personne ne venait le voir.

— Aujourd'hui, les journaux, dit-il en maugréant, n'ont plus besoin de mémoire. Il vaut mieux, en effet, une légère amnésie.

Il me déblaya un fauteuil et je m'installai avec sur les genoux une année complète du magazine aux couleurs tapageuses dont la devise proclamait en lettres de feu l'ambition d'être « L'événement de la semaine ». Dans le premier numéro, l'événement trompeté était « Le grand retour du mariage ». Le mot « grand » était en lettres rouges. C'était une nuance de rouge qui avait dû paraître chaude et délicate quand on la voyait à l'écran de l'ordinateur mais qui, une fois imprimée, faisait plutôt penser à un vernis à ongles pour pute à Koweit City. Le style typographique des pages intérieures, faussement classieux, évoquait une partie de Scrabble jouée par un ivrogne.

Le chef du service Société avait trempé sa plume dans l'encrier d'Homère et du Tasse pour écrire un article fièrement intitulé : « Même les stars disent "oui !" » J'avais ramé quelque temps contre le courant de cette prose originale avant de passer au reste du numéro. « Une rencontre avec... » se présentait comme la simple transcription de propos de table de deux ou trois convives réunis le temps d'un déjeuner pendant lequel les vues les plus pertinentes sur le devenir du monde et de nos démocraties étaient échangées comme on se passe le sel ou le poivre. Apparemment une rubrique régulière – « A table », chroniquée par ce cher Gilbert – était consacrée à un restaurateur tout ce qu'il y avait de plus chic qui venait d'ouvrir dans le VIIIe arrondissement, avec photo du chef portant la toque et posant devant une pyramide de pâtés et de terrines. Hasard ? Son établissement était celui où avaient déjeuné les protagonistes de la rubrique précédente.

A l'évidence, les prétentions intellectuelles du magazine comptaient bien moins que le souci de satisfaire un public fortuné. Certes, tous les articles ne traitaient pas d'un palazetto vénitien ou du dernier spa au Bhoutan. Certains poussaient l'audace jusqu'à évoquer la politique municipale d'un édile qui accueillait la caravane d'été du *Gaulois*. Pourtant, dans l'ensemble les choses étaient claires : quand les personnalités étaient connues du grand public, on leur déroulait le tapis rouge et on portait aux nues leurs moindres signes de vie. S'il s'agissait d'éminents représentants du monde culturel, ils n'avaient le droit d'apparaître que pour mettre en valeur une initiative des propriétaires du journal. C'était ce que l'on nommait sans doute la « synergie du groupe ». Généralement, il s'agissait de préserver un des chefs-d'œuvre de notre patrimoine : un castel normand dans l'Indre, un moulin dans le Quercy ou une chapelle avec fresques du Quattrocento en Haute-Savoie. Ainsi un chef d'orchestre qui avait eu son heure de gloire ou un danseur sur le retour gardaient toutes leurs chances à condition de combattre vaillamment le cancer ou la drogue (ce fléau). En revanche, les universitaires, les philosophes, les romanciers ne pouvaient gagner leur billet d'entrée qu'en posant avec une vedette de music-hall.

On évitait soigneusement les potins salaces, graveleux, le mariage qui avait duré moins d'un jour, celui qui n'avait pas tenu jusqu'à la lune de miel, le mari qui découvrait au bout de huit ans de vie conjugale que sa femme était un homme. On y cherchait en vain la moindre catastrophe aérienne ou les incidents plus abracadabrants. Pas question ici de couvrir une collision entre un car rempli de touristes bavarois et un touc-touc à Pattaya. Surtout quand les victimes étaient des prostituées thaïlandaises qui se rendaient à leur travail en pousse-pousse. Bref, pas de photos sanglantes, de corps éclatés, de moignons ou de prothèses.

Pas de fesses dans ce canard non plus. Pendant la très prude ère victorienne, on mettait dans les bons salons des « pudeurs » de dentelle aux pieds jugés trop galbés des pianos à queue... Dans le même temps, le mot strip-tease se répandait dans le monde entier.

Le plus drôle dans l'affaire – mais je n'étais pas sûr que l'adjectif fût approprié – était que cette fausse élégance présentée par les articles était anéantie par les pubs dont le magazine était truffé.

La première, juste en face de l'édito, montrait une dame charmante d'un âge certain qui nous regardait et souriait de tout son dentier pour nous dire : « Vous savez quand j'ai mal aux jambes, j'aime être à mon aise. » (Mon commentaire : Pourquoi attendre d'avoir des varices pour ça ?) Dans une autre pub, on vantait Totalia, le nouveau médicament contre les allergies saisonnières qui seul devait nous permettre de profiter de nos sorties au grand air. Une autre pub interpellait ainsi le lecteur : « Avez-vous traité des hémorroïdes en pleine nature ? » Personnellement je ne m'en souvenais pas. Comme par miracle le mannequin à la virilité grisonnante qui nous posait la question – il me semblait l'avoir vu s'attarder dans les douches de mon club de gym – sortait un tube de crème de sa vareuse.

Pas de son sac de sport ni de la boîte à gants de sa voiture, mais de sa poche d'où il pouvait le sortir en moins de deux pour offrir une tournée.

Bon. Il devait être possible de redonner un peu de souffle et de contenu à tout ça, à supposer bien sûr que tout le monde soit prêt à mettre les mains dans le cambouis et à se débarrasser de ses préjugés. A supposer que. Je savais bien que ce n'était pas gagné d'avance mais après tout, essayer n'a jamais fait de mal à personne. Quoique...

*

Le grand moment était arrivé et je ressentais le trac comme jamais je ne l'avais ressenti. La veille, Renaud m'avait téléphoné pour me demander de me tenir prêt. Quelques minutes plus tard, je reçus un appel de Patrice Vermillon. C'était un des deux factotums de Charles Sabot. Il me dit très vite qu'il avait en charge dans son « portefeuille ministériel » la presse, les équipements sportifs et la famille de l'industriel. L'autre factotum, Pierre-François Basseterre, s'occupait de politique (Charles Sabot s'était fait élire sénateur en ayant « sponsorisé » auparavant les électeurs, leurs ascendants, leurs descendances, les isoloirs et les urnes) ainsi que des montages financiers du groupe.

Vermillon me proposa de venir me chercher pour un déjeuner rapide avant... la rencontre ? le rendez-vous ? l'audition ?

La Buick flambant neuve qui m'attendait en bas du journal sentait le plastique frais. Le tableau de bord présentait encore plus de gadgets que l'ancienne, que Vermillon avait gardée pendant cinq ans et dont il venait de se séparer une semaine plus tôt, immédiatement après une coûteuse réparation. Tout en me conduisant vers Neuilly, il me dit que le vendeur lui avait proposé une énorme remise mais ce n'était pas ce qui l'avait décidé au rachat d'un nouveau modèle. La réparation, continuait-il, avait eu pour effet de le déposséder de sa voiture : il avait retrouvé le tableau de bord maculé de traces de cambouis réfractaires au nettoyage le plus insistant, et senti l'intérieur imprégné d'une odeur de garage.

Je songeais qu'il n'aurait pas fait autant d'histoires s'il avait surpris sa femme dans une partie de jambes en l'air avec un acteur transformiste équatorien.

Vermillon sortit un dossier de la poche intérieure de sa veste étroitement boutonnée.

— C'est pour vous.

Je cueillis délicatement le dossier dans sa pogne bananoïde et l'ouvris pour y trouver des vieux numéros du magazine *Cours de France*, qui eut son heure de gloire dans les années soixante. On y célébrait le bon goût des Parisiennes et l'humeur toujours positive des Parisiens, la Citroën DS et de Gaulle.

— Etudiez-ça, je vous le laisse, me dit Vermillon comme s'il me confiait les clés des caves du Vatican.

A peine avions-nous mis le pied dans le restaurant – une pizzeria italienne de la rue de Longchamp – que le propriétaire déboula de la cuisine pour venir à notre rencontre, en s'essuyant les mains sur son tablier immaculé. « Ah signor Vermillon. » Il frétillait.

— Y a oun éternité que nous ne vous avons pas vou. Pourquoi vous venez plous ? Vous avez trouvé quelqu'un qui fait oun meilleure pizza ??

— Michel-Angelo, qu'allez-vous chercher ? fit Vermillon avec une condescendante bonhomie. Vous confectionnez les plus remarquables pizzas de Paris.

Nous prîmes place à la meilleure table tout près du faux feu de cheminée. Comme de bien entendu, Michel-Angelo apporta le vin lui-même. Vermillon remplit les verres. Un apéritif, dit-il avec une gaieté jouée, avant les trois spéciales ?

La spéciale se trouva être une pizza de la taille d'une roue de charrette, une circonférence d'un mètre cinquante découpée dans l'écorce terrestre en éruption volcanique. On y découvrait, pêle-mêle, les créatures des sept mers, les animaux de la plaine sous forme de salaison, des oignons, des artichauts et des tomates de Bari, le tout englué dans d'épaisses cloques de mozzarella.

Vermillon en engloutit deux et je m'employai tant bien que mal à avaler la moitié de la mienne.

Pendant que nous mangions, le restaurant commençait à se remplir de la clientèle des cadres de la Défense. Ils étaient harnachés dans leurs vêtements peu seyants qui les faisaient ressembler à des polochons enfoncés dans des taies d'oreiller. Ils parlaient à voix basse, délibéraient du menu et buvaient leur vin par petits prélèvements en rejetant la tête en arrière comme le font les oiseaux.

Vermillon se lança alors dans la présentation de la vie illustre et magnifique de Charles Sabot. Dès ses premières paroles, je sus qu'il m'était donné d'entendre l'un des plus grands rhétoriciens de l'Histoire – la crème, la quintessence des bonimenteurs. Car le discours de Vermillon était tout aussi éloigné d'une conversation ordinaire qu'une bombe atomique d'une arme conventionnelle. C'était une explosion, une déflagration lexicale qui faisait pleuvoir sur vous une radiation toxique. J'en reçus une dose létale dont le pourrissement corrosif allait m'accompagner tout au long de la journée…

Il était clair même pour un enfant de deux ans que les simples énoncés factuels et les apartés désinvoltes qui tombaient de ses lèvres s'apparentaient davantage aux crues et débordements d'un fleuve furieux qu'aux transparents ruisseaux du papotage mondain.

Quand il se taisait, il me semblait que ce torrent de mots avait été momentanément ralenti par quelques tourbillons de cogitation, et que sa pensée continuait à monter en puissance derrière le barrage, avant de le crever pour lâcher à nouveau des tonnes de mensonges.

— Et voilà pourquoi, Charles Sabot a décidé de donner de son temps – rare – et de son argent – précieux – pour renflouer *Le Gaulois* et lui faire enfin prendre le large…

Il s'interrompit, se dessina une mine pensive en harmonie avec son propos.

Si ce déjeuner avait pour but de m'enlever tout trac, c'était réussi. Ce face-à-face m'était devenu encore plus pénible que les incessantes interventions de Michel-Angelo pour s'enquérir de notre degré de satisfaction. Mon seul souci était d'en finir au plus vite. Je me surpris à me lever et à demander à Vermillon :

— Je crois qu'il est temps, non ?

*

Bien entendu, la première impression fut désastreuse. Je reconnaissais sans peine que je n'étais pas une autorité en matière de décoration. Mon appartement, que je trouvais plutôt confortable, n'était pas « décoré », à moins qu'on considère l'usage systématique de vieux volets en bois comme un trait de style. Certes, il m'arrivait régulièrement de me livrer à une « rénovation », mais après avoir tourné les coussins du divan, je découvrais non moins régulièrement que j'aurais été mieux inspiré de n'en rien faire. Tout cela pour vous expliquer qu'on m'impressionnait facilement avec un parquet bien ciré, quelques candélabres, et des fauteuils dont les ressorts voulaient bien rester cachés.

Mais l'hôtel particulier de Sabot, situé en bas des Champs-Elysées, déployait un tel faste que je ressentis un profond dégoût. Tout y respirait le faubourg Saint-Antoine et la fortune nouvelle. J'avais la désagréable impression d'avoir été précipité dans un épisode de *Dynastie*.

Nous pénétrâmes, Vermillon et moi, dans un vaste hall où, juché sur un tabouret, un colosse viandeux, sanglé dans un costume trop étroit, lisait le dernier opus de Nadine de Rothschild. Il me salua courtoisement et m'examina sans aménité avant d'ouvrir deux nouvelles portes en tapant de mystérieux numéros sur des digicodes. La deuxième porte donnait sur un ascenseur dont notre cerbère muet se rendit maître grâce à une carte magnétique et à un autre code. A l'intérieur, tout de marbre et de bronze, il pressa un bouton marqué « CS ». Les portes se refermèrent en sifflant et l'instant d'après, d'autres sifflèrent encore pour s'ouvrir toutes grandes. Je me trouvai devant deux énormes portes en bois de cèdre.

Les murs et les sols étaient couverts de marbre rose. Entre les colonnes doriques, des piédestaux aux décorations compliquées supportaient d'authentiques statues – enfin, apparemment authentiques – représentant tout le gratin des dieux et des demi-dieux. Les dimensions de la pièce, le marbre, les statues, les colonnes à profusion évoquaient le hall d'arrivée de quelque aéroport antique.

Au milieu du mur, deux autres portes menaient au reste de l'appartement. L'une d'elles s'ouvrit soudain. Un majordome en uniforme vint annoncer que monsieur Sabot était en retard sur son emploi du temps mais qu'il nous rejoindrait sous peu. Il me débarrassa de mon manteau puis disparut. Je me concentrai et nouai ma cravate qui ressemblait à un coquelicot fané.

Nous restâmes un long moment à nous dandiner en regardant tout autour de nous. Des Vermeer, des Monet, des Seurat, des Picasso, une myriade d'orientalistes, une vraie exposition. Vermillon en profita pour me présenter le second factotum : Basseterre. Grand et gros avec une énorme figure que terminait un triple menton tremblant, il me rappelait un pingouin impérial méditatif que j'avais vu un jour au zoo de Regent's Park à Londres.

— Impressionnant, hein ? dit Basseterre en désignant d'un geste ample les toiles de maîtres.

Puis baissant révérencieusement la voix, comme s'il faisait visiter la grotte de Lourdes :

— C'est grandiose, et pourtant, on s'y sent bien. Comme chez soi.

Enfin, Sabot parut. Personne ne l'avait entendu venir. Un vieux truc, il avait des semelles de crêpe qui lui permettaient de surprendre ses collaborateurs.

Je savais que Sabot était petit, très petit. Cela ne m'avait jamais frappé, tant il avait su le dissimuler sur ses photos ou à la télévision. Mais à ce détail près, il ressemblait trait pour trait à celui que j'avais imaginé rencontrer. Il avait le teint terreux, les cheveux noirs, poissés de laque et si mal coupés qu'ils faisaient irrésistiblement penser à du chaume oublié sur un toit.

Ses petits yeux paraissaient tenir le monde entier en suspicion ; même au repos, ses lèvres se tordaient en une moue méprisante ; et s'il avait jamais été pourvu d'un cou, celui-ci s'était depuis longtemps rétracté, comme dans les dessins animés lorsque le héros reçoit une enclume sur le crâne.

Il se planta aussi devant les tableaux.

— Vous avez de très belles œuvres, risquai-je.

— Quoi ? Ça ? C'est rien, dit-il. Une lubie de mon père. Il aurait été mieux inspiré de penser davantage à sa famille. Venez, ne restez pas tous plantés là. C'est l'heure du goûter. Et j'ai faim.

Nous passâmes dans un petit salon où attendaient sur la table des muffins, des confitures, des yaourts et du jus de myrtille (« excellent pour la vue », dit Sabot trois fois). Une jeune femme blonde excessivement bronzée nous avait rejoints.

— Strada, Strada, attaqua tout de suite Sabot, dites-moi c'est un drôle de nom ? Il vient d'où ?

— Je ne sais pas exactement, monsieur, sans doute d'Italie, mais mes parents sont niçois.

Sabot s'enfourna un toast dans la bouche. Il s'ensuivit un épouvantable concert. La mastication du milliardaire anéantissait toute envie de poursuivre une conversation. Il fallut attendre dix minutes de gargouillis, de mâchouillis, de barbouillis puis dix autres minutes durant lesquelles Sabot s'employa à enlever toutes les miettes qui s'étaient nichées dans sa cravate tricot, avant que l'interrogatoire ne reprenne.

— Eh bien, je vous remercie d'avoir élucidé cette question. Cela dit, souffrez-vous d'une quelconque maladie ou allergie dont je devrais être informé ?

— Non, monsieur.

— Avez-vous des opinions politiques, monsieur Strada ?

— Je suis un libéral.

Sur ce point, je mentais à moitié. Je croyais aux vertus du contrat, des contre-pouvoirs et de la liberté dans les mœurs. Mais ma définition du libéralisme ne devait pas être tout à fait celle du milliardaire.

— Bravo ! s'enthousiasma l'industriel. Voilà qui est rare, aujourd'hui. Il n'y a que notre ami Nicolas pour oser le dire. Vous savez, monsieur Strada, l'allocation chômage est un encouragement à ne rien faire. Le reliquat d'un socialisme malsain qui continue de se propager dans les têtes. C'est de la faute de Mitterrand, si cette présidence Chirac ne pense rien, ne fait rien... C'est de la faute de Mitterrand s'ils attendent tous que cela se passe comme des rois fainéants.

— Oui mais Mitterrand est mort, osai-je.

— Certes, continua Sabot sans se démonter, mais il a donné son cancer à la France. A ce propos, appartenez-vous à un syndicat – je hais les syndicalistes – ou à un groupe occulte quelconque ?

— Non, monsieur.

— Vous pouvez être franc-maçon si ça vous chante. Je suis franc-maçon dans une loge où je retrouve tous mes collègues de l'industrie que je vois dans une journée. Vous pouvez être maçon mais il faut que cela serve à quelque chose...

— Bien, monsieur.

— Etes-vous dans un club ou dans une association de journalistes ? Je n'aime guère les journalistes, tous des aigris.

— Non, monsieur.

— Très bien, dans ce cas-là je dois avouer que vous présentez toutes les qualités requises. Ah, j'oubliais : des passe-temps favoris ? Pêche à la ligne ? Philatélie ?

Mots croisés ? Chasse, je suis le meilleur fusil de Picardie, vous savez…

— Non, monsieur. J'aime la lecture. Par exemple, je lis en ce moment la *Recherche*.

Sabot me lança un regard façon huître congelée. L'œil mort, tout froid, et qui coulait.

— La lecture ? Drôle d'idée. Enfin bon, passons.

Sabot se frappa la tempe de l'index avec insistance, comme pour demander l'entrée à sa propre conscience.

Je me dis en ne relevant pas sa réaction que j'étais décidément condamné à vivre une vie sur deux faces qui n'en faisaient qu'une. Et je me demandai : pourquoi fallait-il toujours que je m'incline dans la vie, au lieu de me redresser ? Ce devait être à cause de la gravité. Nous sommes constamment attirés vers le bas, jamais vers le haut.

— Avez-vous des enfants, monsieur Strada ?

— Non.

— Parfait. Vous ne connaissez pas votre chance de ne pas avoir de fils. De la famille alors ?

— Mes parents et mes sœurs, oui.

— Donc, vous êtes… en quelque sorte le dernier Strada en ligne paternelle ?

— Non seulement en ligne paternelle, mais dans n'importe quelle lignée. Je suis le dernier des Strada. Je ferme définitivement la marche.

— On sent une volupté, une curieuse volupté dans votre voix.

C'était la femme assise en face de moi, en diagonale,

celle qui avait ce hâle agadiresque, qui venait de parler.

— C'est possible. Je ne m'en suis pas rendu compte, lui répondis-je.

— Dites plutôt, cher ami, que vous ne voulez pas vous en rendre compte, ricana Sabot.

— Et qu'est-ce qui vous plaît dans la vie ? demanda la créature qui revenait à la charge.

Pendant une demi-seconde, je crus avoir mal entendu la question, mais elle le répéta :

— Et vous, cher monsieur, qu'est-ce qui vous plaît dans la vie ?

Et là, je captai la phrase, absorbai le ton et le sens comme un buvard.

— Oh, je ne crois pas que je pense beaucoup au plaisir. Seul mon travail compte, aujourd'hui, pour moi.

Sabot se leva et dit :

— Eh bien tant mieux, car la vraie vie, monsieur Strada, ce n'est pas cocaïne, palaces aux Seychelles ou nymphettes dévêtues – bref du pipi de publicitaire, de ces momeries branchées qui bariolent les lucarnes magiques.

Notre entretien était terminé.

*

Il fallut cinq jours aux eaux pour se retirer, à la terre pour émerger et cinq heures au *Gaulois Magazine* pour se doter d'un nouveau rédacteur en chef. L'ancien, Georges Piot, m'accueillit en fumant une cigarette américaine dans son fauteuil pivotant allemand. Sur son bureau danois très brillant, il avait appuyé deux chaussures italiennes très luisantes qui, s'y reflétant, avaient l'air de quatre chaussures italiennes.

J'étais assis très raide, avec une expression déférente, et mes pieds étaient vrillés l'un à l'autre. Mon interlocuteur plissa le front comme quelqu'un qui va dire quelque chose d'important. J'écarquillai les yeux comme quelqu'un qui s'apprêtait à entendre quelque chose d'important.

Les médecins, les dentistes et les avocats accrochaient leurs diplômes aux murs de leurs cabinets ; le bureau de Piot était décoré d'énormes reproductions encadrées des articles qui lui avaient été consacrés. Les plus vieux relataient certains de ses reportages sur l'Afrique où il avait été correspondant pour l'AFP, mais les plus récents évoquaient ses prises de position courageuses contre les catastrophes dans le monde. J'étais admiratif. Moi dont la sensibilité à la souffrance humaine s'émoussait dès que je me cognais la cheville contre une chaise. Mon seul rapport avec le caritatif était que je recevais dans mon courrier des tas de sollicitations de bonnes œuvres. Ces gens-là se refilaient les listes des noms et des adresses : il suffisait de faire un don par mégarde pour être enfoui sous les demandes avec chaque fois les photos déchirantes sur papier recyclé.

Piot ne connaissait pas l'usure de la compassion. « Je ne suis pas très brillant mais j'ai l'intelligence du cœur », disait-il aux intervieweurs, avec cette modestie désarmante tout à fait indispensable aux ambitieux.

— Mon premier conseil, jeune homme, commença-t-il (cela faisait longtemps qu'on ne m'avait pas appelé ainsi et il me fut tout de suite plus sympathique), est de divertir le lecteur. Quand arrive le week-end, croyez-moi, celui-ci a eu son lot de désastres et de catastrophes durant la semaine. Il a le droit de dire « pouce ! ». Autrefois, Beuve-Méry, directeur du *Monde*, conseillait à ses journalistes « de faire emmerdant ». Dieu merci, nous n'en sommes plus là. Nous devons dis-trai-re. C'est ce qu'on attend de nous : distraire ! Pour le lecteur, l'achat du *Gaulois Magazine*, chaque samedi, est un rite. Et un rite familial ! Cela signifie que lui, son épouse, ses enfants, ses parents sont entrés avec cet achat dans cette parenthèse dorée où ils ne vont plus s'occuper que d'eux. Imaginez à quel point ils nous font confiance en nous laissant – fût-ce indirectement – participer à ces instants dérobés et rêvés...

En disant ces mots, cet homme solennel levait un doigt tout aussi solennel. Son sérieux affecté aboutissait à la paralysie morale des muscles de la face. Je baissai la tête pour écouter le sermon.

— Mon second conseil sera de vous faire respecter par la rédaction. Il serait bon à votre arrivée que quelques têtes roulent dans la sciure. Rien de tel qu'une bonne charrette quand on est nommé, tous les directeurs de rédaction vous le diront. Il faut que le jeu de cartes humain soit brassé et coupé et heureux celui qui se retrouvera au début du paquet à chaque opération. Peu importe les personnes et je dirai même le travail accompli, il faut oser de temps en temps faire ressentir l'arbitraire pour être craint.

Piot marqua une pause pour se moucher et, chose étonnante pour un patron de sa classe, sortit un vide-grenier à carreaux rouges et blancs.

— Cependant, il va de soi, mais il va mieux en le disant, qu'il est préférable de s'attaquer d'abord aux nouvelles recrues. Leurs départs coûtent moins cher à la collectivité. Et puis, quand un journaliste est depuis vingt ans dans l'entreprise, c'est bien la preuve après tout qu'il est indispensable.

Il me fixa dans les yeux pour voir si je soutenais virilement son regard. Et je le soutins tant j'avais envie de sauter de l'autre côté du bureau, de l'empoigner et de le secouer après ce qu'il venait de me dire. Rassuré, il poursuivit :

— Le troisième conseil – il marqua un nouveau temps d'arrêt – est de bien analyser les enquêtes qui sont réalisées chaque mois sur l'image du magazine par l'Institut technique de l'opinion et de la consommation de Renaud Wallace. (Il me montra un large dossier à spirale.)

— Regardez, mais regardez, il y a là une mine d'or.

Une mine d'or, en tout cas, pour Renaud. Je voyais des graphiques sommaires aux couleurs éclatantes et des commentaires à gros caractères et triples interlignes bourrés de « Il va de soi que... », « Toutes choses égales par ailleurs... », « Une étude plus approfondie permettrait de... ».

— Grâce à l'Itoc, nous sommes tous soumis au

jugement du public, et croyez-moi, cela est infiniment préférable à ce que l'on nomme « l'avis des lecteurs », dit-il, sans réaliser qu'il venait de se contredire. Et puis qu'est-ce qu'un « lecteur » ? Dans cinq ans, plus aucun magazine n'aura encore des acheteurs au numéro, nous n'aurons plus que des abonnés qui nous prendront comme un bonus avec de l'électroménager de qualité, des vêtements de marque... Les sondages ne doivent pas vous paralyser, il est évident qu'il faut secouer un peu tout ce petit monde, mais progressivement. De l'audace sans heurter. De l'imagination sans déconcerter. Des idées sans se prendre la tête. Telle est, pour résumer, votre feuille de route. Rappelez-vous qu'il est fréquent que nos lecteurs laissent traîner le magazine sur la table basse vitrée de leur salon à portée de main de leurs petits-enfants ! Et souvenez-vous aussi du mot glorieux du fondateur du *Gaulois* : « Nous devons faire rêver le boucher de Carpentras ! » Cela va peut-être vous choquer, monsieur Benjamin Strada, mais nous nous considérons tous ici un peu comme les commis des bouchers du Vaucluse. Et nous n'en sommes pas peu fiers.

Il attendit de ma part un signe d'approbation. Au bout de quelques secondes, ma tête fit un mouvement de haut en bas.

— Parfait.

Une assistante entra sans frapper dans le bureau. Elle était maquillée comme une voiture volée et perchée sur des talons si vertigineux qu'ils auraient donné le tournis au plus acrobate des travestis. Sa main aux ongles longs comme ceux de Fu Manchu déposa sur le bureau une jolie enveloppe blanche. Il en sortit un chèque qu'il rangea prestement dans son portefeuille en croco ! Puis, il jeta une bouteille de gin presque vide dans la corbeille, ramassa deux stylos, la presse concurrente, une photo de sa femme et de ses huit enfants, une invitation à la Garden Party de l'Elysée, avant de se lever en époussetant les épaulettes de son costume.

— Je vous envie. Pour vous, une belle aventure commence. Nous faisons un travail difficile, soupira-t-il, mais ô combien passionnant.

Ce furent les derniers mots que j'entendis tomber de sa bouche. Six mois plus tard, sa cirrhose l'avait emporté : « Il était presque devenu possible à la fin de visiter son foie », m'avait expliqué un de ses vieux complices.

Ce drame de la presse me faisait une transition toute trouvée pour parler d'un des deux adjoints qui devait m'épauler dans la rude tâche d'une révolution sans évolution. Benoît Pennec était un de ces journalistes qui considéraient les guerres, les tremblements de terre et l'extension du paupérisme comme autant de choses uniquement imaginées pour les embêter.

Sa voix était un mélange de rugissements et de pleurs, d'imprécations et d'attendrissements. Les interlocuteurs qui le découvraient pour la première fois avaient la surprise de constater qu'il possédait un certain vocabulaire – un atout qui faisait d'ordinaire défaut aux journalistes.

La première fois que je me suis entretenu avec lui des futurs projets de couverture, Pennec m'avait présenté ce visage impassible et inexpressif qu'il réservait pour les ennuis d'autrui. Au bout de deux jours, je me rendis compte qu'il n'avait que deux expressions : ce regard fixe de somnambule pour les désastres qui ne le concernaient pas, et un gloussement qui s'apparentait au borborygme pour les tracas plus personnels.

Ayant dépassé depuis peu la quarantaine, Benoît Pennec arborait un air de jovialité à laquelle n'était pas étranger le whisky qu'il cajolait dès 10 heures du matin. Il avait des cheveux gris courts et un lourd visage fruste avec le genre de plis et de fanons qui font penser à certaines catégories de chiens – un basset hound ou un carlin, par exemple. Des yeux perpétuellement humides sans éclat et un nez épaté troué de grandes narines remplies de poils qui auraient eu besoin d'être coupés.

Pennec buvait sans être malheureux : il avait une femme charmante, attachée de presse comme il se doit dans un des fromages de la République, trois beaux enfants à l'Ecole alsacienne, une belle-famille modèle, un travail pas trop contraignant, un salaire qu'il n'aurait jamais pu décrocher dans un autre titre de presse. Il travaillait peu, avait des horaires flexibles, était invité souvent à de bonnes tables (enfin, si Le Grand Véfour pouvait-être rangé dans cette catégorie), connaissait toujours dans un gouvernement deux ou trois secrétaires d'Etat. Et il était apprécié d'une poignée de parlementaires gaullistes qui lui avaient laissé miroiter une décoration honorifique.

Pourtant, il était incontestable que Pennec buvait. Encore une fois, non parce qu'il était malheureux mais parce qu'il voulait l'être.

Oh, certes, Pennec n'avait pas la mythologie du buveur. C'était vrai. Il n'avait pas l'ivresse dionysiaque. Il ignorait les solidarités de comptoir et évitait le bar des tristesses accoudées. Il buvait en solitaire. Il n'exhibait pas sa douleur. Il la gardait pour lui tout seul, l'enfouissait dans son sein, la caressait jalousement. En fait, l'alcoolisme de Pennec ne supportait pas l'idée d'être démasqué. Voilà pourquoi chaque après-midi, qu'il pleuve ou qu'il vente, qu'un attentat terroriste fasse péter la tour de Londres ou que le pape décède, il partait quêter son Graal : une bouteille de Ballantine's dans un des magasins du quartier, ses « points d'eau ». Il glissait dans sa serviette l'objet convoité et revenait plus léger. Il savait qu'il ne manquerait pas.

Le rituel était immuable. Il y avait le verre de 16 heures ; le gorgeon de 18 heures qui préparait l'apéritif de 19 h 30. Là, le verre se remplissait autant de fois qu'un confrère frappait à sa porte. C'était la marque d'une grande convivialité. Il n'était pas rare qu'il parte à 21 heures en se demandant s'il aurait assez pour le « petit coup de pouce » du lendemain à 11 heures. J'ai compris grâce à lui que l'alcoolisme n'était pas un passe-temps pour dilettante mais un vrai boulot de professionnel.

— Qu'est-ce qu'il y a comme couvertures ou comme sujets au marbre ? lui demandai-je lors de notre première réunion.

Pennec me jeta un regard lourd puis s'avachit dans l'unique fauteuil qui occupait mon bureau.

— On parlera de ça après si tu veux bien. Ce que j'aimerais, d'abord, c'est parler un peu de moi.

Je me calai dans mon siège et posai les mains, que j'avais fines et longues, à plat sur le bureau.

— Je t'écoute.

— Je veux qu'on me respecte ! Avoir fait quelque chose dont je puisse être fier.

Il attrapa un magazine et le feuilleta lentement avant de continuer.

— Tu ne l'as sans doute pas remarqué... tu étais trop occupé en arrivant... mais je déprime. A cause du journal, bien sûr, mais pas seulement. Tu vois, j'ai fait un examen de conscience et il n'est pas totalement positif.

— Ah bon ? m'étonnai-je délicatement.

— Je veux dire... A quoi je sers, hein ?

Toussotements gênés. Attendait-il que je réponde à cette interrogation complexe ? A mon grand soulagement, Pennec, maintenu à flot par son ego ballonné, reprit le fil de son discours d'une voix de plus en plus pâteuse.

— Tu vas vite t'apercevoir que je suis un adjoint formidable et loyal, et que je ne ménagerai jamais mes conseils. Mais il ne te suffit pas de venir et de sourire pour remettre tous les compteurs à zéro. Depuis que je suis dans cette boîte, je n'ai jamais accompli quoi que ce soit (un moment de lucidité, pensai-je). Et ce, en dépit de tout ce que j'ai fait pour les autres (raté !). Tu sais, j'ai vraiment beaucoup réfléchi et je me suis dit qu'il était temps de mettre mon talent au service du journal. Plus de réunions, de relectures de papiers, de management. Je veux me colleter avec la vraie vie, sortir du journal, écrire un truc qui change la vie des gens, qui remette les pendules à l'heure, la tête sur les épaules…

— Et donc ?

— Je sais que je n'ai pas assez d'expérience pour prétendre faire des éditos, alors j'ai pensé plutôt à une chronique, un rendez-vous fixe c'est mieux pour le lecteur. Je vois très bien une chronique qui ne mâche pas ses mots avec ma photo parce que je ne vois pas pourquoi l'écrivain Patrick Poison a la sienne et pas moi. Une chronique qui bouge, quoi.

— Je n'ai pas encore vu une chronique marcher dans la rue.

Son regard noir montrait que l'ironie dont je venais de faire preuve me rangeait définitivement du côté des pharisiens.

— Evite l'ironie facile. On est au *Gaulois Magazine*, pas à l'almanach Vermouth.

— Vermot, Benoît. On dit l'almanach Vermot.

— Inutile de nous écraser sous ta science. Si je parle d'une chronique c'est parce qu'il faut bien commencer quelque part. Je pense qu'il est absurde d'enfermer un journaliste de ma trempe dans un bureau.

Je respirai un grand coup et levai les yeux au plafond. Je ne me montrai pas agressif et essayai même de discuter : certes, j'appréciais ses inquiétudes, sa volonté de s'en sortir ; il y avait beaucoup de bon sens dans ce qu'il disait et je respectais ses convictions – mais je finis tout de même par le conduire en dehors de mon bureau sans rien lui avoir proposé de concret.

De retour dans le sien, Pennec se plongea dans ses notes de frais. En ayant réclamé une chronique, il serait obligé de délaisser la rubrique des échos confidentiels et donc de dire adieu à ces déjeuners arrosés avec ses « informateurs ». Il songea ainsi qu'il était sur le point de mettre fin de son propre chef à un engagement lucratif, et son intégrité professionnelle l'impressionna à tel point qu'il eut le sentiment que ce ne serait que justice s'il s'octroyait une modeste récompense en ajoutant quelques frais fictifs sur ses notes. C'est grâce à de tels mélanges de rectitude et de fraude que les filous à tous les échelons de la société étayent leur respect d'eux-mêmes tout en faisant avancer leur fortune.

La conjuration des importuns

> *« L'Américain qui, le premier, a découvert Colomb, a fait une fâcheuse découverte. »*
>
> LICHTENBERG.

Debout face à la longue table laquée de la salle de rédaction, Noël Bradtout souriait en passant en revue les visages des journalistes du *Gaulois Magazine* qui le regardaient.

— Vous savez, commença-t-il de sa belle voix mâle, que notre groupe traverse une passe délicate comme la plupart de nos confrères. La concurrence des gratuits et d'Internet est de plus en plus rude. Peut-être que nous vivons la fin d'un cycle qu'ont connu les moines copistes quand ils furent bousculés par Gutenberg et les miracles de l'imprimerie.

Il leva un sourcil, et les personnes présentes – moi compris – s'empressèrent de combler le silence à grandes pelletées de murmures approbateurs.

Ce n'était pourtant pas la première fois que j'entendais ce type de discours ni sans doute la dernière. Aussi me laissais-je porter par le flot de ses paroles. Décrier l'écrit, le jeter par-dessus bord, piétiner l'imprimé, c'était l'assurance d'apparaître furieusement tendance. L'Histoire nous a pourtant appris qu'il n'y avait rien de pire que les conservateurs quand ils endossaient les habits neufs de la modernité. La majorité de ces managers, si prompts à nous momifier dans la Toile, seraient bien incapables d'effectuer la moindre recherche sur Internet ou de créer leur compte Facebook. Qu'importe ! Depuis quelques mois, il devenait impossible d'être invité à un dîner mondain sans être entouré des doctes personnes plus ou moins bien intentionnées qui envisageaient froidement devant nous en tirant sur leur cigare la disparition pure et simple de la presse écrite.

Elles avaient tort. Sans la presse écrite, cette vieille planète ne serait peut-être pas méconnaissable mais assurément beaucoup moins drôle, et l'information deviendrait trop exacte et rigoureuse pour être intéressante.

Après son couplet sur les risques-et-chances-du-numérique, Bradtout rendit hommage à mon arrivée et à ce qu'il considérait comme mes premiers résultats.

— Grâce à votre nouveau directeur de la rédaction, *Le Gaulois Magazine* s'ouvre aux nouvelles tendances, aux grands débats de société et c'est tant mieux. L'image du titre est en passe d'être dépoussiérée, et c'est heureux. Pour vous faire une confidence, je ne suis guère surpris, je considère que notre quotidien a cédé à son magazine un de ses éléments les plus originaux, si ce n'est un de ses plus brillants… Et cela est bien nécessaire car les temps sont durs…

Je vis quelques visages grimacer dans l'assistance et, notamment, celui de mon adjoint, Benoît Pennec. Les relations entre le vaisseau amiral – le quotidien – et les autres bateaux de la flotte, *Le Gaulois Magazine*, *La Gauloise*, sa version féminine (un piège à pub), *Le Gaulois Télé*, étaient tendues depuis des temps immémoriaux.

D'un étage à l'autre, on se méprisait, on se toisait et, dès qu'on le pouvait, on s'espionnait, on se faisait des crasses quand on ne sabotait pas carrément l'initiative du journal « ami », quitte parfois à ouvrir une voie d'eau dans sa propre cale. On ne comptait plus les scoops éventés, les unes détournées, les pigistes débauchés. Les plus belles haines sont celles qui se développent au sein d'une même famille.

Bradtout et ses adjoints considéraient les rédacteurs des magazines comme des « Untermenschen » de la presse écrite, un ramassis de laissés-pour-compte, de vétérans et de demi-soldes du journalisme. Ces derniers en souffraient tout en estimant qu'ils faisaient vivre une petite clique de privilégiés ridicules trop pleins d'eux-mêmes pour se préoccuper deux secondes de l'avenir du groupe de presse.

Mais Bradtout n'avait pas consenti à descendre de son Olympe pour délivrer seulement un satisfecit à mon encontre…

— Heureusement, poursuivit-il, il y a encore des industriels éclairés qui s'intéressent de près à la presse. Et ce en dépit des charges de plus en plus lourdes qui pèsent sur leurs entreprises et leurs épaules et qui font de la France la lanterne rouge de l'Europe. Qu'il y ait encore de grands capitaines d'industrie est un gage de la vitalité de notre pays, plein de ressources qui ne demandent qu'à s'épanouir... A condition, bien entendu, qu'on libère les énergies au lieu de les brider. Vivement demain qu'un candidat porte effectivement les valeurs d'une droite républicaine, libérale et décomplexée ! Surtout décomplexée.

Nouveaux applaudissements. Bradtout daigna regarder les journalistes avec bienveillance par-dessus les lunettes qui lui donnaient l'air d'un poète, et le chœur des approbateurs se tut. Je reconnaissais qu'il faisait là un excellent discours de candidat aux cantonales dans un comice agricole du Loiret.

— En attendant, j'ai la joie, le plaisir et l'honneur de vous annoncer que Charles Sabot qui était, jusqu'à présent, un des principaux actionnaires du journal, devient, à partir de demain, le propriétaire à plus de 80 % de notre groupe, nous offrant ainsi la stabilité nécessaire pour un nouveau départ...

Nous étions quarante autour de la table et dix environ debout près de la porte : rédacteurs, secrétaires, correcteurs, maquettistes, administratifs, pigistes, éditorialistes et, à la vérité, nous étions tous interrogatifs. A l'exception de Pennec et de Gilbert, l'insubmersible critique gastronomique, qui arboraient l'air fanfaron des premiers en maths à qui le professeur de gymnastique montrait un exercice en trampoline et dont l'aisance étudiée servait à masquer la panique.

— Charles Sabot, reprit Bradtout qui sentit le flottement qui parcourait l'assistance, veut soutenir votre magazine parce qu'il se fait une haute idée de la liberté de l'information. La feuille de route qu'il m'a donnée peut se résumer ainsi : « Le courage de dire et la volonté d'entreprendre ! » Voilà un beau slogan qui correspond à la ligne que Charles Sabot s'est fixée non sans obstination. Je suis sûr que la plupart d'entre vous savent la ténacité dont il a dû faire preuve afin de hisser son entreprise à un tel niveau d'excellence. Vous n'ignorez pas non plus combien il fait d'envieux, en France comme à l'étranger, et combien il déteste les sentiers battus, les idées toutes faites, les faux tabous. Oui, Charles Sabot est un défricheur, un aventurier. Quand il a choisi de s'investir totalement dans *Le Gaulois* et ses magazines, il m'a dit : « Noël, le moment est venu d'arrêter de faire votre journal, je veux que vous fassiez le magazine de nos lecteurs ! »

En dépit de la force de conviction de Bradtout qui avait martelé ces mots en regardant chacun d'entre nous au fond des yeux, l'incrédulité était totale. Il était passé tout à coup du discours politique au boniment de l'agent immobilier qui emploie les mots « quartier animé » pour qualifier un appartement au-dessus d'une discothèque ou « sans vis-à-vis » pour ne pas évoquer une vue minable sur un mur aveugle.

Personne, même parmi ses zélateurs les plus exaltés, n'avait prétendu que Sabot s'intéressait aux autres. On ne le voyait jamais au cinéma, il n'allait jamais au théâtre, ne lisait aucun livre et rien dans la presse qui ne se rapportât à son groupe. Il n'adressait jamais la parole à ses employés, détestait bavarder avec ses collègues et débranchait son sonotone dans les dîners en ville. Il aimait, en revanche, tout contrôler, tout surveiller, ses ingénieurs comme sa femme de chambre, ses analystes financiers comme son jardinier, et livrait son avis comme s'il s'agissait de sourates émanant de la bouche du Prophète. Des commandements qui pouvaient se résumer à une phobie totale et irrépressible de ce qui, de près ou de loin, était « de gauche » ou pouvait passer pour tel. La gauche commençant, selon lui, avec le président en place, Jacques Chirac, qu'il méprisait sous prétexte que son père l'avait aidé et quelque peu admiré. Alors que lui, Charles Sabot, avait dû attendre l'âge respectable de soixante ans pour attirer enfin l'attention de son géniteur. Ce qui ne l'empêchait nullement au passage de faire subir à ses enfants la même humiliation.

— Charles Sabot m'a demandé de bien vous répéter, continua Bradtout, qu'il ne vous reproche rien. Vous êtes tous des gens de grand talent. Simplement, il a l'impression, dit-il cette fois en se tournant plus explicitement vers moi, que vous avez visé un peu trop haut et qu'il est temps de rectifier le tir.

— De combien ? demanda Benoît Pennec avec une certaine gourmandise.

— De quelques degrés. Je n'ai pas de plan tout prêt dans ma poche, mais je rencontrerai chacun d'entre vous individuellement. Puis nous examinerons avec Benjamin Strada le travail fourni, et la façon dont nous pouvons l'améliorer.

Là-dessus, Bradtout manifesta une nouvelle fois sa joie d'être parmi nous et déclara que la réunion était close. Il s'avança vers les rédacteurs et les salua à la ronde, recevant en retour des sourires obséquieux ou chargés de haine, ce qui revenait au même.

Les journalistes hésitaient à quitter la salle de réunion. Comme les gazelles lorsqu'elles pressentent la proximité d'un grand fauve dans la savane. Les rédacteurs se tenaient droits sur leur siège, presque aux aguets, lorsque l'ascenseur s'ouvrit. Sabot fit son apparition, flanqué de Patrice Vermillon, de Basseterre et d'une dizaine de personnes qui semblaient auparavant s'être rendues dans la même boutique pour acheter la même tenue vestimentaire.

— Ah Charles, cher ami ! dit Bradtout en se précipitant, les bras grands ouverts, vers notre gentil propriétaire.

Devant les journalistes, le milliardaire se sentit obligé de faire preuve d'un minimum de cordialité et finit par saisir trois doigts du directeur de la rédaction du *Gaulois*. Il retroussa ses babines en une espèce de sourire et demanda comment s'était passée la réunion.

— On ne peut mieux, répondit Bradtout. Nous sommes tous prêts à aller de l'avant et excités par cette belle aventure.

Sabot hocha la tête. Et c'est là que j'eus mon premier doute sur la véritable nature de Charles Sabot. Jusqu'alors, les avis sur son compte se divisaient en deux camps. Le premier estimait que ce milliardaire était un homme intelligent qui jouait au con. Le second défendait l'idée que ce con jouait à l'intelligent. Or, je me demandais si Charles Sabot n'était pas tout simplement un con qui jouait au con, déstabilisant ainsi son petit monde.

Le groupe des courtisans finit par se disperser après avoir abreuvé Sabot de félicitations diverses. Les flagorneurs portaient au pinacle l'audace et la générosité du nouveau propriétaire. Sabot remerciait ses subordonnés. Ils étaient formidables, Noël Bradtout était formidable et lui-même était formidable d'avoir conforté Bradtout.

Juste avant de faire demi-tour, Sabot s'approcha du directeur de la rédaction du *Gaulois* et lui dit suffisamment fort pour être entendu de tous :

— A propos Noël, vous n'oublierez pas de nommer Vermillon au comité éditorial du quotidien ainsi que Basseterre. Cela vous changera de vos académiciens ou autres membres de l'institut Tartempion.

*

Sur ce dernier point, Sabot avait-il si tort que ça ? Oui, si l'on considérait que Vermillon et Basseterre ne connaissaient rien à la presse. Mais c'était là un péché véniel – il y avait bien longtemps que l'on ne s'arrêtait plus à ce genre de détail pour truffer les conseils d'administration. Non, si l'on cessait de comparer *Le Gaulois* et ses magazines à une glorieuse armada pour adopter une image moins complaisante mais aquatique, le groupe de presse ressemblait à ces grosses baleines déprimées, prêtes à se jeter à tout moment sur le rivage. Et comme tous les cétacés, il nourrissait à ses dépens son lot de parasites. Il y avait ceux qui avaient élu domicile dans le foie, les intestins et l'estomac du *Gaulois*. Ils avaient trusté les comités de direction, de surveillance, d'organisation ainsi que les prix et les distinctions généreusement accordés par le quotidien. Académiciens, membres de l'Institut ou de jurys littéraires, ces vieillards d'apparence chenue étaient voraces et teigneux. Une fois leurs griffes enfoncées dans les organes malades, rien ne parvenait à leur faire lâcher prise. Leur présence datait de la lointaine époque où un journal digne de ce nom se devait d'avoir ses « grandes plumes ».

Mais à la place de Mauriac, l'illustre vinaigrier catholique, *Le Gaulois* alignait les plus grands employeurs de « nègres » de Paris. A date régulière, ces gens de lettres pondaient une biographie dépourvue d'originalité, un essai aussi morne qu'une plaine batave ou un roman voué à finir chez les revendeurs des bords de Seine mais qui occupaient, lors de leur sortie, des colonnes entières du quotidien et de ses suppléments. Comment traiter ces opuscules était un véritable casse-tête pour les rédacteurs du *Gaulois Littéraire* qui savaient que ces personnages importants s'épiaient, surveillaient, avec une jalousie tatillonne et belliqueuse, tout avantage accordé à la concurrence.

Je ne devais pas être injuste : le principal mérite de ces parasites était de multiplier les déjeuners et dîners dans des salons loués par le quotidien en l'honneur de sous-secrétaires d'Etat et autres ministricules (qui, au journal, était prêt à passer trois heures avec un godillot de la droite ressassant ses ambitions d'improbable présidentiable ?). Les uns et les autres étaient naturellement faits pour s'entendre et se comprendre : ils tenaient des propos qui auraient trouvé plus naturellement leur place au coin du zinc chez Francisque qu'autour d'une table à salle à manger de style XVIIIe. Mais le quotidien pouvait aussi s'enorgueillir de compter des parasites externes qui, eux, se nourrissaient directement, à intervalles réguliers, sur la bête. Ceux-là déployaient mille stratagèmes ingénieux pour tourner autour du titre de presse, s'approcher, se jeter dessus avec leurs lèvres suceuses qui masquaient des mâchoires de véritables squales découpant avec une précision électrique des morceaux de chair. Au premier rang des prédateurs, nous avions les sondeurs.

Le jour de mon arrivée au *Gaulois Magazine*, à peine venais-je de m'asseoir à mon bureau que, déjà, Anne-Marie, mon assistante, une jolie blonde aux cheveux lisses coiffés au carré, m'apportait trois propositions de sondages. L'Itoc de Renaud Wallace présentait une étude complète sur les qualités de Nicolas Sarkozy (était-il « travailleur », « moderne », « réformiste », « actif » ?)... L'Efres voulait révéler quelles étaient les chances du ministre de l'Intérieur en cas de duel au second tour de la présidentielle face à… Lionel Jospin. Et pourquoi pas Jacques Delors ? Enfin, le CFA souhaitait créer un baromètre hebdomadaire afin de suivre combien de fois le nom de Nicolas Sarkozy était apparu dans la presse. Chacune de ces études me coûtait une embauche.

Autres parasites externes : les agences de communication qui passaient un temps non négligeable à tenter de me convaincre que la meilleure destination touristique pour nos lecteurs dont la moyenne d'âge avoisinait les soixante-dix ans était la Somalie afin d'y admirer ses paysages côtiers (à condition d'emprunter Somali Airlines) ; que l'urgence était d'interviewer pour le *Gaulois Magazine* ce grand humaniste de Noursoultan Nazarbaïev, président du Kazakhstan, et que le festival culinaire Arts en bouche de Valenciennes était suivi de très près par « un ami de la maison ».

Cette maison avait beaucoup de chances, au fond, d'avoir autant d'amis si prévenants et si présents. J'en découvrais tous les jours et prenais la mesure que nous faisions vivre une multitude de petits métiers. Lançais-je l'idée de faire un numéro du magazine consacré au vin ? Je ne pouvais pas, me dit Gilbert, faire fi des lumières et de l'aide de l'homme qui, depuis des lustres, contrôlait l'ensemble de la publicité éditoriale sur les dives bouteilles. Osais-je évoquer un sujet sur l'immobilier ? Pennec me sortait le nom de « nos » notaires qui allaient nous mettre à l'abri de terribles bévues. Nous étions arrivés à caser chaque semaine vingt mille numéros du *Gaulois Magazine* dans les salles d'attente des offices notariaux. Voulais-je relancer le grand reportage qui était autrefois la marque de fabrique de notre titre ? Dès le lendemain, je voyais débarquer dans mon bureau des aventuriers de la rue Clerc, des explorateurs du faubourg Saint-Honoré qui me vendaient des sujets déjà mille fois parus dans *Géo* sur la Sicile de Lampedusa ou les riads de luxe à Marrakech.

Pourtant, bien que je fusse en permanence sollicité, je prenais la peine de saluer tous les gens que je connaissais, ou plutôt tous ceux qui me connaissaient, d'un signe de tête et d'un sourire chaleureux, lesquels témoignaient du fait extraordinaire que Benjamin Strada, qui n'avait plus besoin de remarquer qui que ce soit et qui aurait pu traverser le monde comme si de rien n'était, pensait encore aux autres.

Bref, je régnais sur le chaos du *Gaulois Magazine* avec un optimisme acharné qui frisait la folie douce. Sans relâche, je venais relancer dans leurs bureaux les rédacteurs fourbus, fouettant les ardeurs, éperonnant les enthousiasmes.

— Formidable ! clamais-je devant l'auteur d'un article digne d'une dissertation de seconde. Mais vous pouvez faire tellement mieux !

Dans un premier temps, le quart de la rédaction fit des pieds et des mains pour rendre des articles dignes de ce nom. C'était un exploit de pouvoir compter sur une douzaine de bonnes volontés. A ceux qui avaient déjà fini et voulaient souffler, j'expliquais doucement qu'il faudrait réécrire par-ci, couper par-là, et finalement peut-être tout reprendre à zéro.

A la documentation, ils devenaient fous eux aussi. Depuis des années, ils traquaient l'actualité peureuse, fouillaient les archives les plus secrètes des anciens barbouzes et des maîtresses de Mussolini. Et voilà que du jour au lendemain, ils devaient apporter des débats croisés entre Marcel Gauchet et Jean Clair, trouver des articles de fond sur Allan Bloom ou concocter des dossiers sur l'œuvre de Raymond Aron. Finies les couvertures sur « L'ésotérisme du IIIe Reich », « Comment s'enrichir en restant chez soi », « Les secrets du Machu Picchu » ou « Les musées privés de Lady Pussy »…

Des lettres de protestation avaient commencé à arriver, mais nous avions de quoi rééquilibrer la balance grâce au courrier enthousiaste que je faisais préparer. *Le Gaulois Magazine* était redevenu un support enfin fréquentable pour les voitures de luxe, les montres de luxe, les hautes technologies de luxe, les vêtements de luxe et la confiture de luxe.

Je rendais les gens dingues mais généralement les journalistes ne me détestaient pas. Au contraire, certains m'accueillirent même comme s'il ne leur avait manqué jusqu'à ce jour que Benjamin Strada pour que leur bonheur fût complet. Au début, des rédactrices pas très bien informées qui tombaient en pâmoison devant les photos de Tom Ford accrochées dans mon bureau, vantaient mon corps souple et ma grâce naturelle (moi qui me trouvais dégingandé), qualités de forme et de style communes aux sportifs raffinés et à certains homosexuels. Elles apprirent plus tard que j'étais l'un et l'autre. Depuis le temps que je travaillais au *Gaulois*, personne ne m'avait interrogé sur ma vie en dehors des heures de bureau, je n'avais pas non plus fourni de détails. Cette situation me donnait parfois l'impression d'être une vieille cousine de province sans grandes perspectives d'avenir mais disponible dès qu'il s'agissait d'écouter les projets des autres. Ma vie privée n'intéressait plus personne. C'était, en tout cas, ce dont je me persuadais.

*

Tandis que je me débattais avec un article que j'avais déjà recommencé trois fois, Rébecca entra dans mon bureau. Elle était arrivée au *Gaulois Magazine*, quinze ans auparavant, comme belle-fille de l'académicien Glenn Friedrich. A moins qu'il ne s'agisse de sa nièce, je ne savais plus. C'était une de ces embauches de complaisance, étonnamment répandues dans un groupe qui se faisait fort de ne défendre que le dynamisme individuel et l'esprit d'entreprise.

Rébecca était une fille brune, pleine de piquant, que l'on jugeait « charitable ». Dans sa famille catholique, apostolique et romaine, les animaux domestiques n'étaient ni des chats ni des chiens ni des oiseaux. Dans sa famille les animaux domestiques, c'étaient les pauvres.

Cet après-midi-là, Rébecca portait une robe de soie rose à volants qui mettait en valeur son teint pâle. Les bureaux étant surchauffés, les taches de transpiration sous les manches de son chemisier ressemblaient à des marques de coups. Elle posa une fesse sur l'accoudoir d'un fauteuil pour me raconter de longues histoires embrouillées au sujet de Lulu. J'appris alors que ce « Lulu » était le type avec lequel elle vivait, un coursier du magazine, assez costaud, aux longs favoris roux. Son nom véritable était Lucas Palmer, ce qui sonnait chic, trouvait-elle, mais aucun de ses amis ne l'appelait jamais ainsi.

Les amants passaient le plus clair de leur temps à faire du VTT en forêt de Rambouillet. Rébecca était absolument folle de son Lulu. Chaque matin, elle lui empaquetait amoureusement son déjeuner, et – plus étonnant encore à mon avis – n'était nullement gênée que tout le monde le sût.

Délicieuse Rébecca. Elle croyait être une journaliste, mais ne lisait aucun journal à l'exception de *Galerie des Arts*, et ignorait ainsi le terrorisme, les chutes de gouvernement, les changements de climat, les épidémies asiatiques, les catastrophes chimiques, les faillites bancaires et la récession, l'appauvrissement de la couche d'ozone et les débris flottants. Les volcans, les tremblements de terre et les ouragans, les impostures religieuses, les automobiles folles et les charlatans scientifiques, les génocides et les meurtriers en série, le sida, les ravages du cancer, la déforestation et les avions qui explosent en vol, tout cela lui était aussi étranger que le galon, les rubans et les jarretières des rosières. Pourvu qu'elle conserve ses six pages « Art ».

Elle vomissait tous les articles scientifiques. Ceux

sur les virus mutants comme ceux sur les galaxies qui poursuivent leur course apocalyptique vers l'invisible Grand Attracteur universel, telles des mouches avalées par l'aspirateur. Tout cela était le matériau dont était faite la vie des autres. Et seul lui importait que s'épanouissent la sienne et, aussi, celle de Lulu.

— Mais est-ce que je peux vous demander, chère Rébecca, pourquoi vous me racontez tout cela ?

— J'ai pensé que nous étions à même de nous comprendre en raison de... enfin votre... Comment dire ? Vous et moi.

— Oui ?

Je haussai un sourcil.

— Eh bien, nous avons quelque chose en commun. Nous sommes un peu comme... des marginaux. J'ai pensé que vous comprendriez pourquoi je n'ai pas eu le temps d'écrire mon article pour les pages Actualités.

— Chère Rébecca, je vous l'ai demandé la semaine dernière à la conférence de rédaction. C'est seulement un feuillet... Un tout petit feuillet. Ecrivez-moi juste la moitié, on mettra une grosse photo.

— Je sais, je sais, mais depuis quelques jours Lulu n'est pas au mieux de sa forme.

— Je suis navré de l'apprendre.

— Ce n'est pas ce que vous pensez. Il est en pleine santé. Ah, ça, de ce point de vue, je peux pas me plaindre. Non, je ne peux pas. En fait, il est contrarié parce que j'ai eu le malheur de lui dire la nouvelle.

— Quelle nouvelle ?

— Eh ben, c'est ce que j'avais entendu à un dîner familial chez mon beau-père (c'était donc son beau-père) et qui nous a été confirmé, ce matin : le journal a été racheté par Charles Sabot. Du coup, Lulu a peur que l'on diminue le nombre des coursiers.

— Ah.

— Et vous, vous n'avez pas peur ? me dit-elle comme si elle me demandait l'heure qu'il était.

— Je ne vois pas très bien ce que je devrais craindre. Certes, le journal va être long à redresser mais nous avons déjà marqué des points. Il me semble que nos autres confrères ont arrêté de nous considérer comme des… humm. Enfin, bon, ils nous considèrent mieux. Qu'est-ce qui vous permet d'affirmer qu'il va y avoir des licenciements ? Méfions-nous de radio moquette. Et puis, d'abord, pourquoi devrais-je avoir peur ?

Elle tourna sur elle-même avec sa robe à volants comme une petite fille perverse. C'était Bette Davis dans les vêtements de Shirley Temple.

— Mon oncle connaît bien Sabot. Vous le connaissez ? Je veux dire : est-ce que vous le connaissez BIEN ? Il pense que ces derniers temps, les homosexuels se sont faits un peu trop voyants dans de nombreux secteurs de l'économie et pas seulement la mode ou l'art. Il pense qu'il est impossible de travailler avec des gens pareils. Je ne fais que le citer, je vous rassure. Chacun fait ce qu'il veut, vous savez. Mais avec notre nouveau propriétaire, avouez que vous n'avez pas choisi la meilleure façon de faire carrière, n'est-ce pas ?

Est-ce que cela ne risque pas de fragiliser *Le Gaulois Magazine* par rapport au quotidien ?

Elle me planta là bouche bée. Sans que j'aie eu le temps de lui dire que « non, je n'avais pas choisi d'être gay ». C'était de toute façon sans importance. Maintenant, je savais ce qu'elle pensait.

Je fus tiré de ma stupeur par la sonnerie de mon portable. « Privé ». Je pris quand même l'appel.

— Benjamin Strada ?

— Qui le demande ?

— Vous êtes Benjamin Strada ? Ne quittez pas, je vous passe Patrice Vermillon.

— Bonjour, cher ami, c'est le collaborateur de Charles Sabot. Vous vous souvenez de moi ? (Comment aurais-je pu l'oublier ?) Tout va bien ? Vous avez fait un travail formidable depuis que nous nous sommes vus. Il faudrait que l'on se revoie très vite pour faire le point. Je suis persuadé que nous avons beaucoup de choses à nous dire.

— Je ne suis ici que depuis trois mois, dis-je sur un ton plutôt sec.

— Certes, certes, mais Charles Sabot vous lit. Il voudrait juste vous rencontrer à nouveau, sans doute pour vous donner un ou deux conseils. Prenez-les comme les avis bienveillants d'un de vos lecteurs attentifs, ou plutôt, si vous préférez, comme le conseil d'un grand-père attentionné.

Après cet appel, je compris que mon travail n'allait pas requérir que des changements mineurs. Et puis, je pressentais que ce gentil patriarche était un vieillard des plus têtus et que je n'allais pas tarder à découvrir que la moindre contradiction le mettait très exactement dans l'état du cher Caligula quand ses mauvaises dents le tourmentaient.

*

Afin de créer un peu d'intimité, presque tous les employés du *Gaulois Magazine* s'étaient arrangés pour disposer çà et là des livres, des dossiers, des photos, des plantes vertes sur leurs bureaux. Ces murs émotionnels dressés partout donnaient à cet open space l'allure d'une favela brésilienne.

C'est au milieu de ce vaste foutoir poussiéreux que se tenait mon second adjoint, l'ennemi intime de Benoît Pennec, Ange Fetucci. Ancien instructeur parachutiste, il s'était lancé dans le journalisme une dizaine d'années auparavant lorsque sa femme l'avait plaqué pour son masseur laotien. Les cheveux blonds, râblé, de carrure imposante, il ne manquait pas d'un certain charme agressif. Il ne craignait pas d'être distrait, lui, par les rumeurs, les cancans. Il s'en nourrissait. Comme le bousier, il faisait sa pitance du moindre bruit de chiottes. Fetucci ne lisait pas grand-chose à part des blogs politiques peu regardants sur les faits qui avaient le seul mérite de corroborer ses préjugés.

Un parfum de déclinisme flottait dans l'air et mon second adjoint le humait avec délice. Un intellectuel reconverti en avocat d'affaires, passé du gaullisme social le plus lyrique au libéralisme le plus échevelé, venait de publier *La France qui s'effondre*. Tout, selon lui, foutait le camp. La faute en revenait à ce roi fainéant planqué à l'Elysée, ce monarque débile pointé comme un des politiques les plus incompétents de la planète et ayant perdu le peu d'autorité morale qu'il avait cru avoir autrefois. Fetucci était convaincu que notre époque se situait quelque part entre le déclin de Byzance et la chute de l'Empire aztèque et que le désastre chiraquien, pour appeler les choses par leur nom, avait épuisé le capital de sympathie accumulé par Charles Martel, Napoléon et les grands colonisateurs.

Cette thèse était tout aussi nuisible – mais irrésistible – que gratter un psoriasis. Il était de plus en plus pénible à Fetucci de lire des articles positifs sur ce qui se passait chez nous mais rien ne l'apaisait davantage que quelques heures perdues à lire des blogs qui décriaient ces bastilles imprenables qu'étaient les congés payés et la retraite à soixante ans. La consultation permanente des déchets d'Internet lui donnait une autorité souveraine. A tout ce que je lui disais, il répondait par un « C'est pas nouveau », sur un ton différent, affirmant à divers degrés sa supériorité professionnelle.

Tout comme Rébecca, Ange Fetucci tordait le nez quand il pensait à mon mode de vie. De temps en temps, il laissait échapper quelques phrases sur ce qui était « naturel » et sur ce qui ne l'était pas, sur la nécessité de protéger le mariage, sur le fait que la famille se composait d'un père, d'une mère, de deux ou trois enfants et d'un labrador.

Rien de méchant ni d'inutilement agressif. C'était juste comme une bougie disséminant un léger parfum d'intolérance. Ayant toujours évolué dans une bulle « gayfriendly », j'étais plutôt désarmé face à ce type de comportement. Fallait-il en faire si grand cas ? Après tout, il s'agissait, m'avait dit mon amie Sarah, d'une opinion comme une autre. Il n'y avait pas mort d'homme. Je ne savais pas jusqu'où l'on devait, au nom de la tolérance, tolérer les intolérants. J'avais même fini par éviter de faire des commentaires sur le travail de Rébecca ou de Fetucci, de peur qu'ils ne fussent dictés par mes préjugés concernant leurs convictions.

Toujours est-il que ce garçon qui se levait lorsque les Balkany l'appelaient au téléphone, se refusait le plus souvent à venir dans mon bureau. Il fallait que je traverse l'open space et que j'attende qu'il ait terminé sa conversation avec Michel Cochon, un ancien élu de Paris, devenu un des coupe-jarrets de Nicolas Sarkozy, grand pourvoyeur de rumeurs infâmes. Au début, j'avais mis tout ça sur le compte de la timidité de Fetucci mais, petit à petit, je me demandais si je n'avais pas commis un premier faux pas en acceptant ces petites entailles à mon autorité.

Fetucci était chargé des grandes enquêtes mais la plupart du temps, il ressassait ses griefs envers Pennec. Tout le monde voulait monter en grade, tout en sachant que l'avancement répété finirait par conduire à l'incompétence et à l'insatisfaction.

— Vous ne m'avez pas soutenu, me disait-il sur un ton monocorde. C'est quoi cette histoire de nouvel ordinateur que vous avez accordé à l'assistante de Pennec alors que la mienne peine sur son vieux PC ? Qu'est-ce que j'ai fait ou qu'est-ce que je n'ai pas fait ?

— Ne vous inquiétez pas, je maîtrise la situation, lui répondais-je. C'est une diversion. Personne ne vous reproche rien.

— Et vous pensez que cette pression permanente est sans effet sur moi ? Vous croyez franchement que je le vis bien ?

— Vous avez repris l'exercice ? Vous refaites du sport ?

— Je ne vois pas le rapport.

— Ange, cela vous permettrait de vous changer les idées, de prendre un peu de recul.

— Je n'ai pas le temps de faire de l'exercice, rétorqua-t-il sur un ton offusqué, comme si je lui avais proposé de participer à un gang-bang dans un fourré à Mykonos. Et c'est bien la dernière chose dont j'aie besoin.

— Laissez-moi vous donner un conseil d'ami. Prenez quelques jours de repos. Emmenez votre compagne quelque part et prenez un peu de recul. Ça ne vaut pas la peine de faire monter la « pression », comme vous dites.

— Je ne savais pas que vous étiez aussi conseiller matrimonial, grinça-t-il. De toute manière, nous ne sommes plus ensemble et ce n'est pas de repos que j'ai besoin ici mais de soutien. Comment voulez-vous que je fasse correctement mon travail si vous me foutez un coup de poignard dans le dos ?

Otelo, acte 1

> *« Sache que les hommes sont ce qu'est leur époque. »*
>
> SHAKESPEARE.

Après ma séance de gym ce soir-là, j'avais décidé d'aller dîner dans un restaurant argentin avec Renaud Wallace qui voulait me convaincre de signer plusieurs enquêtes avec son institut. On n'y mangeait pas particulièrement bien, mais il était proche de l'appartement, et puisque j'avais couché une fois avec le serveur, plusieurs siècles auparavant, j'avais un peu l'impression d'être un VIP quand j'entrais dans l'établissement. Nous nous donnions l'accolade avec un air entendu, oubliant opportunément combien notre partie de jambes en l'air avait été décevante.

Après avoir échangé quelques mots avec Jonathan (c'était son nom), Renaud commanda des margaritas.

C'était un restaurant de quartier dont les nappes étaient en papier mais dont les prix rivalisaient avec les établissements étoilés du Michelin. On ne comptait pas le nombre de semi-célébrités qui s'y pressaient.

— Alors, est-ce que tout va bien au *Magazine* ? me demanda Renaud.

Je lui dis que je prenais mes marques mais que le prochain rendez-vous avec Charles Sabot m'inquiétait.

— Tu n'as pas l'air très sûr de toi dans cette affaire, dit-il.

— Tu crois ? Je ne sais pas quoi penser de la remarque de Bradtout. J'aimerais juste en finir au plus vite avec cette question de « niveau trop haut ou trop bas » qui ne devrait pas nous occuper autant. Nous sommes là, d'abord, pour faire notre métier.

— Ah bon ? Tu es sûr que c'est tout ce qui t'occupe l'esprit ? Est-ce que tu dors bien ?

— Oui, oui, ça va.

— Si tu as besoin d'un petit quelque chose, je peux t'en avoir.

Ce n'était vraiment pas le moment de m'enfariner le nez mais comme demain était un autre jour, je me gardai bien d'être trop radical dans mon refus. Ce qui l'encouragea à continuer son interrogatoire.

— Comment ça va chez toi ?

— Chez moi, ça va...

— Tu ne dois pas craindre de demander de l'aide, de te bâtir un réseau solide de relations, de rechercher des protecteurs. Dans la savane, ce sont les animaux éloignés du groupe qui se font bouffer par les lions. Et je ne te parle pas d'amis mais de parrains. Tu connais Aimé Balder ?

— Un peu, oui. Nous nous sommes croisés deux ou trois fois dans les couloirs du *Gaulois* ou de la chaîne de l'info.

— Si tu veux un conseil, me dit-il, en capturant ma main sur la table, dépêche-toi de le voir. Il est inutile d'attendre que les autres sachent que tu n'as pas d'appui.

— Les autres ? Quels autres ?

— Tous les autres.

*

Aimé Balder était plus petit que moi, et pour rester charitable, bien plus imposant. Depuis qu'il avait créé l'A.A.A.A. (l'Agence active des amis pour l'autorité) qui vendait son expertise sur toutes les questions de sécurité, il avait raflé la presque totalité des marchés publics de France et de Navarre. Le ministère de l'Intérieur était son principal client depuis que Nicolas Sarkozy était revenu s'installer place Beauvau mais Balder avait également ramené dans ses filets les municipalités de banlieue, fussent-elles celles où la criminalité se limitait à un vol de poubelle entre voisins de la même zone pavillonnaire.

Mon « nouvel ami » promenait ses rondeurs sur les plateaux de télé. Il était pratiquement impossible de passer une semaine sans apercevoir son épaisse silhouette dans une émission. Il est vrai qu'il avait une autre carte dans sa large manche : cet ancien syndicaliste socialiste avait autrefois présidé aux destinées de la Fondation maçonnique de France qu'il avait quittée avec fracas non sans avoir gonflé auparavant son carnet d'adresses et posé sous les pas de ses successeurs quelques pétards à retardement. Voilà pourquoi son sympathique entregent et son fantastique culot lui ouvraient toutes les portes. Prenait-il à un journaliste l'idée incongrue de lui interdire l'accès du studio sous le fallacieux prétexte qu'il n'avait aucune compétence particulière pour débattre du sujet d'actualité ? Il se débrouillait pour passer par la gaine d'aération.

Cette omniprésence médiatique faisait qu'on lui prêtait une influence bien supérieure à son pouvoir réel qui n'était qu'un pouvoir de nuisance et de mise en relation, somme toute, assez banal.

J'étais toujours étonné que des ministres ou des industriels du CAC 40 aient encore besoin d'une tierce personne pour organiser un déjeuner ou, plus simplement, prendre un collègue au téléphone. Nous n'étions plus au XIXe siècle mais la paranoïa ainsi que l'absence totale de système de régulation (le fric et la transparence ayant court-circuité les sociétés intermédiaires), assuraient pour longtemps la survie de ces « gogos-beetween ». Une légende urbaine prétendait que Balder avait été initié outre-Atlantique par des réseaux secrets ésotériques et ultraconservateurs liés au lobby de l'armement. Lui-même s'amusait de ces rumeurs tout en laissant entendre avec des mimiques de chatte anglaise qu'il pouvait, s'il le voulait, pique-niquer au Pentagone ou dicter sa loi aux potentats africains. Dès que les projecteurs posés sur sa modeste personne devenaient trop aveuglants, il disparaissait avant de reparaître quelques mois plus tard avec une nouvelle médaille décernée par le Qatar, un nouveau titre flamboyant de l'université Saint Paul (Minnesota), un nouveau rapport sur l'état du monde commandé par la Tunisie de Ben Ali ou de nouveaux amis politiques…

Il portait des costards monstrueusement chers, coupés sur mesure par un tailleur américain. Sa garde-robe ne compensait ni sa personnalité, ni son obésité, ni l'aspect rose et bouffi de son visage presque aussi lisse que celui d'une femme à l'exception d'une ombre de moustache. Le résultat était qu'il paraissait déguisé comme un mafieux des années trente. Plus précisément, il ressemblait à Beth Ditto travestie en homme. Il avait la malheureuse habitude d'arborer des cravates rouge sang. Le choix de cette couleur dénonçait trop évidemment la volonté d'acquérir une personnalité, ce dont pourtant Aimé Balder ne manquait d'ailleurs pas, mais comme il paraissait très fier de ses cravates, je me sentis obligé de faire un commentaire.

— Voilà qui a un chic fou, dis-je.

— Non, non, non, ce n'est rien, répondit-il de sa voix flûtée qui promettait en permanence toute sorte de friandises. Ça ne me va pas du tout. Beaucoup trop flamboyant, je la mets juste pour détourner l'attention. Bon, on y va ?

Le restaurant était un de ces ténébreux établissements lambrissés de boiseries entre la rue Cadet et les Grands Boulevards où s'alimentaient de vieux hommes d'affaires des castes supérieures. La lumière du jour n'atteignait jamais le fond de la salle, créant une atmosphère impénétrable qui devait paraître rassurante, j'imaginais, pour ceux qui voulaient oublier que derrière les fenêtres doublées d'épais rideaux, le monde était en train de changer.

La salle à manger sentait le linge amidonné et la viande grillée. Le décor n'avait pas changé depuis plusieurs décennies et le personnel, cheveux blancs et faciès maussade, semblait s'être figé pour toujours à l'âge de soixante ans, l'âge moyen des frères dans les loges.

Comme l'essentiel de la clientèle s'y pressait le soir après la fin des travaux maçonniques, l'établissement était à peu près désert lorsque nous y entrâmes, ce qui ne faisait que renforcer la morosité ambiante. A notre entrée, le chef de rang qui avait été autrefois cuisinier pour la cantine du Grand Orient, nous fit un signe de l'autre bout de la pièce et nous nous installâmes à une table située dans une encoignure.

Balder prit place non sans mal, poussant la table avec son ventre. Il desserra sa cravate, imprima à sa veste de costume un angle encore plus extravagant et déplia d'un geste ample la monumentale serviette sur son imposant estomac.

— Je dois avoir pris encore quelques kilos depuis notre dernière rencontre. (Il s'essuya les lèvres avec un mouchoir monogrammé.) Je suis un mangeur compulsif, voilà la raison. Pourquoi ne suis-je pas plutôt accro à la coke ou à un truc amaigrissant ? Enfin, je commence un régime la semaine prochaine.

Nous passâmes commande et je me calai dans mon siège avant de demander à mon convive s'il avait vu récemment le ministre de l'Intérieur.

— Ah, notre ami, dit-il avec tendresse. Je l'ai rencontré à une réunion sur la sécurité, pas plus tard qu'avant-hier. Le pauvre, il a bien du mérite à essayer de faire bouger tout ça. Quand on voit tout ce que l'administration américaine arrive à mettre en place aux Etats-Unis et sans que l'on vienne leur mettre des bâtons dans les roues !

Je haussai les épaules.

— Entre nous, il n'est peut-être pas obligé de s'agiter autant, non ?

— C'est une manière de voir les choses, répondit Balder en rompant un gressin dont il plongea une moitié dans une coupelle de fromage blanc aux herbes. Si la leçon ne nous a pas suffi, on peut laisser tout en état. C'est l'assurance que Le Pen sera à nouveau présent au second tour de l'élection présidentielle. On peut nier la réalité et le fait que notre pays connaisse une criminalité galopante dans des territoires que la République a abandonnés depuis bien trop longtemps. Permettez-moi en tant qu'humaniste de ne pas partager votre point de vue. Et permettez-moi en tant qu'expert qui s'intéresse de très près à la carte électorale de vous rappeler que le premier souci des braves gens, c'est de marcher dans la rue sans se demander toutes les cinq secondes s'ils vont ou non se faire agresser. La sécurité, c'est le premier des droits que l'on doit au peuple.

Il scruta la coupelle de fromage blanc sans cesser de mâchonner.

— Aucun goût, texture affligeante. J'ai l'impression de manger un morceau de post-it, dit-il avant de poursuivre sa démonstration. C'est ce que je répète à mes amis de gauche car contrairement à ce que vous pensez sûrement, il m'en reste beaucoup. Heureusement, tout le parti socialiste ne vit pas sur un nuage ! Mitterrand nous a donné au moins une leçon sur la manière de se débarrasser d'un adversaire encombrant. Il faut le cajoler, le papouiller, l'embrasser si on veut à la fin le baiser. Qu'est-ce qu'il a fait Tonton avec les communistes si ce n'est leur donner l'accolade idéologique jusqu'à raréfier leur oxygène politique ?

Et Aimé Balder de m'expliquer en long, en large et en travers, cet argument de « bon sens » que j'avais déjà entendu dans la bouche de Noël Bradtout et de beaucoup d'autres, selon lequel il était grand temps de prendre acte de l'échec de la stratégie qui avait consisté à construire des digues autour du Front National. Au lieu d'isoler Le Pen, on lui avait offert des fortifications.

— Le mur de Berlin est tombé, continua Balder qui n'était jamais avare de considérations géopolitiques quand il voulait étayer un argumentaire un peu vacillant, mais des murs sont encore dans nos têtes.

Nous devons vider le FN de sa substance politique en ramenant ses électeurs dans le cercle de la raison républicaine, c'est ce que ce nul de Chirac n'a jamais voulu comprendre. Et c'est tragique.

Ce qui l'était, c'étaient les deux assiettes de viande particulièrement peu appétissante que l'on avait mises devant nous. Balder considéra la sienne d'un air découragé.

— Qu'est-ce qui m'a pris de prendre de la joue de bœuf avec cette sauce ? Rien qu'à la regarder, je sens que mes artères vont se durcir.

Il me traversa un instant l'esprit que ce restaurant ressemblait à s'y méprendre à un établissement gay du Marais. Mauvaise bouffe, cadre à chier, service détestable, attente infinie… Balder qui tenait table ouverte au Relais Plaza sacrifiait, comme moi, à une loi communautaire invisible qui nous conduisait à continuer de nourrir nos « frères ».

— Et qu'est-ce qui arrive, me hasardai-je à demander, si d'aventure vous n'obtenez pas les résultats attendus en termes de sécurité ? Vous ne craignez pas qu'une fois de plus, les « braves gens » finissent aux prochaines élections par préférer l'original – Le Pen – à sa copie – écrite par Sarkozy ou par un autre ?

Aimé Balder me considéra avec pitié et secoua sa grosse tête. Il ne se privait pas de critiquer mon travail lorsque je m'occupais des pages Débats du *Gaulois*. Six mois auparavant, il avait fait jouer certaines relations pour m'obliger à publier un grand entretien où il vantait le principe de la guerre préventive. Un string idéologique pour toutes ces micro-décisions répressives qui empoisonnaient la vie de nos concitoyens.

— Je pense, Benjamin, que vous faites fausse route…

— C'est possible, lui dis-je prudemment, je ne demande après tout qu'à être convaincu.

— Et vous avez raison ! Car cela vous aiderait aussi à mieux connaître vos lecteurs qui ne sont, au fond, que les électeurs de la droite. Pourquoi ne pas faire un grand reportage sur ce qui se prépare au ministère de l'Intérieur ? J'y ai mes entrées, je peux vous aider. Pensez au boucher de Carpentras ! Au bout de la quatrième fois où il se fait cambrioler, vous ne croyez pas qu'il a besoin qu'on lui remonte le moral, qu'on lui dise qu'il y a un espoir ? Qu'on lui dise que les victimes ont aussi toute notre attention, et pas seulement leurs bourreaux ?

Il me fixa de ses petits yeux noirs.

— Est-ce que dans ce domaine, vous allez me dire que l'on a TOUT essayé ? Est-ce bien votre rôle ? Est-ce ce que l'on attend de vous ? Vous savez, je connais bien Charles Sabot – une fine gâchette à la chasse. Au passage, c'est un frère. Vous le saviez ? Je peux vous dire que s'il se trouvait nez à nez avec un maraudeur dans sa cuisine, il n'hésiterait pas à appuyer sur la gâchette. Réfléchissez… Oh, oh, je ferais mieux de m'attaquer à mon plat. Déjà que ce n'est pas fameux… mais froid, c'est une torture !

Nous avons fini notre repas en évitant tous les sujets qui auraient pu nous fâcher. Aimé Balder me conseilla quelques romans policiers puis m'orienta vers les bons livres de cuisine. Loin de la politique qu'il pratiquait avec la grâce des ballerines de *Fantasia*, c'était un causeur brillant. Au moment de nous quitter, il me promit que je serais prochainement contacté par Franck Louvrier, le sémillant attaché de presse de Nicolas Sarkozy.

L'atmosphère devint plus tendue quand nous sortîmes de l'établissement dont je me jurai d'oublier le nom et qu'il ne trouva pas son taxi. Je vis l'effort qu'il faisait pour masquer sa fureur.

— Vous devriez peut-être passer votre permis, suggérai-je.

— J'adorerais mais je connais tellement de chauffeurs de taxi, maintenant, que j'aurais le sentiment de leur ôter le pain de la bouche. Que voulez-vous, c'est ce qui me reste de mon passé rocardien…

*

Le premier jour, j'ai appelé le service informatique du journal. On m'avait installé la veille un ordinateur flambant neuf mais sans doute étais-je poussé par le besoin d'être ridiculisé par quelqu'un de plus jeune que moi.

A l'autre bout du fil, une voix chaude et juvénile avec un léger accent m'a répondu que pour pouvoir m'aider, il lui fallait tout d'abord le numéro de série de mon appareil.

— Et c'est marqué où ? ai-je demandé en tâchant de ne pas laisser percer mon inquiétude.

J'ai reçu une réponse qui m'a laissé perplexe : « C'est simple, c'est inscrit derrière l'unité du traitement central », ou une formule approchante. Dans mon autre job, j'évitais d'appeler trop souvent le service informatique (de toute façon, nous n'en avions pas le droit). Là, mon « conseiller » n'a pas eu besoin de me parler plus de trois secondes pour que, déjà, je me sente emporté par une vague d'ignorance et de honte. Encore un peu plus et il allait me demander combien de mémoire je possédais.

— Et vous avez combien de RAM ?

J'ai fait semblant de ne pas entendre.

— Est-ce que le numéro de mon appareil se trouve près de l'écran ?

— Ça dépend, votre modèle, c'est un ZX-40 multimédia HP ou bien le ZX46/24 Chromium B-Bop ?

Et c'était reparti. Il s'avéra enfin que le numéro de série de mon ordinateur était gravé sur une petite plaque de métal vissée derrière la grosse boîte où il y avait mon ordinateur. J'étais peut-être un nouveau réac, mais si j'avais eu à inscrire un numéro d'identification sur les ordinateurs que je produisais, un numéro que mon client aurait dû débiter chaque fois qu'il entrait en contact avec moi, je ne pense pas que je l'aurais placé à un endroit qui exigeait d'appeler des collègues pour déménager le bureau à chaque demande de renseignements.

Du coup, une ou deux heures plus tard, pour me venger, j'ai appelé à nouveau le service informatique pour leur signaler que le porte-gobelet de mon ordinateur était cassé.

— Le porte-gobelet ? a demandé mon honorable correspondant (toujours le même). Vous avez quel type de PC ? Quelqu'un a fait un ajout ?

— Pas du tout, il m'a été donné avec l'ordinateur.

— Mais nos ordinateurs ne sont pas dotés de porte-gobelet.

— Pardonnez-moi, je ne connais pas grand-chose à l'informatique mais ils le sont. J'ai le mien précisément sous les yeux au moment où je vous parle. Je presse un petit bouton au bas de l'appareil et il y a un petit tiroir qui s'ouvre.

Comme vous n'êtes pas aussi handicapés que moi, vous aurez compris que je parlais du tiroir du lecteur de CD de mon ordinateur censé m'offrir un reposoir pour ma tasse à café.

— Bon, je vois où se situe le problème. OK, je vais passer, dit la voix un ton plus grave et un ton plus cool. (Je crus même y discerner une pointe non pas de lassitude mais d'ironie.) Vous pouvez me rappeler votre nom et l'épeler ?

Trois heures plus tard, l'informaticien entra et là, j'eus un choc. Je m'attendais à me trouver face à un lémure à lunettes avec verres épais. Un de ces jeunes boutonneux qui se font buter dans la première demi-heure des films d'action. Erreur ! Je reconnus tout de suite la haute silhouette musculeuse qui bouchait la porte : le DJ de la boîte La Pénitence. Un DJ occasionnel, certes, mais pas ordinaire. Oh, non ! J'avais en face de moi l'auteur des compilations à succès *In house we believe* et *Tsunami Ibiza*. Le dieu black qui partageait dans le civil ses platines avec ses amis Danny Tenaglia, Carl Cox, Deep Dish ou encore John Digweed en personne.

En voyant qu'un des informaticiens du *Gaulois Magazine* n'était autre que le DJ qui animait les afters dans les boîtes gays, aurais-je dû m'en tenir à une surprise de bon aloi ? Ou mieux : ne pas montrer de surprise du tout ? Une loi vieille comme le monde – c'est pourquoi elle est, sans doute, transgressée toutes les cinq secondes quelque part dans le monde – veut que l'on ne chasse jamais dans son diocèse. Inutile de recourir à un suspense artificiel : vous avez déjà compris ce qui se passa ensuite. Je n'ai pas pu m'empêcher de le draguer gentiment juste « pour voir ». Et comme son tee-shirt blanc Diesel était trempé de sueur, me permettant de deviner, dessous, chaque détail de ses pectoraux... nous nous sommes retrouvés le soir même chez moi autour d'un plateau de sushis et d'une bouteille de saké glacé.

Sa mère, une jeune Portugaise tout droit débarquée de Viseu, l'avait gratifié du doux prénom d'Otelo. Non pas en référence à Shakespeare mais à de Carvalho, le petit capitaine qui avait refusé de croire que son pays avait quitté l'Histoire depuis cinq siècles. Plus tard, ce nom, mystérieux, lui plaisait. On le prenait pour un étranger, il faisait peur aux mauviettes. D'ailleurs étranger, il l'était. Son père pouvait provenir d'Angola, du Mozambique ou du Cap-Vert. Ce père, voyageur ou vagabond, était passé à Paris et là il avait rencontré, dans les hammams où elle travaillait, une femme plutôt rondelette et un peu sotte qui était sa mère. Otelo, elle l'avait conçu en plein labeur, dans un brouillard de gouttelettes. Chaque client était un père possible et parmi ces clients figuraient beaucoup d'étrangers. L'employée qui frictionnait ces hommes, qui les lavait et les épongeait, trouvait à son fils des tas de géniteurs. Tous s'y étaient mis pour le fabriquer, s'amusait-il. Des pères, il en avait le maximum. Lui, Otelo, possédait au moins dix nationalités !

Il était venu s'installer en France après une histoire d'amour mouvementée. Une fois arrivé, il avait compris que ses caractéristiques physiques, 100 % black, lui feraient rencontrer plein de nouveaux amis. Il se faisait appeler dans le civil T (on prononcera *tee*).

Dans les premiers temps, Otelo fit un bien joli métier. Il était fantasme dans le Marais pour mecs en manque d'exotisme et de BM (black mâle). Et depuis, il s'était vraiment fait plein d'amis. C'était bien simple, moi qui évoluais dans le milieu depuis bientôt quinze ans, je ne connaissais pas autant de monde que lui, arrivé il y a tout juste six mois. Avec une moyenne de quatre prestations par jour – et pas du vite fait, notre jeune homme était un perfectionniste –, il était devenu l'une des valeurs les plus sûres du marché non seulement grâce à sa peau à la limite du bleuté, mais aussi grâce à son aptitude à jongler avec tous les clichés.

Le continent africain et l'homosexualité avaient en

commun d'être deux terres de contrastes. Otelo devait satisfaire le toubib, toujours prêt à se rendre utile dans les foyers de Maliens (et ça on sait ce que cela veut dire), le jeune blanc-bec fantasmant sur les home boys torse nu faisant des gestes inconsidérés avec leurs doigts bagués dans les clips de M.O. MTV Rap, et ceux qui ne juraient que par l'Afro-Américain (il fait de la musculation, il a un meilleur look, il saute plus haut, il imite Whoopi Goldberg à la perfection)... Il pouvait aussi faire quelques pas d'une danse tribale pour satisfaire aux fantasmes, teintés de culpabilité colonialiste, de certaines folles intellos à jamais traumatisées par un voyage au Mali (la nuit, les tam-tams résonnaient dans les têtes) et la lecture d'Amadou Hampâté Bâ.

Son portable sonnait en permanence. Mais il assurait et donnait, sans ciller, un rendez-vous pour mercredi soir en quinze aux environs de 0 h 30 à un de ces amoureux des « african queens », dont les bibliothèques renfermaient les œuvres de Mapplethorpe, les photos des noubas de Kau de Leni Riefenstahl et bien sûr, *Le Boxeur manchot* de Tennessee Williams.

Comme le seigneur Oliveira dans *Tintin*, Otelo était un très beau conteur. La soirée passa très vite et bientôt, il ne fut plus question pour lui de prendre le métro.

— Tu veux rester dormir ici ?

— Eh bien, tout dépend si tu as envie de baiser ou pas.

J'émis une grimace.

— Et toi, qu'est-ce que tu en penses ?

— J'aimerais autant pas, pour tout te dire, Benjamin. Tu es sexy, mais je suis absolument crevé.

Il bâilla et s'étira comme un fauve.

— Dans ce cas prends mon lit, et moi je vais dormir ici.

— Oh, non, je prends le divan.

Il s'assit dessus d'un air décidé.

Une fois couché, je me tournai et me retournai dans mon grand lit. Au bout d'un moment, j'allai dans la salle de bains pour boire de l'eau. La porte du bureau était entrouverte et, instinctivement, j'obliquai et entrai. Otelo dormait paisiblement : son souffle était profond et régulier. Je regardai longuement son avant-bras nu qui pendait jusqu'au plancher. J'y remarquai des muscles que je ne connaissais même pas et qui convergeaient vers un biceps gros comme une boule de billard.

Tout à coup, sans rien dire, Otelo souleva le coin de sa couverture en un geste d'invitation.

— Tu es sûr que ça ne t'embête pas ? murmurai-je comme quelqu'un pour qui on se serre dans un compartiment où il n'y a plus de place.

Il sourit sans répondre. Il n'y avait plus de place sur le canapé non plus lorsque je m'y allongeai, Otelo se retourna et je dus m'accrocher à lui pour ne pas tomber. Il était chaud et nu et c'était délicieux de le tenir ainsi.

Au moment où mes doigts s'égarèrent, il réagit avec un grognement de contentement assez peu discret.

Les choses suivirent ensuite leur cours. Il était encore à moitié endormi et moi, à moitié en transe.

Otelo emménagea chez moi une semaine plus tard, débarquant avec son barda dont trente-huit paires de baskets dont chacune représentait un plus grand investissement en matière de design que la planification d'une université nouvelle à Shanghai, ses cassettes de fado remixées R'n'B et ses haltères. Un seul détail risquait avec le temps de troubler notre belle amitié naissante. Otelo trouvait que dans la vie américaine tout ou presque était merveilleux. Il adorait que quelqu'un se charge pour lui d'emballer ses achats au supermarché. Il adorait les pichets d'eau glacée où il y a plus de glaçons que d'eau et les petites boîtes d'allumettes qu'on met à disposition et ce, même si on ne fume pas. Il aimait quand le serveur dans un restaurant l'informait qu'il s'appelait Bill et qu'il serait à sa disposition pour le servir toute la soirée. Dans ce cas-là, je devais plutôt me retenir pour ne pas lancer : « C'est d'un cheeseburger que j'ai besoin, Bill, pas d'une liaison. »

Descendant des sapeurs des années quatre-vingt qui dévalisaient sans discernement les boutiques de la rue Etienne-Marcel, mon sombre héros s'inspirait du style – prononcez *staïlle* – des ghettos blacks des années quatre-vingt-dix. Comme la plupart des gens, il n'avait jamais vu de ghetto ailleurs que dans des clips de New Jack ou dans des films US. En dehors des heures de bureau, il portait son blouson Tommy Hilfiger et sa chaîne taille maxi (en réalité une laisse de chien trafiquée) avec toute la virile nonchalance qui sied à ce genre de look. Toutefois notre homme trahissait ses origines lusitaniennes en laissant dépasser une montre Bretling. Car toute la complexité de ce style tient dans la maîtrise du détail. Or, Otelo n'arborait pas fièrement un logo d'une marque crédible en banlieue. Même un gosse en sixième à Janson-de-Sailly sait cela : une marque, ce n'est pas un look mais un message social. Otelo n'avait pas cette abnégation qui poussait les gens du ghetto – les vrais – à porter des baskets hors de prix pour soutenir l'action sociale des grandes multinationales dans le Sud-Est asiatique.

Une des conséquences directes de l'arrivée d'Otelo dans ma vie était qu'Internet n'avait désormais plus de secret pour moi. En une soirée, j'étais devenu le Jason de la Toile. J'avais créé grâce à lui une multitude de profils sur citegay, gaydar, bigmusclebear, gaymuscles, dudesnude… tous ces hauts lieux qui fondaient la richesse de la convivialité homo (« slt, tu ch quoi ? »). Je pensais à toutes ces années où je m'étais bêtement privé de choisir sur catalogue.

Ces épisodes étaient moins l'occasion de me rapprocher de quelqu'un de séduisant, que de vérifier que je n'avais pas moi-même perdu tout pouvoir de séduction. Dans ce sens, il ne s'agissait pas de plans cul véritables, juste de quelques enquêtes un peu approfondies qui devaient renforcer ma confiance en moi-même, améliorant ainsi ma compétitivité au bureau. C'est du moins ainsi que je voyais les choses. Je savais que mes proches se livraient aussi à ce genre d'activité de temps à autre, non pas parce qu'ils me faisaient des confidences (quoique certains d'entre eux, après un verre ou deux, ne fussent pas avares de détails croustillants sur leur intimité), mais parce qu'ils ne remettaient jamais en doute leur pouvoir de séduction physique.

Le grand nettoyage

« La vérité est un serviteur maladroit qui, en nettoyant, casse les assiettes. »

KARL KRAUS.

Tous les soirs, Otelo observait le même rituel. Quelle que fût l'heure à laquelle il rentrait de son travail et quel que fût le type de travail qu'il venait d'effectuer, il mettait à fond le même disque de Misia (« Garras dos Sentidos »), puis passait de pièce en pièce pour s'assurer que tout était en ordre.

Il était 2 heures du matin quand il se livra, ce soir-là, à son petit jeu qui le plaçait forcément, avec un colocataire comme moi, en situation d'échec. Il était manifeste qu'il avait horreur de découvrir du fouillis ou de la saleté, qu'il communiait, à ce moment précis, avec les dieux lusitaniens les plus jaloux de la propreté, mais il éprouvait tellement de plaisir à tout remettre en ordre que j'avais l'impression de le priver d'une importante source de satisfaction lorsque, par mégarde, j'omettais de laisser traîner un cendrier plein, du linge sale, quelques épluchures de fruit dans la cuisine, ou que j'oubliais de vider la poubelle de la salle de bains…

Cependant, à la manière dont il empoigna l'aspirateur industriel, j'eus l'impression que, cette fois, il souhaitait aussi se venger d'un précédent client ou tirer un trait définitif sur une soirée exécrable. Après avoir rangé deux ou trois choses anodines, bousculé quelques chaises, claqué les portes, il alluma l'appareil qui fit le bruit d'une scierie et il se mit à le passer sous les meubles, dans les coins des pièces, sur les tapis, les canapés, avec une énergie plus hargneuse qu'enthousiaste.

Soudain, il pila net. Quelque chose avait attiré son attention. Il resta à observer le sol d'un air grave, le menton dans une main, l'aspirateur dans l'autre.

— Le ménage n'a jamais été fait dans cette partie de ton appart, j'imagine ?

Je ne l'entendais pas. Otelo, ai-je pensé. Je n'entends pas un mot de ce que tu dis.

— Viens voir, a-t-il ordonné.

Je me suis approché.

Il a montré le sol du doigt.

— C'est de la crasse, a-t-il déclaré. C'est même de la terre. De la terre, Benjamin. Tu comptais planter un champ de pommes de terre dans ce coin du salon ?

J'ai rigolé. Pas lui. Otelo s'est attaqué avec frénésie à ce qui aurait pu être l'amorce d'une culture vivrière.

Au bout d'une demi-heure de vacarme infernal, on sonna à la porte. Et je me trouvai face à Stéphane Carlero I ou Stéphane Carlero II enveloppé dans un peignoir jaune moutarde.

— Bonsoir, monsieur Strada, me dit-il d'un ton glacial… ou plutôt devrais-je vous dire « bonjour » puisque, apparemment, vous et votre nouveau mari éprouvez la plus grande difficulté à distinguer les activités diurnes des activités nocturnes.

Carlero I ou II appelait Otelo « mon mari » parce qu'il était persuadé que nos relations avaient pris les aspects les plus délétères d'un mauvais mariage. Il n'avait peut-être pas entièrement tort, mais l'appellation me déplaisait souverainement. Cependant, comme je ne me sentais pas pleinement dans mon bon droit, je pris l'air le plus plat pour présenter mes excuses. Autant passer tout de suite à l'acte de contrition. Il me toisa avec la spontanéité étudiée d'Adjani dans *Marie Stuart*. C'est-à-dire qu'il me fixa les yeux plissés, gonfla les joues, passa plusieurs fois sa langue sur ses lèvres et aéra ses cheveux.

— Strada, je vous ordonne immédiatement de faire cesser ce boucan, dit-il en pointant son index sur ma poitrine. Et je veux aussi que vous vous excusiez immédiatement pour l'acte de barbarie que vous ou votre mari, je m'en fous, je ne veux pas le savoir, avez commis contre la chienne de madame Tretmann.

Depuis la disparition de son carlin, la pauvre dame avait acheté un nouveau compagnon : un bichon nain frisé. Le problème est que ce clebs s'échappait souvent de l'appartement de sa maîtresse pour se retrouver dans le hall de l'immeuble. Là, son pelage blanc se confondait avec le marbre blanc. Otelo mais aussi des livreurs et je le soupçonnais Stéphane Carlero I ou II, eux-mêmes, lui marchaient dessus et le mettaient KO sans arrêt. « Au moins, m'avait dit Otelo, quand elle est assommée, on voit sa langue. Il faut faire quelque chose sinon la pauvre bête ne passera pas l'hiver. »

— Qu'est-ce qui vous a pris, poursuivit Carlero I ou II, de vous amuser à teindre ce chien en rose. Vous imaginez le choc pour madame Tretmann ?

— Otelo a cru bien faire, avouai-je lâchement car je ne doutais pas une seule seconde qu'il ait été l'auteur de ce forfait. Il voulait la rendre visible.

— Et pourquoi votre ami n'irait-il pas se faire teindre lui-même ? Je ne sais pas comment vous faites pour nous ramener, à chaque fois, dans notre immeuble, des spécimens aussi... exotiques.

Marx a dit « l'histoire ne se répète pas, elle bégaie ». C'est ce que je me dis également quand je vis le poing d'Otelo partir dans le groin de Stéphane Carlero I ou II. Plus d'entrechats. Plus de figure majestueuse. La victime ne virevolta pas sur elle-même vers l'ascenseur mais fit un roulé-boulé sans grâce dans l'escalier comme un vieux ballot rempli de vêtements pour la Croix-Rouge.

— La gueule de ce mec ne me revenait pas, me dit Otelo, une vraie blatte.

Il arrêta l'aspirateur qui tournait encore dans la

chambre puis se tourna vers moi avec un grand sourire.

— Ecoute, me dit-il, je ne veux pas que tu aies des ennuis à cause de moi. Le mieux est que je disparaisse un temps. C'est ce que je voulais te dire ce soir en rentrant mais tu étais plongé dans ton Proust. Tu sais, je suis ici depuis bientôt un mois et à mon échelle de temporalité, c'est presque une éternité.

— Ce ne sera pas facile à gérer quand on va se croiser – et cela arrivera forcément – dans les couloirs du *Gaulois Magazine*, objectai-je.

— Ne sois pas inquiet pour ça, dit-il d'un air narquois, je quitte cette boîte dans une semaine. J'avais l'intention de te le dire. J'ai trouvé un job à temps plein pour six mois comme DJ à Bruxelles dans ce qui va être la plus grande boîte techno d'Europe : la Défonce.

Je haussai les épaules.

— Très bien.

Il me regarda fixement, à la fois soulagé et piqué par mon absence de réaction, et se passa plusieurs fois la main sur le visage.

— Tu es mon ami, pas vrai ? lança Otelo brusquement.

— Oui, ai-je répondu.

— Je peux te parler, pas vrai ?

— Oui.

— Et tu ne m'en voudras pas, hein, tu ne t'énerveras pas si je suis franc avec toi ?

Je lui ai dit de ne pas s'en faire. On était de bons

potes en dépit de l'incident Carlero I ou II. Tu peux vider ton sac, avais-je même cru bon d'ajouter.

— Bon, d'accord. Tu es un mec sympa, Benjamin, mais quelque part tu es un vrai boulet. C'est difficile de vivre avec toi au quotidien. Je ne dis pas que tu es égoïste. Non, ce n'est pas ça. Je ne dis pas non plus que tu es insensible mais rien ne t'atteint. C'est vraiment la plaie d'être avec toi, on a l'impression que rien n'a de prise, que tout glisse sur toi, que tu es prêt à t'adapter à tout sans t'engager pour rien.

Il s'est tu. Il est allé vers le frigidaire, a sorti une bouteille de champagne qu'il a versée dans deux flûtes exceptionnellement hautes et faites du plus fin cristal, des splendeurs. A l'époque d'Ugo, j'en possédais vingt, il n'en restait que deux, ce rappel me contraria.

Je lui ai dit que je n'étais pas fâché et que je le comprenais, qu'il avait raison de se lâcher si cela lui faisait du bien.

— Très bien Benjamin, alors je vais te dire ce que tu es en train de devenir : un zombie. Crois-moi, tu devrais te faire aider par un professionnel, voir un psy pour sortir de cet état lamentable.

— Bon, je suis content que tu m'aies parlé, Otelo, est-ce qu'il y a autre chose ? Au passage, j'ai déjà un psy.

— C'est à peu près tout.

— Ça me va, ai-je rétorqué.

Puis j'ai tourné les talons et je me suis éloigné tranquillement vers ma chambre pour me prendre deux ou trois lignes de coke que j'avais planquées dans mon armoire, pas le moins du monde perturbé.

A vrai dire, si je ressentais quelque chose, c'était plutôt du soulagement.

J'entendis l'appel de l'ordinateur dans la pièce qui me servait de bureau au fond du couloir. Je ressentis un besoin presque physique de m'installer devant l'écran et de pianoter sur le clavier pour rejoindre ma vaste famille. J'éprouvais une envie analogue à celle du café le matin au saut du lit. Là-bas, sur mon clavier, j'imaginais qu'une fête battait son plein, une orgie poisseuse de flirts et d'anticipation. Dans un rayon de dix kilomètres, des milliers d'hommes s'étaient branchés, organisant des rendez-vous, offrant des occasions illimitées de passer du bon temps et je m'excluais de cette partie.

Retiens-toi, retiens-toi, me dis-je. Mais les jingles de l'ordinateur se succédaient à un rythme endiablé. Autant aller faire un tour rapide et constater que j'allais être déçu une fois de plus. Cette fois, je n'étais pas disposé à m'en laisser conter ! Ils allaient voir ce qu'ils allaient voir tous ces imbéciles qui ne vivent que dans le virtuel. Le problème, c'est que j'avais laissé cette distraction se transformer en habitude, et l'habitude devenir une obsession.

Je respirai profondément et ouvris la page de garde qui avait la couleur d'un véhicule militaire bouffé par la rouille. Je tapai mon pseudo puis mon code et je vis que cinq messages m'attendaient. Curieusement, je n'étais plus aussi angoissé en pensant à ce temps gaspillé à ce genre d'exercice et je sentais se dévider à grande vitesse ma pelote de résolution. C'était si bon de rentrer à la maison. Allez, je m'accordais une petite demi-heure de dialogue et de flirt. Ensuite, je reprendrais la lecture d'*Albertine disparue*.

Trois heures plus tard, j'étais toujours sur le chat quand je reçus le message de « IchBinEinBerliner » qui trouvait mon profil « intéressant » et qui le formulait en deux phrases et sans fautes. (Il valait mieux sur ce site éviter d'écrire convenablement ou paraître se soucier de grammaire si l'on ne voulait pas passer pour un vieux – ou pire – pour un homosexuel.)

Il disait s'appeler « Karl ». La plupart des connectés se donnaient des noms où figurait la lettre K : Karl, Mike, Karim, Niko, Akim. Le « K » avait passé avec succès le deuxième millénaire. Sans doute parce que beaucoup des connectés continuaient de lui accorder une valeur virile (« Tu ch mek ? » était quand même plus viril que « Tu ch mec ? »).

La tête pleine d'excuses et sans le moindre appétit, je partis rejoindre ma nouvelle « conquête » dans son appartement situé rue de Verneuil.

Quand je suis entré, Karl était étalé sur son canapé, torse nu, avec une bosse de taille respectable bien visible au travers de son pantalon en cuir noir. Il avait agrémenté la pièce de petites bougies allumées sur des coupelles de cuivre. Il ne ressemblait pas du tout à ses photos, et je me dis que je pouvais très bien faire demi-tour mais je n'avais pas envie de le décevoir. Karl n'était pas jeune, pas vieux, pas repoussant, pas malpropre, pas stupide. Il ne venait pas de Berlin ? Et alors ? Il avait le physique du rôle et, avec la quantité de drogue que j'avais absorbée ce soir, je savais que tout détail susceptible de gâcher mon fantasme serait rapidement effacé de ma mémoire. Bref, c'était un coup honnête pour trois quarts d'heure.

— Tu veux boire quelque chose ?

— Non, merci.

Et je lui montrai, tout de suite, où devait se situer son attention. Ce qu'il fit en s'agenouillant et sans protester.

Généralement, j'évitais les plans directs. Dans un de ses récits de voyage, Machiavel raconte qu'on le conduisit, un soir, chez une pute à Rome. La chambre de la femme n'était pas éclairée, ce qui n'empêcha pas l'auteur du *Prince* de pénétrer un gant soyeux qui l'enserra vigoureusement. Une fois l'affaire conclue, une matrone arriva avec un bougeoir pour réclamer le salaire et là, Machiavel s'aperçut qu'une multitude de poux et de vermine grouillait sur le crâne de la « belle » qu'il venait de baiser. Il ne put se retenir et de dégoût vomit sur la catin. « Ainsi, écrivit-il, je la payais son juste salaire. » Bien des fois, j'avais été à deux doigts de récompenser ainsi celui qui m'avait offert son cul.

Karl avait changé l'objet de son attention et s'attardait sur mes godasses, commençant à décrasser avec la langue une de mes semelles. Je ne savais pas pourquoi, un nombre disproportionné d'hommes que je rencontrais sur le Net fantasmait sur les pieds. La plupart du temps, j'ignorais tout de la marque des baskets que je portais.

Une claque sèche derrière l'occiput lui rappela que je n'étais pas là pour qu'il se donne du plaisir. C'était ce qui était génial avec la drogue. Elle vous forçait à vivre dans l'instant et à vous comporter comme quelqu'un qui savait comment s'amuser, sans se soucier de donner une bonne impression. Nous allions baiser et je me dis que j'avais bien fait, que je me défoulais une fois pour toutes et que cela me conduirait à me consacrer, le lendemain, uniquement à mon travail.

Après avoir tenté d'assouvir son trip, Karl avait rempli son contrat jusqu'à la fin. Il m'avait imploré, s'était mis à quatre pattes, puis couché de tout son long sur le lit, puis remis sur le côté, puis il s'était tenu debout dans la position du ramasseur de savon avant de s'offrir sur le dos en repliant ses jambes sur lui-même comme s'il était un origami. Il passa ainsi du grognement au gémissement, émit quelques halètements, de nombreux couinements et termina en tirant la langue sur le côté. Rien à râler même si je savais que cela faisait partie d'une mise en scène qu'il avait sûrement répétée devant la glace quelques minutes avant mon arrivée.

Il y eut ensuite ce fameux silence post-coïtal où les hétéros possédaient une supériorité sur nous : certains d'entre eux n'hésitant pas à allumer une cigarette en disant : « C'était bien non ? » (Cela dit, selon mon amie Sarah Berg, cette question relevait, aujourd'hui, de la pure légende urbaine. Le dernier à l'avoir posée avait été taillé en pièces par cette bacchante.)

Je remarquai que la télévision était restée allumée sur LCI où s'affrontaient – le terme était mal choisi – Aimé Balder, Patrick Balkany et le sociologue Michel Maffesoli sur le thème « Mais que fait donc la police ? ». Deux des invités s'accordaient à vanter les mérites du ministère de l'Intérieur qui venait de proposer de passer la banlieue au « Kärcher ». Ils expliquaient qu'il était grand temps de « nettoyer » la banlieue, de reconquérir les « territoires perdus de la République » comme s'il s'agissait de programmer une expédition coloniale sur Khartoum.

En continuant à regarder autour de moi, je vis que traînait sur la table de chevet une convocation à un meeting en l'honneur de Nicolas Sarkozy organisé par une association, La Diagonale, aux Bains Douches…

Pour combler le vide de la conversation, je lui demandai quelle était cette Diagonale dont je voyais le nom pour la première fois.

Il se retourna et me jeta un regard indigné.

— Je n'ai pas vraiment envie de parler de ma vie privée, dit-il.

— Non, bien sûr. Je ne pensais pas te demander en mariage en posant cette question. Je le faisais juste par politesse.

Il enfila un slip Diesel et un débardeur.

— La Diagonale est un club de réflexion qui réunit des hommes, des femmes, des gays, des hétéros, des humanistes qui souhaitent dépasser les clivages stériles. Il y a de plus en plus de personnes qui sont de gauche mais qui souhaitent que chacun puisse faire valoir ses chances. Tiens, lis, instruis-toi…

Il me tendit sous le nez la feuille et je parcourus la déclaration d'intention : « Nous pensons qu'aujourd'hui, en dépit de son appartenance affichée à une droite décomplexée, Nicolas Sarkozy est le seul homme à se positionner sur la rupture et à vouloir moderniser notre pays, était-il écrit. Sans vouloir forcément rejoindre l'UMP, nous souhaitons néanmoins prendre une juste part à la démarche que Nicolas Sarkozy a engagée et nous nous déclarons ouverts à sa méthode qui s'illustre par sa grande capacité d'écoute, sa modernité et son volontarisme… bla-bla-bla. »

— Des sarkozystes de gauche. C'est marrant.

Je vis que la patience dudit Karl, ou ce que je croyais être de la patience, allait tourner au mépris. Ses yeux pâles s'allumèrent un instant dans la pâte molle de son visage.

— Je ne vois pas ce que cela a de drôle.

— Pardon, je ne voulais pas être vexant. Cela me rappelait juste une réplique de Jean Gabin dans le film *Le Président*. Un politique lui parle de patrons de gauche et Audiard lui fait répondre : « Il y a aussi des poissons volants, mais qui ne constituent pas la majorité du genre. »

— Eh bien, détrompe-toi. Nous serons certainement plus nombreux que tu ne crois à la prochaine présidentielle.

— Ah ! fis-je en réalisant que je m'en foutais et que je ne trouvais rien d'autre à ajouter.

Jusqu'à cette nuit, je croyais que ces rencontres sexuelles de trois quarts d'heure, impersonnelles et déprimantes, avaient au moins le mérite de me faire rencontrer des hommes que je n'aurais pas croisés autrement. Même cette excuse tombait dans l'univers où j'évoluais puisqu'aujourd'hui, les Charlus avaient bien peu de chances de rencontrer des Jupien. Je ne voyais que mes semblables, des garçons que j'aurais pu aborder dans n'importe quel pince-fesse culturel ou saluer dans un des établissements Costes.

*

Qui pouvait nier que je menais une existence de nabab ? Le matin, un taxi club affaires attendait devant mon domicile pour les quatre cents mètres que je faisais, autrefois, à pied. Les journaux se trouvaient mis en évidence sur la banquette arrière du véhicule. J'arrivais paresseusement à dix heures, c'est-à-dire une bonne heure quand même avant la majorité de mes collaborateurs.

Mon assistante, Anne-Marie, venue de Sevran, avait échappé au calvaire quotidien du RER B. Elle avait trié mon courrier, mes mails, mes factures et vérifié tous mes rendez-vous de la journée. Elle avait aussi pointé les articles de presse susceptibles de m'intéresser. Cinq parapheurs m'attendaient. J'avais la matinée pour les signer mais je préférais laisser mon esprit vagabonder.

J'aurais bien aimé éliminer la paperasse qui s'était accumulée au fil des semaines mais je n'avais pas la tête à ça. J'ouvrais un dossier et m'en lassais aussitôt, changeais pour un autre et je sombrais dans un marécage d'exaspération tandis que mon bureau était jonché de tâches à moitié exécutées.

Et si je regardais le réseau pour me mettre en condition ? Peut-être avais-je reçu de nouveaux courriers sur mes sites de rencontres ? J'y passais une petite heure en me disant que je gagnais du temps en prévoyant mes plans cul de la semaine. Il était toujours préférable d'anticiper dans ce domaine. Chercher au dernier moment, c'était le meilleur moyen de perdre des heures sans être sûr de trouver, et de se rabattre sur de la viande avariée. Il valait mieux pla-ni-fier. Lundi, Nikos. Mardi, Karim. Mercredi, Seb et Kris et peut-être même Jean-Pierre. Jeudi… Ah, rien jeudi. Un plan escort ? Après tout, j'en avais les moyens puisque je ne payais rien. Je vivais dans une bulle de gratuité et de services.

Plus le temps passait, plus on mettait à ma disposition ce que je voulais et même ce que je ne désirais que du bout des lèvres. J'aurais pu m'habiller entièrement en Kenzo (quoique trop grand), ou me chausser exclusivement en Berluti. Je pouvais prendre l'avion pour New York et y passer quarante-huit heures, juste pour y boire des ginger Martini, ou visiter avec trois ou quatre privilégiés la rétrospective Warhol à Beaubourg ou assister à tous les concerts de l'opéra Bastille ou essayer un hôtel spa à Bath ou le dernier palace tunisien bâti aux portes du désert… Je pouvais boire de l'eau du Népal, m'enduire le visage de crème de soin liftante au caviar et dîner tous les soirs au bar du Ritz. Face à ce fric étalé, je devais me conformer à mon rôle, jouer à celui que rien n'étonne, me convaincre du caractère romanesque de la situation.

Les publicitaires du magazine me sortaient, me montraient, m'exhibaient. Pour une fois qu'un patron du groupe n'avait pas un balai dans le cul et n'avait pas l'air de sortir de Neuilly ou de Passy ! Je faisais un tabac chez les annonceurs. C'était facile, un peu de culture (pas trop : une allusion à Proust, classique et snob, et une maxime de Guy Debord, cela suffisait à étonner notre petit monde sans l'effrayer) ; des vêtements de marque, négligemment portés ; beaucoup d'attention aux autres, un gentil sourire même quand ils me débitaient leurs plus plates conneries de pubards. Et hop, en voiture Simone !

Qui pouvait nier, en effet, que je menais une existence de nabab et pourtant, je percevais mes limites. Ils voulaient tous que le magazine change sans rien toucher. Des trésors de diplomatie étaient nécessaires pour créer de nouvelles rubriques ou faire apparaître de nouvelles signatures. Je commençais aussi à ressentir les à-coups de la laisse. A chaque fois que Noël Bradtout m'appelait et me disait : « Vous êtes sûr que c'est bien le meilleur moment ? »

Malgré tout, le patron du *Gaulois* avait accepté que je fasse collaborer Sarah Berg au magazine. Il était vrai que, depuis quelques mois, celle-ci avait pris un virage idéologique qui n'était pas pour déplaire à Bradtout. L'inimitié qu'elle nourrissait à l'égard de tout ce qui avait fait le vieux fond de sauce électoral des socialistes depuis plus de vingt ans, la portait à mettre son talent, qui était grand, au service de tout ce qui était censé ébranler le « politiquement correct ».

Elle était depuis plus d'une heure dans mon bureau et elle avait déjà réduit en miettes les caciques du PS, les intellos de gauche, les antiracistes, les démocrates frileux, et allait s'attaquer à sa cible favorite : le maire de Paris, Bertrand Delanoë, qui mettait en œuvre ce que Jack Lang avait autrefois essayé de théoriser. Elle avait une dizaine de sujets d'enquêtes et d'entretiens dans sa besace.

Pour couper court à ce torrent de paroles, je lui proposai d'aller prendre un verre sur la terrasse de l'immeuble.

— On visite ?

— Si j'arrive à m'extraire de ce fauteuil.

Au cours de notre conversation, elle avait pris une pose provocante dans le fauteuil, imperméable entrouvert, croisant les jambes de manière à mettre en valeur leur galbe. Elle portait des petites bottines rouges à talons fins qui accentuaient ses mollets.

— Des Louboutin, dit-elle, comme si elle lisait dans mes pensées.

Ses grands yeux bleus trahissaient une certaine lassitude, comme souvent chez les gens intelligents qui se connaissent trop et qui ont épuisé le charme de leur relation. Au moment où nous parvenions à avoir à nos pieds tout Paris, elle décida de changer de conversation.

— Comment vont tes amours ?

— Un désastre. Un fétichiste du pied par-ci, un type accroché au radiateur par-là. Rien de très excitant.

— J'ai l'impression de m'entendre parler : un ambassadeur terrorisé par sa femme, un intello névrosé…

— Si tu te retournes, lui dis-je, tu noteras sans aucun doute qu'au moins une dizaine de types se sont arrêtés pour te déshabiller du regard.

— Ah tu crois ? Je vérifie. Ah oui, il y en a un. Ce chauve bedonnant de plus de soixante ans qui bave. Mais peu importe. Je me sens beaucoup mieux. Un peu pitoyable d'être aussi superficielle, mais mieux, c'est incontestable. Et Ugo ? Tu n'as plus eu de nouvelles ?

Justement, si. Pas plus tard que la semaine dernière, j'avais reçu un appel de lui pour la première fois en six mois. Il m'avait invité à dîner dans un de nos anciens restaurants favoris. Le geste était suffisamment exceptionnel pour que j'accepte sans barguigner et puis je lui étais plutôt reconnaissant d'avoir rompu. Je lui avais demandé où en étaient ses amours et là, cela avait été comme dans un film catastrophe lorsque le bateau coule : le moment où le héros ouvre une porte distraitement et où un million de tonnes d'eau déferlent à l'intérieur du navire.

A présent que son Turc l'avait plaqué, il était prêt à remettre le couvert. Visiblement, cela ne l'avait pas effleuré un seul instant que ma situation personnelle avait pu changer. Dans sa tête, j'étais éternellement assis dans ce restaurant en attendant qu'il réapparaisse libéré de ses vœux « matrimoniaux ». Un peu comme si je disais à quelqu'un « peux-tu me servir à boire ? »

et que vingt ans après il se ramène avec la carafe d'eau. J'avais pensé qu'il était temps de couper court à ce malentendu. Quand il voulut remplir à nouveau mon verre de vin, j'avais mis la main au-dessus et dit qu'en vérité, je préférais ne pas boire d'alcool parce que je prenais des antibiotiques. Une grippe ? Non, trois fois rien. Une blennorragie mais pas grave... Tu es le premier à qui j'en parle...

La soirée s'était terminée en sortant du restaurant.

*

Chaque samedi après-midi, à heure fixe, mon portable sonnait. J'étais sûr d'entendre Charles Sabot en personne qui me décryptait l'actualité de la semaine écoulée et me faisait part de sa vision du monde qui se résumait à l'affrontement entre deux camps. Il y avait les Etats qui achetaient ses produits et ceux qui refusaient. Les amis de Sabot (et donc du journal) et les salauds. Lors de notre dernière conversation, il m'avait demandé de passer le voir au petit déjeuner, non pas à son siège des Champs-Elysées mais chez lui. Il s'agissait, bien sûr, d'une convocation.

A mon arrivée, je trouvais un Sabot plein de vie. Depuis sa conquête du *Gaulois*, le milliardaire ne cachait pas à quel point il était satisfait de sa situation : des étincelles de joie dansaient dans ses yeux. Toutefois dès que je commençai à me plaindre du manque de moyens dont je disposais, toute trace de sentiment disparut de son visage. De la main, il balaya l'air devant son nez comme pour chasser une mouche.

— Je suis un homme difficile, déclara Sabot en ce jour brûlant et suffocant de juillet alors que j'étais assis dans son triplex de l'avenue Victor-Hugo.

Il n'avait pas fait installer l'air conditionné et gardait toujours les fenêtres fermées. Pour augmenter le malaise de son invité, il portait un col de fourrure sur sa robe de chambre que de temps à autre il remontait encore autour de son cou, comme s'il sentait un appel d'air venu de l'Arctique.

Sabot prit *Le Gaulois Magazine* et ne cessa pas de ronchonner et de m'asticoter. Pourquoi refusais-je de placer le sommaire du numéro en couverture du journal ? Pourquoi est-ce que je n'instillais pas davantage d'actualité heureuse dans le journal ?

Ce petit bonhomme ratatiné, qui donnait l'impression de n'avoir jamais eu assez à manger, me rappelait un moineau triste.

Avais-je vraiment besoin de tous ces journalistes ? Est-ce qu'il n'y en avait pas trop ? Est-ce qu'il n'était pas temps de se débarrasser des mauvais esprits ? Un bon nettoyage à sec. A ce stade, il sortit son petit cahier à spirale pour y cocher les bons et les mauvais, les serviles et les séditieux, ceux qui avaient des idées saines et les « gauchistes ». Entendez par là, tous ceux qui se trouvaient à gauche de ses préjugés. C'est-à-dire grosso modo quatre-vingt-cinq pour cent de nos concitoyens. Il me regarda, le stylo levé, comme s'il s'apprêtait à noter sous ma dictée.

Je fis celui qui ne comprenait pas. Ce que je faisais très bien comme me l'avait rappelé Otelo.

Le visage de Sabot se fit plus maigre.

— Vous ne voulez pas qu'on vire ces incapables ?

— Non.

Ma réponse était ferme.

Sabot ferma les yeux comme s'il souhaitait communiquer en privé avec lui-même.

— Nous allons mettre à la porte les seuls journalistes qui travaillent, soulignai-je.

Cette remarque agaça encore plus Sabot. Cet imbécile de rédacteur en chef osait-il sous-entendre que lui, Sabot, n'attachait aucune valeur au travail ? Pour qui je le prenais ? Pour un de ces suceurs de plus-value, un de ces gloutons de stock-options qui ne connaissent pas la valeur de l'effort ? Sabot avait l'habitude d'être traité avec respect (en fait, avec obséquiosité). Il pencha sa tête d'oiseau sur le côté.

Pourquoi ne voulais-je pas répondre ? Puis une seconde plus tard, il changea de sujet comme s'il n'écoutait même pas ce qu'il disait, déblatéra sur le péril chinois, la menace turque ou la connerie des Polonais, et ha ! ha ! ha ! brusquement il riait ou s'étranglait ce qui n'était pas facile à dire. Vermillon l'écoutait, la tête baissée et les doigts refermés sur la poignée de son attaché-case Vuitton, il l'écoutait bafouiller et siffler de la poitrine. Presque invisible, Basseterre l'imitait. Pauvre Vermillon. Pauvre Basseterre. Deux serre-livres. Sourire et faire ce qu'on leur disait, piétiner sur place pendant des heures, prêts à bondir au premier geste, acquiescer sans relâche, c'était leur lot commun. Il n'y avait pas un seul soir où leurs articulations ne les faisaient pas souffrir et où leur orgueil n'était pas meurtri.

— Nous pouvons tendre à faire un journal intelligent, dis-je.

— « Intelligent » ! (Sabot secoua la tête.) Ça ne nous rapportera rien d'être intelligents. On s'en moque ! La plupart des gens n'ont pas la moindre idée de ce qu'est l'intelligence, ils ne savent pas si elle est grande ou petite, verte ou jaune, non, si vous voulez décrocher le gros lot, il faut distraire. Moi, j'ai l'impression que le plus sage, dans votre cas, c'est d'arrêter de se poser des questions. Pas vrai Basseterre ?

Basseterre sursauta. Il était en train d'attaquer sa cinquième tartine. Il opina précipitamment.

— S'il existe à Paris des furieux de ce qui se passe dans le microcosme intellectuel, continua Sabot, les lecteurs s'en moquent généralement comme d'une guigne. Ils veulent être distraits, un point c'est tout, et rien dans vos derniers numéros n'était en mesure de les satisfaire. L'ennui y régnait en maître absolu. Prenons ce samedi. On ne comprend rien à l'entretien sur la politique étrangère américaine. Le reste du numéro est à l'avenant. Si les premières lignes des articles ont été lues, bien peu nombreux sont ceux qui se sont penchés sur les dernières.

Sabot lissa du doigt ses sourcils touffus, puis il se mit à les tortiller comme d'autres tortillent leur moustache tandis que son esprit se concentrait sur les principales faiblesses de son interlocuteur. Il posa sur moi un regard scrutateur, le genre de regard qu'un acheteur pose sur un comptoir d'articles en soldes.

— Combien gagnez-vous en ce moment ?

Etait-il possible de mettre tant de dérision dans la question la plus banale ? Je lui répondis, malgré tout, posément.

Sabot secoua la tête en silence.

— Ce n'est pas très bien payé mais nous vous donnons une chance de travailler dans un groupe prestigieux et ça, ça vaut une fortune.

— Je le dirai à mon banquier.

Vermillon me raccompagna jusqu'à la sortie.

— Charles était absolument ravi.

— Il n'avait pourtant pas l'air d'apprécier la manière dont je dirige le journal.

Le précieux collaborateur opina de la tête, plein de compréhension compatissante.

— Je suis navré de sa mauvaise humeur, ajouta-t-il de sa voix sérieuse, changeant de registre par un simple petit affaissement des épaules qui ployèrent sous le poids de son chagrin, j'avais envisagé de vous épargner ce moment mais vous n'êtes pas sans connaître la situation financière du groupe. La conjoncture économique nous saigne à blanc, l'Etat prend tous les profits à l'heure actuelle. Comme Charles aimerait vivre dans un monde différent ! Vous savez, vous pourriez l'aider…

Je répondis sur le mode blagueur qu'adoptent les

gens pour dire ce qu'ils pensent, lorsqu'ils ne peuvent pas vraiment se le permettre :

— C'est franchement trop gentil de m'indiquer la route à suivre. La présidentielle est dans un an et demi. Nous ferons bien assez tôt la campagne de Nicolas Sarkozy.

— Allons, allons, ne vous laissez pas emporter. Il faut prendre les remontrances de Charles comme celles d'un ami, mieux, d'un membre de votre famille. Je vous l'ai déjà dit, considérez-le comme votre grand-père et vous verrez que tout s'arrangera.

Vermillon n'avait jamais l'air plus honnête et digne que quand il mentait. Il prit un air grave, fixa sur moi un regard entendu et direct, puis il ferma les yeux et hocha lentement la tête afin de confirmer que la question soulevée serait immédiatement réglée. « N'y pensez plus. » Protégé par le sens de l'honneur et de la vertu d'un gangster, je sortis de la place.

Je croyais que lorsqu'on était quelqu'un d'important, on devait reconnaître de temps à autre ses propres défauts et s'en confesser publiquement. On dit que l'on n'est pas complètement fou lorsqu'on se rend compte de sa folie ; logiquement on ne peut donc être totalement mauvais si l'on reconnaît être une belle ordure. Mais non, il y a des personnages qui semaient le chaos et détruisaient les familles comme on faisait sa lessive. Ce qui me déprimait par-dessus tout ? C'est que Sabot avait échafaudé un code moral lui permettant de se comporter de manière ignoble tout en croyant faire le bien.

Le temps perdu

« Que de bonheurs possibles dont on sacrifie ainsi la réalisation au plaisir immédiat. »

MARCEL PROUST.

Plus le temps passait, plus je m'apercevais que j'étais sous liberté surveillée. La semaine précédente, Vermillon m'avait demandé de lui envoyer mon éditorial du *Gaulois Magazine* avant sa publication ainsi que les principaux articles et le sommaire du journal. J'avais fait la sourde oreille en dépit de ses mensonges à deux balles qui me hérissaient le poil.

« Il faut le comprendre : Charles aime bien savoir ce qu'il y a dans son journal avant ses amis, plaida-t-il, c'est normal, c'est son petit plaisir, presque une coquetterie. Il appelle ses proches et leur dit : "Tiens, tiens, demain, je sens qu'on va parler de toi dans le magazine !" C'est sympathique et parfaitement anodin. »

C'était tellement sympathique et anodin que Noël Bradtout, qui n'avait pas attendu de relance pour suivre avec une attention scrupuleuse la requête du milliardaire, avait été contraint par trois fois de changer en catastrophe la une du quotidien pour la transformer en tract politique. Il avait trappé un grand reportage en Afghanistan dans une zone tribale détenue par les talibans, un entretien exclusif du prix Nobel de médecine sur ses dernières recherches dans la lutte contre le cancer, et la découverte d'un manuscrit original de Rimbaud retrouvé à Aden. Les rédacteurs du *Gaulois* avaient dû bâtir en deux heures un sujet autour du thème : « Economie : voilà pourquoi la gauche vous ment ». La veille, ils avaient été contraints de s'essorer le cerveau pour trouver un angle original sur « l'arnaque des 35 heures » et l'avant-veille, ils avaient planché – plus classique – sur la faillite du slogan soixante-huitard « il est interdit d'interdire ».

Je relativisais ces intrusions fréquentes et préférais les placer sur le compte de cette fièvre belliqueuse qui avait désormais gagné tout le pays. Chaque apparition de Nicolas Sarkozy était saluée comme un audacieux coup de main militaire et commentée, décortiquée, analysée avec une gourmandise médiatique baroque. Qu'il sorte en banlieue avec sa garde rapprochée et on le peignait aussitôt en Bonaparte traversant le pont d'Arcole, offrant sa poitrine à la mitraille ennemie. Qu'il fasse la leçon à son collègue de l'Education nationale et on louait l'audace de ce nouveau Jules Ferry. Qu'il se rende à Washington pour débiner la politique étrangère de son pays qu'il jugeait trop hostile aux néoconservateurs et on s'inclinait devant la profondeur de ses intuitions géopolitiques.

Aucun doute : c'était bien lui l'homme providentiel dont nous avions besoin, mouillant sa chemise et trempant celle de ses collaborateurs. Voilà qui tranchait avec le satrape oriental corrompu et dur d'oreille occupant indûment le palais de l'Elysée. Même les nombreux dérapages de notre héros, dus à l'emploi d'un vocabulaire inusité pour un si grand personnage – « Kärcher », « racaille » –, étaient analysés comme autant de subtiles références à Clausewitz et Sun Tzu, génies de la stratégie : il s'agissait de provoquer les forces ennemies, les obliger à sortir de leurs retranchements politiques, puis les encercler en les séparant de leurs bases arrière idéologiques. Du grand art de la guerre, assurément.

Autant dire qu'il n'y avait guère de place pour les commentaires mesurés, les jugements pondérés, les savants balancements. Il fallait que ça saigne. Le temps était venu de la conquête ou plutôt de la reconquête. Depuis plus de treize ans, la droite était aux affaires mais l'habileté du ministre d'Etat et de l'Intérieur avait fait avaler à la moitié de la presse qu'elle était en exil et que, bientôt, elle reviendrait pour conduire la nation sur le sentier lumineux de la réforme. Quant à l'autre moitié de la presse, elle assistait, mi-incrédule, mi-fascinée, à cette extravagante partie de joueur de bonneteau.

J'avais connu deux cohabitations entre la gauche et la droite puis une cohabitation entre les deux gauches, puis une cohabitation entre Bernadette Chirac et Dominique de Villepin. A chaque fois, j'étais parvenu à me glisser entre les camps adverses. Mais cette fois-ci, je sentais bien qu'il n'y avait pas de place pour l'entre-deux, l'esquive, le sous-entendu, la fugue, le journalisme buissonnier. Nous étions passés de la guerre en dentelles du XVIIIe siècle à une guerre totale qui ne ménagerait pas les populations civiles. Même l'académicien Olivier de Bagatelle, le charmant Olivier de Bagatelle que les lecteurs du *Gaulois* associaient toujours au titre bien qu'il eût quitté la direction du journal depuis près de trente ans, n'était plus en cour. Son libéralisme, plus inspiré de celui de Tocqueville que des slogans des Chicago Boys, indisposait ; ses longues phrases chantournées et ses références à Chateaubriand irritaient. Sa malice autant que son érudition exaspéraient. Sautillant comme un moineau sur le fil de la notoriété, l'académicien était devenu branché puisque délicieusement « vintage » pour une partie de la jeunesse mais totalement ringard aux yeux de nos nouveaux petits maîtres qui se pressaient aux portes du pouvoir et qui avaient moins dans leurs têtes le « Enrichissez-vous » de Guizot que le « Gavez-vous » de Sarkozy.

Désœuvré, il venait au *Magazine* pour faire taper ses textes écrits à l'encre violette. Mon assistante le vénérait. Il la draguait gentiment. Sa silhouette gracile et menue disparaissait alors dans mon canapé. Il me racontait combien l'auteur de la *Recherche* que son père avait rencontré avec la comtesse Greffulhe chez

Robert de Montesquiou, était bien moins ennuyeux que celui des *Trois Mousquetaires*. Il détestait Voltaire, un « journaliste de talent qui n'a eu pour seul mérite que de vivre jusqu'à quatre-vingts ans ». Il me parlait aussi des femmes, c'était même un de ses sujets favoris avec Venise, le Brésil et la politique.

— Vous n'entendez pas, Benjamin, comme moi, les femmes nous dire : « Regardez-nous. Voici nos jambes, voici nos bras nus. Pourquoi vous ne vous occupez pas de nous comme autrefois ? Qu'est-ce que nous devons faire pour vous intéresser ? Nous ne savons plus quoi inventer... » ?

Il venait de parcourir quelques mètres sur le boulevard Haussmann et la vision d'une ou deux jolies femmes vêtues de petites robes n'avait fait qu'accroître sa légendaire gaieté.

— Mais les hommes sont de plus en plus distraits, continuait-il, et ne savent plus aimer les femmes. Pour elles, l'amour est toujours la grande affaire de leur vie. Elles passent et repassent devant nous, tels ces enfants, qui pour attirer l'attention de leur père occupé à lire le journal, se barbouillent de confiture et se mettent une casserole sur la tête. Pauvres femmes !! Si nous continuons ainsi, elles vont devenir folles ! Vous ne trouvez pas ?

J'approuvais parce que j'étais charmé par la tessiture délicate de sa voix. Bagatelle parlait et c'était tout un monde qui surgissait dont il était, peut-être, un des derniers représentants. J'étais plongé un siècle en arrière dans le salon des Guermantes ou des Verdurin.

Je me surprenais à regretter, comme lui, le temps où *Le Gaulois* pouvait se montrer élégant et ouvert tout en ne détestant pas les passes d'armes avec ceux de l'autre rive. Malheureusement, il s'interrompait toujours au moment où je commençais à me laisser bercer par le rythme de sa voix. Il se redressait et disait :

— Je ne sais pas pourquoi je vous raconte tout ça, cher Benjamin. Je crois que ce que je veux dire c'est : comment pouvez-vous ne pas avoir envie d'échapper à toute cette, cette… (il se mit à sourire et à battre des paupières). Voyez-vous, tout change mais pas dans le sens de la beauté, de la culture, de la joie et du bonheur. Moi ce que je voudrais, c'est me retrouver sur la plage du Lido. Sur la plage comme quand j'avais six ans et que personne n'était mort, et je voudrais que ce printemps italien ne s'arrête jamais. J'avais l'impression que c'était comme ça, que ça durerait pour toujours et que jamais rien de mal n'arriverait. Mais comme l'écrit Saint-Simon dans ses *Mémoires* : « Tout passe, tout s'élève, tout se détruit, tout devient chaos. »

Et c'est vrai que dans le monde qui s'annonçait, il n'y avait pas de place pour les Bagatelle. Pas de quartier de noblesse ! Tel était désormais le nouveau mot d'ordre à tous les étages. Déjà, on voyait poindre les premiers déserteurs. Des éminences de gauche qui avaient bien compris que, cette fois, elles ne bénéficieraient pas de la mauvaise conscience qu'elles avaient su inculquer dans les esprits de l'autre camp pour garder leurs charges et leurs prébendes. Alors, elles relevaient bien haut leurs chasubles pour ne pas être éclaboussées par la boue et accouraient de peur de rater le fringant équipage qui ne repasserait que dans cinq ans. De ce point de vue, *Le Gaulois* et *Le Gaulois Magazine* leur servaient à mettre un pied sur les essieux. Si le groupe avait laissé sur le bas-côté de la route Olivier de Bagatelle, il avait accueilli avec des transports de joie le futur académicien, Max Gallo qui, par sa seule et imposante carrure de tribun des années trente, ripolinait le discours de la droite d'un vernis patriotique. Nous avions déjà fait un numéro entier du magazine pour accueillir des extraits de son livre *L'Amour de la France expliqué à mon fils*, nous nous apprêtions à récidiver avec son prochain ouvrage *Fier d'être français*. C'était une belle prise de guerre que ce gros galion chargé d'histoire, de suites romanesques et de biographies de gare qui avaient caboté, autrefois, le long des rivages socialistes. L'âme de Déroulède claironnant dans le corps de Jaurès. Gallo n'était pourtant que l'éclaireur de cette cohorte de clercs d'autant plus enragés dans leur soutien à notre homme providentiel qu'ils avaient encensé les régimes précédents. Chez eux, la pensée avait depuis longtemps vidé les étriers. Tout cela commençait à sentir le jeu de rôle et la comédie italienne. Un peu trop à mon goût.

Aucun des événements qui constituaient l'existence quotidienne n'était plus source de satisfaction pour moi. Si le principe de plaisir était anéanti, que restait-il ? Ce pauvre aphrodisiaque que l'on nomme le pouvoir. Au fond, je me demandais comme Olivier de

Bagatelle comment il était possible que des hommes se consacrent à autre chose qu'à baiser, comment ils pouvaient gronder, brandir des chiffres, s'agiter dans tous les sens, menacer, partir en guerre et s'écharper. Comment pouvaient-ils avoir l'esprit à ça ?

C'était bien simple, plus je sentais monter la pression autour de moi, plus je courais les aventures. Je faisais l'amour entre 1 heure et 3 heures de l'après-midi en faisant sauter mes déjeuners. Je faisais l'amour l'après-midi dans des saunas situés dans l'est de Paris décorés comme l'Alhambra. Je faisais l'amour à la sortie du bureau dans les parkings ou les toilettes des grands magasins et même sur les quais de Seine où je trouvais des garçons aussi affamés que moi, le visage assombri par le désir. Je faisais l'amour dans les boîtes à cul de la capitale errant dans les labyrinthes mal éclairés, repassant cent fois devant la même cabine pour être bien sûr de mon choix. Je faisais l'amour debout, couché, assis, accroupi, le corps de mon partenaire se balançant sur un sling. Je faisais l'amour en costard, en jean et chemise canadienne, en cuir, en militaire, en tenue d'égoutier. Je faisais l'amour le lundi soir, le mardi soir, le mercredi soir, le jeudi soir, le vendredi soir et le dimanche soir pour apaiser la tristesse qui s'emparait inévitablement de moi à ce moment-là. Je faisais l'amour à 3, 4, 5 heures du matin parce qu'il y a toujours et à toute heure des volontaires pour accueillir un mec qui allait vous culbuter sur votre lit. Je faisais l'amour avec de jeunes écrivains et de vieux éditeurs, avec des couples d'amis et avec des ex, avec des lutteurs bègues, des urgentistes militants au Parti des travailleurs, des plombiers, des avocats d'affaires, des Suisses, des Libanais travaillant pour des émirs du Qatar, des danseurs cubains réfugiés, des Maliens clandestins à Clichy, des coursiers beurs et des Chypriotes (grecs). En trois mois, on pouvait ainsi avoir fait le tour du monde sans jamais connaître le dépaysement.

Dire que cet emballement ne m'inquiétait pas aurait été un mensonge. J'étais parfaitement conscient que j'avais laissé cette distraction se transformer en habitude et l'habitude devenir une obsession. Ce n'était plus de la gourmandise mais de la goinfrerie. J'avalais d'énormes quantités de nourriture insipide simplement parce que mon assiette était pleine.

Plusieurs fois, j'essayai d'en parler à mon psy. Depuis la dernière fois où je l'avais surpris en galante compagnie, j'avais compris que Pinçon-Blanchart avait un succès étonnant auprès des femmes. Plus jeunes que lui et plus séduisantes pour la plupart, elles étaient sans doute attirées par une figure paternelle agressive. Les figures paternelles autoritaires avaient de nouveau le vent en poupe depuis que nous étions entrés dans le choc des civilisations.

Une fois où je m'étonnai du nombre de jeunes filles que je croisais à son cabinet, il m'avait expliqué qu'il se servait de son âge et de sa fatigue pour vanter ses prouesses sexuelles.

— Ce n'est pas facile de tenir plusieurs heures. C'est qu'elles en veulent, hein ?

Enhardi par cette confidence, j'avais donc fait allusion à ma libido. En deux secondes, Pinçon-Blanchart avait pris un air distrait, comme si je lui proposais de s'aventurer dans une partie de Jumanji, dans une zone sombre ou inquiétante de l'existence humaine.

— Monsieur Strada. Juste pour éteindre ma curiosité. Rassurez-moi, vous faites bien une différence entre les hétérosexuels et les homosexuels ?

— Euh, oui, j'imagine que les homos, contrairement aux hétéros, choisissent et achètent eux-mêmes leurs vêtements... C'est bien ça ?

La plaisanterie ne l'avait pas fait rire du tout. Il m'avait rappelé durant une heure que le psy n'était pas un ami, que si j'avais accepté d'être soigné par lui, c'était parce que je le créditais d'un savoir. Et il pesait bien ce dernier mot. Il m'avait dit aussi qu'il était classique que je rejoue avec lui toutes les relations que j'avais connues mais aussi toutes celles dont j'avais rêvé, que « le thérapeute devait rester un thérapeute et le patient un patient » et qu'il n'avait aucune intention de « valider mon fantasme ». Cette dernière phrase devait sonner le glas de notre relation. D'un seul coup, d'un seul, je pris conscience du temps que j'avais perdu à rester allonger sur ce divan.

*

L'argent ne m'avait jamais vraiment intéressé, privilège – ou culot – de celui qui n'en a jamais manqué. J'avais commencé ma carrière dans le journalisme parce que mes parents le souhaitaient mais aussi parce que je pensais que j'étais un individu qui aimait écrire, bien que je n'aie jamais fait preuve d'un grand talent de plume, hormis quelques dissertations au lycée. On m'avait aussi répété que, pour la plupart des mortels, les gays étaient baignés d'un vague halo de créativité, et j'étais parti du principe que ma fibre journalistique était inscrite dans mon ADN. J'étais convaincu que mon malaise actuel provenait du sentiment diffus que, décidément, je ne faisais pas équipe avec un groupe d'artistes, mais que je nageais en eau profonde en compagnie d'une bande de requins.

Quand j'ai raconté mes états d'âme à Sarah Berg, elle a éclaté d'un grand rire. Elle m'a dit que je filais un mauvais coton et que, comme la gauche, j'avais décidément un sérieux problème avec la réalité. Je lui ai demandé ce que la gauche venait faire dans cette histoire. Elle m'a répondu que c'était elle qui confondait opinion et vérité, notamment, en tombant à bras raccourcis sur Nicolas Sarkozy qui n'était pas une des sept plaies d'Egypte, et que l'on pouvait très bien refuser l'homoparentalité sans être homophobe. J'ai protesté en lui disant que je ne vomissais pas le ministre de l'Intérieur, que je demandais juste de pouvoir garder une certaine distance critique et que je reprendrais le script de notre conversation pour savoir précisément où j'avais commencé à parler des parents gays et lesbiens. Elle m'a rétorqué que l'hostilité de tous les médias à l'encontre du ministre de l'Intérieur le rendait, à la longue, presque sympathique. J'ai affirmé en retour que cette chasse à l'homme m'avait échappé quand j'écoutais, le matin, la radio, et que je poursuivais en regardant les chaînes de l'info. Elle me coupa et me dit que j'avais raison et qu'il était doux et juste de piétiner l'adversaire. Je lui dis que je trouvais le procédé un peu rude de caricaturer en permanence ceux qui n'étaient pas du même avis.

Elle cria (heureusement c'était au téléphone) qu'il y avait bien un politiquement correct qui cherchait à clouer au poteau d'infamie tout ce qui était sarkozyste et qu'elle en avait assez des belles âmes qui dénonçaient au nom de la morale et qui excommuniaient au nom de la tolérance. Sur ce, elle raccrocha. Je restai bien cinq secondes comme un imbécile à regarder mon portable comme si Sarah Berg allait en sortir et me postillonner dessus.

Une minute plus tard, elle me rappelait pour me proposer de partir à Jérusalem pour *Le Gaulois Magazine*. Elle voulait réaliser un grand reportage sur les communautés religieuses les plus extravagantes ayant élu domicile autour de l'hôtel American Colony. Ce que j'acceptai avec empressement afin de ne pas encourir à nouveau ses foudres.

Je sursautai quand le portable sonna à nouveau. Je le laissai couiner trois ou quatre fois puis pris l'appel.

— Bonsoir, c'est Richard, c'est pour savoir si tu voulais prendre un verre.

— Avec plaisir, lui dis-je, mon taux d'alcoolémie est anormalement bas.

Richard m'avait donné rendez-vous au Raid, rue du Temple, un bar gay qui avait été le premier à copier les bars new-yorkais. La clientèle pouvait y voir un mannequin aux cheveux décolorés, au torse épilé et bodybuildé, prendre sa douche et se savonner langoureusement le corps. Les habitués feignaient de fixer hypocritement leur verre quand le triton se ventousait contre la paroi.

Richard Kupferman était un mec généreux en amitié mais qui travaillait à « la firme », surnom de la banque Goldman Sucks. Richard portait des chemises bleu ciel et des cols blancs. Il était devenu un redoutable expert dans la manipulation des marchés et continuait de faire preuve d'une touchante naïveté dès qu'il s'aventurait sur le terrain des relations un peu plus humaines.

En dépit de mes dix minutes d'avance à notre rendez-vous, Richard était installé au bar et avait déjà descendu plusieurs coupes de champagne.

— Quel poivrot tu fais ! Tu es arrivé depuis longtemps ?

— Depuis une minute, j'avais soif, me dit-il.

Il était en train de mater deux jeunes Asiatiques qui portaient des pantalons en toile et des polos Ralph Lauren roses. Leurs voix voltigeaient sur les accents toniques comme un cerf-volant captif.

— Tu devrais laisser tomber, Richard.

Il me décocha un regard qui semblait dire : Qu'est-ce que tu en sais ?

— Regarde ce qu'ils boivent : un Perrier rondelle.

Richard grimaça, détourna les yeux et vida son verre.

— Tu sais, lui dis-je, je ne peux pas traîner ce soir, car je dois être au journal demain matin à 8 heures.

— Au journal ? s'étonna-t-il, incrédule. Mais pourquoi ?

Je levai les yeux au ciel et agitai la main pour attirer l'attention du barman.

— Grande réunion dans le bureau de Bradtout. Sans doute va-t-il, une fois encore, me parler de la nouvelle formule à mettre en place. Depuis deux semaines, il ne me parle que de ça. J'ai fini par comprendre que le directeur artistique qui devait s'en charger était un de ses amis de longue date.

— Vous faites une nouvelle formule ? Mais la dernière date d'à peine deux ans !

Je commandai un mojito aux fruits rouges. Ici, ils mettaient de grosses mûres dans le verre. Je n'avais presque pas l'impression de boire de l'alcool.

— C'est justement là le secret de la longévité de la majorité des directeurs de rédaction, repris-je. Tous les deux ans, ils mettent en route une formule appelée « nouvelle » qui le plus souvent se caractérise par un simple toilettage de maquette, style années soixante-dix branchouilles en y ajoutant une ou deux astuces piquées à la presse étrangère. On te fout du blanc partout pour aérer la titraille – en fait, pour mettre moins de textes et du coup, avoir moins de rédacteurs, moins de relecteurs, moins de correcteurs et donc, moins d'emmerdes. Et le tour est joué avec une (petite) campagne de relance. Le temps que l'on se rende compte que cette formule n'a pas gagné un seul lecteur. Cela aura permis à son inspirateur d'en mettre une autre en chantier. Et c'est ainsi que les formules se succèdent... Voilà pourquoi je suis convoqué dès l'aube.

— Tu devrais te trouver un vrai boulot, me dit Richard. La presse ça pue en ce moment. A chaque fois que tu as une idée originale ou une proposition, tu te fais renvoyer dans les cordes.

Je n'essayai même pas de protester. Je venais d'essuyer deux fois un refus. La première pour avoir proposé des séries de grands reportages en Chine, en associant journalistes et dessinateurs de presse. La seconde pour avoir lancé une grande enquête sur l'état de la France. « On vous demande de distraire, pas de faire de la politique », m'avait-on répondu.

Une seule chose faisait bander Noël Bradtout, c'étaient les fameux « plus produit ». Il n'avait que ce mot à la bouche. Nous devions vendre avec le *Gaulois Magazine* des encyclopédies, des jeux, des CD, des figurines de plomb des guerres napoléoniennes, des fascicules thématiques, des fiches pédagogiques, des livres de cuisine, des bons de réduction pour théâtre de boulevard, des maquettes d'avion ou de char...

— ... Et du coup, tu t'emmerdes, continua Richard, et quand tu t'emmerdes, tu passes tes journées à te balader sur des sites de cul et à te plaindre à la fin de la journée. Et tu n'as pas encore cinquante ans...

Je plongeai deux doigts dans mon verre pour repêcher la mûre que j'expédiai dans mon gosier. Nous avions déjà eu cette discussion cent fois. Le banquier se sentait supérieur à moi et il l'était, en fait. Il était le grand ordonnateur de notre société du toujours plus. Plus de fric, plus de plaisir, plus d'espace, plus de bars, plus d'avions, plus de coke, plus de bouffe, plus de fringues, plus de voyages, plus haut, plus vite. Il était le grand régulateur de ce rêve pédé où tous les hommes ressembleraient à Rupert Everett et les femmes à Britney Spears. « It doesn't mean any sense, does it ? » En bref, il rendait service.

— Si tu veux, concédai-je, commande-moi un autre verre pendant que je vais pisser.

Je partis aux toilettes, le laissant au comptoir. A mon retour, je bus encore trois ou quatre verres. Peut-être même cinq. Juste assez pour me sentir détendu. Richard me suggéra d'aller faire un tour dans un autre bar qui venait d'ouvrir. Un nouveau concept : on composait soi-même son cocktail et on le baptisait. Tous créateurs. Nous avons donc atterri deux pâtés de maisons plus loin, dans un endroit qui ressemblait à s'y méprendre au précédent.

— Deux blue-tequilas avec glace, dis-je au barman que je croisais tous les jours dans mon club de gym, avant de me tourner vers Richard. Nous inventerons un autre jour. Et toi, quels sont tes problèmes en ce moment ?

— Aucun. Tout roule. Les veuves écossaises et les retraités de Miami s'apprêtent à toucher, comme cela était prévu, cinquante milliards d'euros de dividendes. Mission accomplie…

— Pas mal.

— Oui. Si je voulais raccourcir à l'extrême ce processus, je te dirais que les sociétés françaises de grande qualité, dirigées avec beaucoup de talent par des capitaines d'industrie d'exception – comme ton Charles Sabot –, enrichissent « à l'insu de leur plein gré » les retraités américains, britanniques ou asiatiques. Et ce, au moment même où nos vieux s'inquiètent à juste titre pour leurs pensions et où les salariés peinent à boucler leurs fins de mois. That's life.

Nous bûmes chacun une gorgée de blue-tequila. Moi, c'était plutôt une bonne rasade que je m'envoyai pour oublier ce que Richard venait de me dire.

— Vas-y, raconte-moi d'autres horreurs.

J'essayais de la jouer cynique mais, dans ce cas, j'avoue que j'étais depuis longtemps dépassé.

— Ce ne sont pas des horreurs, Benjamin, murmura Richard en regardant le fond de son verre. Aussi curieux et déséquilibrés que puissent paraître ces circuits financiers, ils sont les enfants naturels de la mondialisation et de la libre circulation des capitaux. Quand le capital va, tout va. Ou si tu préfères puiser dans nos références culturelles, pense à *Cabaret* et son « money makes the world go around » : « A mark, a yen, a buckor a pound/Is all that makes the world go around... », chanta-t-il.

Il esquissa quelques pas de danse en imitant Liza Minnelli, ce qui je l'accorde, était assez convaincant.

— Tu te sens pas davantage concerné par ce qui se passe ici ? demandai-je.

Il s'arrêta net et me regarda stupéfait.

— Non, pourquoi ? Je me sens aussi bien ici qu'à New York, Shanghai ou Bangkok. Je vais te dire une chose : quand les patriotes auront compris que la France c'est 60 millions d'habitants, donc 60 millions d'épargnants potentiels, dans un monde globalisé où l'épargne de millions de p'tits Chinois et d'Indiens part à la conquête des fleurons occidentaux, je crois qu'il sera alors temps d'abandonner les grands mythes de la gloire nationale pour affronter une vérité historique et incontournable : la France n'est plus une grande puissance mondiale et les fonds de pension seront européens ou ne seront pas.

Je fis la grimace.

— Tu peux bien tirer la tronche, dit Richard, je crois que nous avons perdu assez de temps comme ça pour nous préparer. Ce sera demain la dernière chance d'harmoniser nos politiques financières et sociales. Tiens, voilà un beau sujet pour ton *Magazine*. Tu ne trouves pas ?

*

Je voyais rarement Bradtout, en dépit du fait qu'il était installé dans la tour de contrôle du groupe. Il occupait un des rares bureaux lambrissés du bâtiment à ne communiquer avec l'extérieur que par la porte de son assistante, une robuste catholique faite pour porter des enfants comme un broc en terre cuite pour contenir de l'eau. Elle portait, été comme hiver, des jupes froufroutantes et des sweat-shirts où était inscrit en toutes lettres « JIW ». Je ne sus que bien plus tard que ce mot était, en fait, l'abréviation de « Jesus is watching ».

En milieu de matinée, je traversais plusieurs des passerelles qui reliaient les différentes unités composant les étages, plongeant mon regard dans le puits vertigineux de l'atrium. La secrétaire de Bradtout me désigna du menton une chaise inconfortable encombrée par des piles du bulletin chrétien *L'Homme nouveau*.

J'entendis un énorme éclat de rire, puis vis surgir Bradtout qui me fit signe d'entrer. Je fus pris de claustrophobie dès que je refermai la porte. Bradtout m'invita à m'asseoir, joignit les mains sur son bureau et m'observa en silence pendant un moment qui me parut très long. Il parlait sur un ton très doux, mais il avait une façon de me transpercer du regard qui me donnait l'impression de me liquéfier en face de lui.

— Benjamin, finit-il par dire.

— Oui.

Un autre moment de silence.

— Benjamin, c'est quoi ce bordel ?

— De quoi parlez-vous ?

— De la situation économique, mon vieux. La presse n'a jamais été dans une situation brillante ces derniers temps mais là… On a l'impression que les lecteurs décrochent, chaque jour, par centaines. Et si c'était pour rejoindre la concurrence ! Mais regardez les autres titres : on ne peut pas dire qu'ils se portent mieux. Qu'est-ce qu'ils veulent ? Qu'on fasse tous des gratuits et qu'on les distribue à l'entrée du métro ?

Je sentis un frisson de dégoût lui parcourir l'échine.

— Benjamin.

— Oui.

— Où es-tu ? me demanda-t-il comme Yahvé à Adam.

Dans ces occasions, ses yeux avaient une force hypnotique qui m'empêchait presque de détourner le regard.

— Je suis assis devant vous.

— Ce n'est pas ce que je te demande. Je te demande où tu es passé.

Le téléphone se mit à sonner. Il ne décrocha pas et continua à me regarder fixement, attendant ma réponse.

— J'avais mis beaucoup d'espoir en toi.

Il sortit un dossier de son tiroir sans me lâcher des yeux.

— Les chiffres de vente.

— Mauvais ?

— Décevants.

— Nous avons pourtant arrêté de perdre des lecteurs, protestai-je. Nous en avons même gagné à la marge.

— C'est le « à la marge » qui m'ennuie. Mais il n'y a pas que ça : ta présence ou plutôt tes absences répétées en réunion de pilotage.

Ces réunions avaient été mises en place, il y a six mois, par Bradtout. Elles duraient des heures et ne débouchaient sur aucune décision concrète. Elles confortaient surtout Bradtout dans l'assurance qu'il régnait sur un Versailles éditorial.

— Mauvaise ?

— Trop irrégulière.

— Je ne peux pas être à ces réunions et en même temps animer les équipes du *Gaulois Magazine*, trouver les sujets, relire la copie, reprendre la maquette, me rendre aux rendez-vous organisés par la publicité, représenter le journal dans les manifestations culturelles, les débats télévisés...

— Tu as des adjoints, non ? Alors, délègue ! Fais comme moi... Je ne te fais pas de reproches mais tu ne t'appuies pas assez sur les autres. Regarde Pennec, par exemple, voilà un élément sur lequel tu peux compter.

— Compter quoi ? Les bouteilles vides qui ont roulé sous son armoire de bureau ?

— Il faut savoir ce que tu veux, Benjamin. Je te rappelle que lorsque Charles Sabot t'a demandé s'il y avait des éléments indésirables dans cette rédaction, où étaient les poids morts, tu as préféré ne pas lui répondre. Maintenant, tu dois les prendre en charge.

— Je sais.

— Je suis inquiet.

— Ne vous en faites pas.

— Tu as disparu, Benjamin, tu as disparu. Je ne te retrouve plus.

J'avais l'habitude de me décevoir moi-même mais je n'avais pas envie de décevoir Nicolas Bradtout. En même temps, je me demandais à quoi rimait tout ce cirque. Avait-il déjeuné ces derniers jours avec des parlementaires gaullistes qui avaient fait la pub de Pennec ?

— Je me suis laissé distraire, lui dis-je.

Dans le doute, il était préférable de faire un petit aveu, même mineur ; les gens se montraient alors généralement beaucoup plus indulgents.

— J'ai pris des décisions. Bonnes, j'espère.

Le téléphone se remit à sonner, mais il ne bougea pas un cil.

— Lesquelles ?

— Lesquelles ?

— Oui. Quelles décisions ?

— Je relis Proust.

— J'attends beaucoup de toi, Benjamin. Tu vois de quoi je parle, n'est-ce pas ?

J'opinai mais je ne comprenais pas à quoi il faisait allusion. Il était improbable que Nicolas Bradtout ait envisagé l'espace d'une nanoseconde de me laisser sa place à la tête du *Gaulois*. Ce n'était là qu'une formule de rhétorique visant à me faire accepter la mise au point qu'il avait préparée.

— J'y travaille, lui répondis-je.

— Ce n'est pas comme si tu avais des soucis, Benjamin. Pas de problèmes de santé que je sache. Pas de mariage, pas de famille… Tu devrais te consacrer davantage à ton métier.

— J'y travaille, répétai-je.

— Tu as l'air d'avoir maigri, me dit tout à trac Bradtout, mais ce n'est pas vraiment inhabituel.

Il ne me viendrait jamais à l'idée de faire à quelqu'un des commentaires sur ses kilos en trop, mais il n'existait apparemment aucun tabou social concernant les remarques désobligeantes sur l'excessive maigreur des gens, surtout quand ils étaient gays. Etait-ce ma parano qui me jouait des tours ?

— Es-tu sûr que tu n'es pas malade ?

— Non, non, je vous assure, tout va bien.

— Je veux des résultats. Je veux que toi et ton équipe, vous me donniez des résultats. Et, surtout, je veux une nouvelle formule qui claque, que l'on reparte du bon pied.

Il décrocha enfin le téléphone et posa la main sur le combiné.

— Voilà, je crois que nous nous sommes tout dit.

Le roi des grenouilles

« Les grenouilles se lassant
De l'état démocratique,
Par leurs clameurs firent tant
Que Jupin les soumit au pouvoir monarchique. »

LA FONTAINE.

Sur le trottoir en face du bar Le Cox, baptisé « Le Rouge » en raison de ses murs écarlates, j'étudiais les silhouettes qui semblaient avoir été découpées dans un catalogue de vidéos de films de cul. En dépit de ma coupe récente au rasoir et de ma barbe de trois jours, je me sentais exclu. Tout ce petit monde arborait le même uniforme noir Fred Perry, seul le liseré du col et de la manche apportait une note de fantaisie : parme pour les téméraires, doré pour les puristes amateurs d'escapades berlinoises, bleu ciel pour les décalés et blanc porcelaine pour les délicats. Et pourtant, je ressentis le pincement aigre-doux du désir en admirant un lot de jeunes garçons dégingandés aux abords de la porte d'entrée.

Je repérai mes amis Florian et Richard dans ce petit groupe. Florian me fit un signe, mais j'attendis qu'il se fût éloigné de ses semblables pour venir vers lui.

— Qu'est-ce qui t'arrive ? demanda-t-il en m'étreignant, me gratifiant d'un baiser sur les lèvres – un geste auquel je ne parvenais pas à m'habituer en public bien que j'admirasse l'insouciance dont il témoignait.

Insouciance que je savais toute relative. Florian menait une double vie parce qu'il était convaincu que son orientation sexuelle ne pouvait qu'être un frein à sa carrière dans le monde de la politique et de la littérature, mais dès qu'il avait franchi les frontières invisibles du Marais, il se sentait en sécurité et aurait pu arpenter les rues en chaps et perruque blonde comme Freddie Mercury.

— Qu'est-ce que j'ai ? lui répondis-je.

— Tu as une drôle de tête.

— Merci.

— Tu as maigri, me dit-il.

— Tu ne vas pas t'y mettre aussi ! C'est l'avantage des réunions tôt le matin, je saute les petits déjeuners.

Richard nous rejoignit et nous tendit trois bocks. Je leur demandai où ils avaient prévu de se rendre après cet apéro.

— Je rentre chez moi et Richard aussi car après-demain, c'est la grande soirée, le hapenning du siècle, dit Florian mi-sérieux, mi-rieur.

Et il me tendit un flyer que j'avais aperçu, le mois précédent, pour une soirée aux Bains Douches organisée par la fameuse et fumeuse association La Diagonale.

— Alors, seras-tu des nôtres ? me demanda Florian.

— On verra si je suis en forme, concédai-je.

— Tu verras. Il y aura du monde, rien que du beau linge. Les gays libéraux ont rameuté le ban et l'arrière-ban de la pédalerie parisienne pour écouter Nicolas Sarkozy. Et en plus, il y aura un open bar et l'on pourra danser…

Florian continuait de me faire l'article mais je songeais surtout aux circonstances dans lesquelles j'avais déjà lu ce tract et je me sentis envahi par un profond sentiment de nausée. Aucun doute, je m'aimais de moins en moins.

Plongé dans ce mauvais souvenir, je ne voyais pas un des amis de Richard qui me tournait autour depuis un quart d'heure. Je ne le trouvais pas très beau mais ce qui crevait les yeux, c'est que lui pensait qu'il l'était. Il finit par m'aborder en me donnant sa carte de visite, ce qui était franchement cocasse vu le lieu et les circonstances.

— François-Georges Chalaval-Creussac de Chaumont. Créateur de Chaumont Interiors, je fabrique des meubles d'exception pour des événements exceptionnels.

— Bonjour, Benjamin Strada.

Je lui tendis la main. Il mit un temps fou à me la rendre.

— Je sais. Tu es un ami de Richard, et Ugo m'a

parlé de toi. C'est aussi un ami. D'ailleurs, nous le sommes tous un peu, non ? Je sais que vous n'êtes plus ensemble alors je me dis que ce serait bien qu'on se voie un jour prochain pour boire un verre.

Je n'avais déjà pas vraiment le moral au beau fixe mais l'idée que j'étais devenu une carte Panini qu'Ugo échangeait avec ses copains n'allait pas aider à colmater les voies d'eau ouvertes dans la coque de mon ego.

Je décidai de contre-attaquer. Pour faire du rentre-dedans aussi dépourvu de formes et ne pas craindre de se faire rembarrer, il avait une solide base arrière. Je veux dire par là qu'il devait être « marié ».

— Ça va avec ton mec ? attaquai-je.

— Non. Tu connais Vincent ? Il commence à me casser les couilles avec sa manie de toujours psychanalyser les gens, il devient lourd à la longue.

— Ugo faisait de même, dis-je ravi d'enfoncer mon ex, et pendant un temps ça m'a plu. Ça me donnait l'impression que je comptais pour lui.

— Et tu as fini par te rendre compte qu'il faisait ça à tout le monde, que c'était une habitude ? C'est ça, hein ? fit-il avec un petit rire enjoué. Et voilà que le mien s'y met. Je commence à trouver des raisons valables pour ne pas rester avec lui. Je reconnais les signes d'alerte : quand je mate les garçons moins beaux, moins intelligents, moins sexy et qu'ils me provoquent une érection massive. (Merci pour moi.) Je sais que ce n'est qu'une question de temps avant que je le largue pour un mec que je vais détester au bout de cinq minutes. Et il ne baise même pas aussi bien qu'il le croit avec ces conneries de gymnastique. D'abord, c'est un paresseux. Il s'endort tout de suite…

— Oh, tu sais, lui dis-je, le sexe c'est très dépassé. Qui s'y intéresse encore de nos jours ? Tout ça c'était bon pour le XXe siècle où tout le monde voulait baiser tout le monde, ce grand rêve panthéiste. Crois-moi, toi et ton ami avez eu le nez creux de vous tenir à l'écart de la mêlée charnelle. Désormais le sexe du troisième millénaire, c'est l'immobilier.

— T'es sérieux ?

— Oui, très. Tiens, prends ça.

Et pour préserver le potlatch, je lui donnai en retour une vieille carte de visite que j'avais gardée dans mon portefeuille de Rainbow Flat, la société immobilière de mes amis Carlero I et II.

— Tu peux les appeler. Tu verras, ce sont des gens charmants.

*

Après des années passées à me rendre en retard à mes rendez-vous, j'avais décidé d'ajuster mon horloge interne et de devenir un fanatique de la ponctualité. L'écrivain Stephen McCauley, notre maître spirituel à tous (je veux dire, à nous, les gays), a souligné qu'être à l'heure faisait partie des vertus mineures, comme envoyer des messages de remerciement, porter du déodorant, donner des étrennes à sa gardienne, que l'on pouvait acquérir avec un peu de volonté. Elles n'étaient pas du même niveau que le Talent ou l'Intelligence mais, passé l'âge de quarante ans, elles devenaient essentielles si l'on voulait encore être invité en société.

Etre à l'heure était donc un devoir. Surtout quand on était convié à un petit déjeuner place Beauvau, c'est-à-dire au ministère de l'Intérieur. Pour la première fois de ma vie de journaliste, j'allais pénétrer dans le saint des saints, le cœur de la Sarkozie d'où partaient toutes les cinq secondes des instructions à la police, aux préfets, à la DST, aux Renseignements généraux.

Un temps exilé à Bercy où il avait surtout marqué les esprits pour l'accueil chaleureux qu'il avait réservé à Tom Cruise en sa qualité d'ambassadeur des illuminés scientologues, le champion de la droite était revenu au bercail pour reconstituer ses forces avant la grande bataille et pendre ses possibles rivaux à des crocs de boucher.

« Ici, je serai mieux protégé par cinq cent mille fonctionnaires que par les militants de l'UMP. » Il avait livré là sa pensée et son arrière-pensée. A l'époque, personne – et moi, le premier – n'avait trouvé à y redire. Avait-on le droit d'instrumentaliser ainsi à des fins partisanes des agents de l'Etat ? Il est vrai que la crainte de déplaire était devenue un puissant analgésique. Avant même d'être élu, Sarkozy régnait en maître dans nos têtes, ne manquant jamais une occasion de brandir un index menaçant à l'encontre des récalcitrants. La liste de ces derniers était soigneusement actualisée, plusieurs fois par jour, par le sinistre Marsan qui répondait à cette description d'un courtisan faite par Saint-Simon : c'était « l'homme de la cour le plus bassement prostitué à la faveur et aux places, ministres, maîtresses, valets, et le plus lâchement avide à tirer de l'argent de toutes mains ». On admirait le talent qu'il déployait pour diriger sa petite équipe d'une main de fer tout en donnant à la majorité de ses subordonnés l'impression qu'ils faisaient au fond « partie de la bande ».

Le seul à pouvoir résister à cette emprise qui se répandait dans tous les rouages des administrations centrales aurait pu être le locataire de l'Elysée, situé de l'autre côté de la rue du faubourg Saint-Honoré. Mais ce dernier était un fantôme de roi Lear, déjà parti dans ses souvenirs grivois. Il avait abandonné le terrain à un adversaire qu'il méprisait depuis plus de dix ans. Que dire d'un homme qui détestait tout ce que vous cajoliez, qui sapait dans les deux dernières années du règne toute décision que vous preniez, qui se plaisait à feindre votre mort politique ?

Or, j'avais commis, pas plus tard que la veille, la faute de solliciter de ce monarque, dépouillé mais encore vivant, un entretien pour le numéro de lancement de la nouvelle formule du *Gaulois Magazine*.

Mon téléphone avait sonné à minuit. J'étais dans mon salon, couché sur la méridienne, lisant à regret les dernières pages d'*Albertine disparue*. Depuis que j'étais devenu rédacteur en chef du *Magazine*, plus personne n'osait m'appeler après 11 heures du soir, et je m'attendais à recevoir une mauvaise nouvelle, du genre aller chercher Otelo à la Santé ou Ugo aux Urgences, à moins que cela ne soit l'inverse.

C'était Bradtout. Signe de son pouvoir, je sentis une bouffée de gratitude en songeant que cet homme si occupé m'appelait. J'allais vite déchanter.

— Que fais-tu demain matin, Benjamin ?

— …

— Bien. Tu te prépares pour faire un entretien de Nicolas Sarkozy qui appuiera le lancement de notre nouvelle formule.

— Pardon Noël, objectai-je en l'appelant pour la première fois directement par son prénom, mais j'ai déjà prévu un entretien de Jacques Chirac. J'ai déposé la demande à son service de presse et appelé sa fille, Claude.

— OK. Je vais te dire quelque chose, Benjamin, je me fous de ce que tu as prévu ou pas prévu. Dans un an, ton Chirac aura débarrassé le plancher. Il est sourd et commence à perdre la mémoire, alors qu'est-ce qu'on en a à foutre ? Ce qui m'intéresse, ce qui intéresse nos lecteurs, c'est ce qui va se passer et pas ce qui s'est passé hier. Alors, tu oublies ton idée et tu rappliques fissa place Beauvau. Grâce au ciel, j'ai réussi à avoir un créneau pour qu'il te reçoive demain matin. Je compte sur toi, ne joue pas au con.

J'étais atterré mais avais-je le choix ? Voilà pourquoi je me retrouvais à attendre dans l'antichambre, au premier étage de l'Hôtel de Beauvau. J'eus le temps de parler brièvement avec Franck Louvrier, son conseiller en communication, puis avec Henri Guaino qui écrivait les discours du futur candidat, truffant sa prose de pesantes références à Jaurès, Blum ou Hugo. Ils m'apparurent être, tous deux, de bons gros garçons. Je me demandais si je n'étais pas exagérément méfiant envers Nicolas Sarkozy. A trop écouter mon imagination, je n'aurais pas été surpris de trouver le ministre dans une tanière secrète au-dessus d'une carte du monde rétroéclairée, caressant la fourrure blanche d'un chat persan tout en établissant les plans d'une attaque de missiles balistiques intercontinentaux sur Pékin.

Soudain, une porte s'ouvrit et un huissier me poussa presque dans son bureau.

Il sourit en me voyant entrer. Une bouche carnassière fendait son visage encore juvénile, presque lisse comme l'entaille laissée par une hachette dans un fruit. Ses arcades sourcilières ossues formaient une voûte gothique. Ses traits ainsi assemblés faisaient penser aux visages de ces personnages de papier qu'enfant je m'amusais à créer, empruntant le nez à l'un, le menton à l'autre…

— Ah tu es là ! s'exclama-t-il, laissant entendre qu'il m'avait cherché partout. Viens ici mon ami, nous avons beaucoup à débattre et pas beaucoup de temps.

Foulant une épaisse moquette grise, il fit quelques pas vers moi en lançant d'une manière désordonnée ses membres pour avancer. Il n'était pas petit – je veux dire réellement petit, tout petit avec de réelles jambes courtes – mais trapu. Il allait parfaitement avec sa montre, une espèce de poing américain qui lui tombait presque au milieu de la main, comme pour parodier ces abominations à deux sous qu'on voit partout dans les clips de rap (je n'y connaissais rien et quelques jours plus tard, à l'occasion du « Spécial montres » du *Gaulois Magazine*, j'appris que le ministre portait une Rolex Daytona, rien à voir, donc, avec ces contrefaçons présentées dans des valises à Florence ou à Bangkok).

Au regard qu'il jeta par deux fois aux glaces qui ornaient la pièce, il était manifeste qu'il se voyait comme un bel homme. Il n'aurait pas été nécessaire de le pousser beaucoup pour lui faire dire qu'il était un membre oublié du clan Kennedy.

Nous prîmes place de chaque côté d'une longue table en verre soutenue en son milieu par des tritons joufflus. Outre les multiples viennoiseries, on plaça, à sa gauche, une petite pyramide composée de morceaux de comté enveloppés dans de fines tranches de bresaola.

— Alors, comment ça va au *Magazine* ? Pas trop fort, non ? Comme partout… Si je n'étais pas là, la presse serait déjà morte. Tu le sais ça, oui ? C'est une bonne idée que vous avez eue de m'interviewer pour votre nouvelle formule. Tu souris ? Je comprends. Tu sais, j'vais te dire un truc : étant donné ta situation, personne ne te fait confiance, mais, selon mes informations, personne ne te trouve antipathique non plus. Tu veux autre chose à manger ? Des œufs ?

Il parlait la bouche pleine. Je n'osais pas lui dire que je convoitais les friandises salées qu'on lui avait servies. Pour mon oreille encore ignorante, son intonation sympathique donnait à toutes ses paroles un air de sincérité sensible frappée au coin du bon sens. Ses manières étaient joviales, comme ses expressions.

— Tu vois, continua-t-il, je m'intéresse à la presse. Sans me hausser du col, je peux te dire pour tous les médias qui possède quoi, le montant de leur participation dans le groupe, s'ils ont l'intention de vendre ou d'acheter… Cela me passionne… Tu ne parles pas beaucoup. Allez, raconte-moi, qu'est-ce qu'on dit de moi ?

Je lui fis part des bruits qui couraient sur son autoritarisme, sa garde rapprochée, arrogante et débraillée, qui s'était autobaptisée « la Firme » (tiens, comme la banque de mon ami Richard, je n'avais pas fait le rapprochement jusqu'à présent). Je lui parlai aussi des rumeurs sur ses colères violentes sans lui dire que je savais qu'elles n'étaient semblables à aucune autre et qu'elles contenaient implicitement la menace d'un châtiment extrême. Des chairs lacérées dans une colonie pénitentiaire ou une détention au-delà du Styx.

Il m'écouta de son air impénétrable et légèrement distrait, se tapotant les doigts, son regard se décalant vers la gauche de mon visage. Comme bon nombre d'hommes en position d'autorité, il semblait toujours attendre l'arrivée de quelqu'un de plus important.

Il me fit signe de passer dans ce qui servait de salon. Je le suivis. Il me guida vers la chaise que je devais occuper, son bras entourait le mien avec la rapacité constrictive d'un anaconda affamé. Une fois que je fus assis, il se planta devant moi et désigna les drapeaux de la France qui flottaient à l'entrée du ministère.

— Tu vois. Si je suis ici, c'est à moi que je le dois et rien qu'à moi. Personne ne m'a aidé. Personne ne m'a fait la courte échelle. Benjamin, je vais te dire un secret. On ne se connaît pas mais ta tête me revient : tu n'as jamais rêvé de te trouver placé tel un enfant vorace au milieu de friandises et de jouets avec une voix qui te murmurerait à l'oreille : « Voilà, ça y est, tout cela maintenant est à toi ; c'est gratuit, sers-toi » ?

« Au jour d'aujourd'hui, le moyen infaillible pour se retrouver dans la presse, c'est de se faire remarquer par… Nicolas Sarkozy. En bien ou en mal. L'euro peut s'effondrer, l'Inde balancer ses missiles atomiques sur le Pakistan, la couche d'ozone s'évaporer, le pape se faire sodomiser par un airbus pendant qu'il baise le sol de l'aéroport, mais que je décide d'accorder un bon point à un inconnu ou de le faire foutre à la porte de son entreprise et c'est lui et moi qui aurons le droit à la une. Elle est pas belle la vie ?

« Pour le citoyen français lambda, je suis le top. Le rêve devenu réalité. Y a pas mieux. Zidane, à la rigueur, quoiqu'un peu daté, mais je ne vois vraiment personne d'autre. Et pourtant, je te jure : du jour au lendemain, je peux reprendre mon boulot d'avocat et gagner du fric, plein de fric…

Après cette introduction, l'entretien pouvait commencer. J'avais l'impression de jouer avec lui à la marelle tant il est vrai qu'il sautait d'un sujet à un autre. L'idée de nation ? L'image de la France ?

— Oui, disait-il, notre pays n'a pas à rougir de son œuvre civilisatrice en Algérie. Oui, si je suis élu, continuait-il, je liquiderai cet héritage de Mai 68 qui est, depuis près de quarante ans, ce poison que l'on déverse dans notre oreille. Ce poison qui nous rend sourds à la réalité politique et sociale de ce pays. Oui, il faut que les Français soient fiers d'être français et que nous abandonnions ce dénigrement systématique, ce goût hypothétique pour la repentance. Arrêtons de battre notre coulpe. Est-ce que les Américains ont honte d'être américains ? Mmh ? Est-ce que les Chinois ont honte d'être chinois ? Je ne suis pas contre un peu d'autocritique mais de là à se flageller quotidiennement, avoue qu'il y a une marge, non ? Où as-tu vu que l'autocritique permanente faisait avancer les peuples ? Après tout, les Français n'ont inventé ni Hitler, ni Staline, pas vrai ? Je veux bien que nous demandions sans cesse pardon mais pardon de quoi ? Pardon de respirer ? Pardon d'exister ? Tu crois que les Américains qui sont un grand peuple se lèvent tous les matins et demandent pardon ?

« J'aime les Etats-Unis. Tu peux l'écrire en grand, Benjamin. Et tant pis si cette déclaration défrise l'anti-américanisme. Cette haine des Etats-Unis, c'est de la pensée unique, du politiquement correct, c'est… c'est… le nationalisme des imbéciles.

Il était ému en disant cela. Il vit que je l'avais remarqué.

— Pardonne-moi. Ne fais pas attention, c'est le trop-plein de politique. Parfois la dose est trop forte.

— Reprenons : le communautarisme ?

— Tout le monde, s'amusait-il, trouve toujours de bonnes raisons de se dire victime de discrimination : l'âge, l'origine ethnique, l'orientation sexuelle, l'état civil. J'ai même eu affaire à une employée de la mairie de Neuilly affirmant qu'elle avait été licenciée parce qu'elle arrivait au boulot mal coiffée. Tout arrive, je suis d'accord. Mais, hein, en l'espèce, la femme en question : il y a fort à parier qu'elle faisait si peu acte de présence que personne n'avait eu l'occasion de vérifier si sa coupe méritait ou non un coiffeur…

« Tous ces gens, dit-il avec un ample geste circulaire du bras, tous ces gens s'imaginent qu'ils perçoivent le réel mais il n'en est rien. Au contraire, leurs esprits sont contraints par mille millions d'idées reçues qui les ligotent… et qu'ils tiennent pour assurées ! Cela dit, les communautés, c'est une bonne chose. Prends l'exemple des musulmans : quels sont ceux qui sont le plus habilités à parler en leur nom ? Moi, je vais te le dire, ce sont pas les prêtres, on est d'accord ? Ce ne sont pas les rabbins, là, ce serait une sacrée nouvelle. Ce sont les imams. C'est vrai ou c'est pas vrai ? Et dans les banlieues majoritairement peuplées de musulmans, là où le parti communiste encadrait autrefois, on est bien content de les trouver les imams, non ? C'est vrai ou c'est pas vrai ?

J'écarquillai les yeux. Je n'étais guère habitué à ce genre de rhétorique.

L'entretien n'était pas fini mais sa femme vint nous rejoindre.

— Cécilia adore tes éditos. C'est une admiratrice. C'est pas vrai Cécilia ?

L'intéressée opina de la tête et sourit comme s'il s'agissait de la chose la plus naturelle au monde. Il était marié à une de ces femmes de tempérament dont les années ne semblaient pas entamer la beauté. Lorsqu'elle l'accompagnait dans les visites officielles – et elle l'accompagnait souvent, trop souvent à en croire certains –, ils donnaient l'image d'un couple uni et aimant, se touchant et se taquinant sans cesse. Pourtant, selon Sarah Berg, qui affirmait le tenir d'une excellente source, le bruit courait que leur relation, une fois les portes fermées, était plus proche de celle qu'entretenaient Richard Burton et Liz Taylor que de celle que nourrissaient Héloïse et Abélard.

L'entretien se terminait et je ne pouvais pas ne pas l'interroger sur la campagne présidentielle. Se sentait-il prêt ?

Là, il eut le même sourire carnassier.

— J'ai retenu de François Mitterrand qu'il ne fallait pas avoir la main qui tremble, s'amusa-t-il.

Puis il passa en revue ses rivaux.

— Le meilleur d'entre nous ? Un fou doublé d'un traître. Le chien fou du président ? Un connard qui me toise de haut parce que je n'ai pas fait l'ENA. La vierge du Poitou ? Elle a tellement peu d'imagination qu'elle me pique tous mes thèmes : famille, patrie… Mais je maîtrise la situation. Ma future campagne, j'y ai pensé au millimètre près. Tu verras. Tes patrons peuvent dormir tranquilles, c'est pas demain que les socialistes vont revenir...

Sur ce, il pivota sur lui-même, prit la main de son épouse et sortit. Je n'avais pas vu entrer Marsan, son âme damnée, et sursautai quand il me mit la main sur l'épaule.

— Puis-je vous montrer quelque chose qui va sûrement vous intéresser, cher Benjamin Strada..., dit-il onctueusement.

Il me saisit lui aussi par le bras (une manie ?) et me força à regarder dans l'encoignure de la fenêtre.

— Regardez, dans quelques secondes, Benjamin, vous allez apprendre plus qu'en un siècle sur la signification de l'existence.

Je me penchai. Un combat sans merci se déroulait dans une minuscule arène de salpêtre. Une araignée se balançait prudemment sur ses pattes délicates. Autour d'elle, une guêpe décrivait des cercles menaçants, son corps chitineux étincelait au soleil, telle une pointe de flèche noire. On éprouvait une fascination morbide à voir les deux minuscules gladiateurs se chercher, feinter, reculer et enfin s'élancer.

Je ressentais la nervosité de l'araignée et me surpris à souhaiter sa victoire. Mais, soudain, la guêpe se rua sur son adversaire. Pendant quelques secondes, les deux insectes luttèrent corps à corps.

— Ah ! Elle l'a eue, murmura Marsan.

Je lus sur son visage d'ecclésiastique combien il était attentif à l'issue du combat. Baissant les yeux, je vis que l'araignée gisait inerte et que la guêpe la palpait de ses mandibules.

— Voilà l'araignée morte, dis-je avec une pointe de regret.

— Non, rectifia Marsan, elle est seulement engourdie. La guêpe s'assure que son venin a bien neutralisé sa proie avant de poursuivre. Regardez, elle creuse un trou pour y ensevelir l'araignée. Elle déposera ses œufs dans le corps de sa captive. Impuissante dans la maison de son ennemie, celle-ci attendra que les larves éclosent et la dévorent.

Il eut un sourire désagréable, sa physionomie avait une nouvelle fois changé.

— Bien sûr, elle ne sent rien, poursuivit-il. Néanmoins, elle est toujours vivante. Une créature plus évoluée se tourmenterait d'une mort inscrite mais si longue à venir. Dévorée vivante ! Les larves vont absorber sa chair, tout en prenant soin de la garder fraîche, frémissante jusqu'à l'ultime bouchée. Toutefois, ce n'est qu'une araignée. Et après tout, qu'est-ce qu'une araignée sait de la mort ?

Le conseiller sourit, découvrant deux rangées de dents minuscules et éclatantes. Je lui rendis son sourire.

— Vous trouvez que j'exagère ? Pensez que, pour cette guêpe qui vient de triompher, cette fenêtre est sans doute un infini et que nous sommes les seuls à savoir qu'elle se trompe. Et elle, elle ignore que nous le savons. Essayez donc de communiquer avec elle. Pouvez-vous lui dire quelque chose – n'importe quoi

– mais de façon qu'elle comprenne, et que vous soyez sûr qu'elle a compris ?

— Je ne sais pas, répondis-je. Et vous, vous le pouvez ?

Marsan prit délicatement l'insecte et l'écrasa avant de me le montrer dans sa paume large comme une feuille de bananier.

— Croyez-vous qu'elle n'ait pas compris ce que je lui ai dit ?

— Si.

— Et maintenant que nous savons communiquer avec un être qui est pourtant si éloigné de nous, imaginez quelqu'un qui en sache autant sur vous…

Je ne savais pas comment interpréter cette dernière phrase mais elle ne me plaisait pas.

— Bon, nous comptons sur votre talent pour remettre tout ce que vous a dit Nicolas en ordre. Il paraît que vous savez écrire. Ce serait bien que vous donniez un peu de relief à notre échange. Vous avez ce qu'il vous faut en photos ? Quand vous aurez fini, ne manquez pas de renvoyer le tout à Louvrier. Sans oublier la couverture du magazine, bien sûr, nous choisirons les titres ensemble.

Il me raccompagna pratiquement jusqu'à la grille de l'Hôtel de Beauvau en ne cessant de m'assener des tapes dans le dos et en me disant « mon ami » à la fin de toutes ses phrases, un terme qui aurait paru encore moins convaincant dans ma bouche que « man ».

Je marchai un long moment rue du faubourg Saint-Honoré. C'est que j'étais incertain et flottant quand je songeais au ministre de l'Intérieur. J'étais incapable de discerner sa véritable nature. Je le voyais bien en mouvement mais dès qu'il s'arrêtait, son image se brouillait. Je compris cependant en quoi il pouvait séduire tous ceux et celles qui étaient exaspérés par cette atmosphère de château de la Belle au bois dormant qui se dégageait du palais de l'Elysée.

Allons, bientôt les grenouilles allaient avoir leur roi ! J'avais en mémoire depuis le début de cette journée cette fable d'Esope revisitée par La Fontaine. Je me souvenais de ces batraciens réclamant aux dieux de l'Olympe un vrai monarque pour remplacer le bout de bois qui leur servait de chef. Une métaphore qui collait assez bien aux douze années d'immobilisme chiraquien. « "Donnez-nous, dit ce peuple, un roi qui se remue." Le monarque des dieux leur envoie une grue, / Qui les croque, qui les tue, / Qui les gobe à son plaisir… »

Les dindes galantes

« Un regard, un mot du Roi, qui ne les prodiguait pas, étaient précieux et attiraient l'attention et l'envie. »

SAINT-SIMON.

L'atmosphère était électrique aux Bains Douches. Les organisateurs mais aussi les figurants étaient sur les nerfs. Ils étaient tous là massés autour du grand rideau rouge de la porte d'entrée à attendre le candidat de la droite qui avait deux heures de retard (son homme des basses œuvres, l'homophobe Michel Cochon qui clamait partout que les pédés devaient arrêter de la ramener en permanence et se faire un peu oublier, l'avait convaincu de passer auparavant à un apéritif saucisson des élus auvergnats de la capitale).

Chacun des invités qui piétinaient sur les marches avait le sentiment qu'il jouait peut-être là sa future carrière sur un regard, une attention ou un signe de Nicolas Sarkozy. La seule comparaison qui venait à l'esprit pour décrire le degré d'excitation, voire d'hystérie, qui régnait ici, était l'ouverture des soldes d'Abercrombie & Fitch à New York.

Pour le ministre de l'Intérieur, cette réunion était sans véritable enjeu politique puisque ceux qui se pressaient étaient déjà des convaincus. Les initiateurs de cette soirée avaient soigneusement trié les entrées. Un exercice d'autant plus facile que la place Beauvau avait été, une fois encore, mobilisée pour cette gigantesque farce à laquelle une poignée de maçons et de publicistes ayant bouffé à tous les râteliers se prêtaient sans frémir. Car il était bien évident que, contrairement à ce qui était proclamé, il n'y avait pas une seule personnalité de gauche dans cette auguste assemblée. A peine pouvait-on y reconnaître deux ou trois individus ayant retourné leur veste une bonne dizaine de fois. Je remarquai la présence d'un célèbre banquier, jadis patron de presse et homosexuel honteux, aujourd'hui gay flamboyant. Je vis aussi les gentils membres de la guilde des patrons gays qui avaient répondu présent au grand complet. Ils avaient même sponsorisé l'événement espérant, au passage, que le préfet de Paris saurait se montrer bienveillant et fermerait les yeux quand ils partiraient à la conquête des terrasses et des trottoirs qu'ils n'avaient pas encore préemptés dans le Marais. J'aperçus le président de la chaîne gay (qui avait délaissé ses ambitions culturelles pour se rabattre sur les « pornos favelas »), le patron de la radio gay, les agents de luxe gays, les communicants gays étaient là également pour plaider non pas la cause homosexuelle mais leur propre intérêt, ce en quoi ils avaient compris bien avant les autres ce qui constituait l'essence même du sarkozysme.

Il n'y avait que Roselyne Bachelot en tailleur fuchsia à virevolter de petits groupes en petits groupes répétant à l'infini avec sa voix de soprano qu'elle n'avait jamais vu « un lieu aussi extra et festif » et que Nicolas allait prendre des risques « en pratiquant la grande ouverture ». Les invités l'écoutaient en ricanant.

Le candidat arriva, déjà entouré d'une nuée de courtisans qui se confondaient en sourires et en courbettes. Une voiture vide s'arrêta devant les Bains Douches, François Fillon en sortit mais personne n'y prêta attention. Ce fut la bousculade, l'émeute pour toucher l'idole. Ce qui ne semblait nullement émouvoir le ministre de l'Intérieur. Domestiquer les bobos impliquait tout naturellement de les avoir sous la main, en l'occurrence sous les yeux. Avant même d'être élu président de la République, Nicolas Sarkozy avait réussi le tour de force de transformer leur asservissement en motif de bonheur. Je savais bien que, selon le mot du philosophe, « la liberté est un fardeau », mais je ne m'attendais pas à trouver ici un si bel exemple de servitude volontaire.

« Nicolas, président ! », « Nicolas, président ! » hurla mon voisin, ce qui finit par attirer l'attention du candidat qui me vit en bas du perron. Il fendit la foule pour parvenir jusqu'à moi. Il se pencha à mon oreille en m'agrippant par le bras.

— Tiens, tu es là toi ? J'aurais dû m'en douter. Tous tes amis sont là, non ? J'ai lu ton entretien. Pas terrible, vraiment pas terrible. Et pourquoi je partage la une avec l'exposition Machintruc. Tu crois que c'est ça qu'attendent tes lecteurs ?

Je me raidis et me dégageai en le regardant de haut.

— La faute à qui ? lui dis-je dans un sursaut de dignité. A l'impossible, nul n'est tenu et je ne suis pas votre nègre !

— Imbécile !

L'insulte claqua une première fois puis une seconde. Il poursuivit sa montée des marches, se retourna et pointa son index vers moi avec un grand sourire, un peu comme font les enfants quand ils disent « Pan, t'es mort ! ».

Sur le coup, j'avais vacillé. Qu'est-ce qui m'avait pris de répondre ainsi ? La fatigue ? Sans doute. Peut-être également l'accumulation des petites humiliations qui avaient fini par provoquer cette réaction. Je connaissais pourtant des confrères qui à force d'avaler des couleuvres avaient fini par ingurgiter un boa tant leurs fibres morales étaient distendues. Je haussai les épaules et décidai de me consacrer pleinement à cette soirée.

C'était troublant de voir cette boîte où j'avais tant dansé devenir le haut lieu de la droite triomphante et décomplexée. Les lourdes tentures rouges accrochées au mur donnaient au club où Eric Dahan avait vu «les plus belles filles du monde» un air de bordel bourgeois du XIXe siècle. Adieu Warhol, Jagger, Madonna, Nicholson. Bonjour Sarkozy.

Mon entrée passa inaperçue car la plupart des invités étaient à leurs conversations. Je m'avançai tel un colon dans un pays inexploré afin de prendre connaissance des us et coutumes de ce troupeau engagé dans le travail inconscient de sa survie.

Ils donnaient l'impression de tous être amis car ils connaissaient l'essentiel: leur salaire à la décimale près, et au millimètre près le diamètre de leur sexe, et la position qu'ils aimaient adopter dans un lit. En s'apercevant, ils se précipitaient bras ouverts et s'embrassaient une bise sur la joue, l'autre à la commissure des lèvres ou sur la bouche et une troisième discrète pour ceux qui appartenaient à la fraternelle gay, les Enfants de Cambacérès. Ils se rassuraient et se regroupaient pour brouter ou se reposer.

Il fallait que je comble la distance qui me séparait d'eux. Un verre de champagne à la main, je choisis de butiner de groupe en groupe, à la recherche d'une conversation où me fixer. Or, ce qui frappait de l'extérieur, c'était l'extrême indigence de leurs propos. Chaque échange se déroulait selon le même canevas. On se demandait depuis quand on connaissait Nicolas Sarkozy (un moyen de jauger l'importance de l'interlocuteur). Puis j'entendais claquer sur leurs cuisses leurs jarretelles financières: ce n'était qu'acquisition, vente, rachat, prime et possession avant de parler d'un absent. Très vite sur l'indice Nikkei de la conversation les actions du bienheureux grimpaient à une vitesse vertigineuse. Il réussissait tout. Il connaissait X ou Y. Il avait acheté un riad à Tanger au-dessus de la plage Dar Nilam. Son copain avait fait la couverture de *Boy, boy, boy*. Chacun renchérissait par une anecdote confirmant l'audit. Puis tout à coup, au moment où l'on s'apprêtait à lancer son procès en béatification, quelqu'un laissait tomber mollement : « Vous ne trouvez pas qu'il en fait quand même un peu trop ? » Et là, les traders de l'émotionnel lui tricotaient une écharpe de ragots avant de vendre leurs actions si vite, si vite que l'absent, en moins d'une minute, se retrouvait dans la fosse commune des anonymes avec plusieurs couches de chaux au-dessus de la tête pour décourager de futurs investisseurs.

Après s'être défoulé, le groupe abordait le thème des vacances (normal, nous étions en juin) : « Pouvait-on encore se rendre en Thaïlande avec toutes ces émeutes à Bangkok ? » ; « Etait-il préférable d'aller d'abord à Mykonos puis à Ibiza ou l'inverse ? » ; « Qui connaissait une belle demeure avec piscine et solarium près d'Uzès ? » Et enfin, arrivait la question destinée à clore tout échange : « Avez-vous vu quelque chose de bien dernièrement au cinéma ? »

Cela manquait de culture, pire, cela manquait de la moindre curiosité intellectuelle. On ne pouvait pas s'attendre à ce que les gens normaux parlent comme dans des livres ou ne tiennent que des propos à encadrer, mais sans doute pouvait-on espérer mieux de personnages importants issus de ce milieu-là. Vous pourriez me répondre qu'après tout, la médiocrité prétentieuse devait aussi avoir un rôle précis dans ce monde, sinon pourquoi la Nature lui aurait-elle accordé une si grande place ?

Tous ces herbivores singeaient les grands prédateurs aux épaules larges et aux dents blanches et régulières. Ils auraient tant aimé parvenir à adopter cette force brutale qui éloignait de ce qui sentait l'échec ou la difficulté. Ah, s'ils avaient pu la suivre tête baissée en soufflant par leurs naseaux, prêts à piétiner le reste.

J'abordais justement un groupe où pérorait un remarquable spécimen de ce carnaval humain. J'avais nommé Gus Malcolm, de père écossais et de mère australienne. Ce ponte de l'industrie textile dont les entreprises étaient délocalisées au fin fond du Madhya Pradesh, ressemblait à une grosse otarie lisse aboyant sur son rocher. Faire un enfant avec une lesbienne présidente du tribunal administratif de Strasbourg lui était apparu comme le seul moyen de surmonter son chagrin après la mort de son chien Lex, qui avait succombé à une insuffisance rénale.

Il traînait dans son sillage une étrange cohorte de blonds héritiers, jeunes Tadzio boutonneux, placés dans des écoles de commerce au nom clinquant et aux résultats incertains, un faux Habsbourg mais vrai prognathe, employé d'une société important de la Sachertorte, un jeune Versaillais, trop âgé pour être encore scout, dont le short permettait d'admirer les gros mollets de randonneur, et un dealer marocain qui mettait à rude épreuve les cloisons nasales de la majorité des invités présents. Cette joyeuse petite bande marinant dans le conservatisme comme des harengs dans un tonneau, y compris le dealer qui trouvait Nicolas Sarkozy « sévèrement burné ».

Gus n'arrêtait pas de parler. Il parlait de politique, d'impôts et des gens qui se mettaient en travers de son chemin. Il parlait des paresseux. Il parlait des femmes avec de grands mouvements de tête, sa peau formait des plis roses sur sa nuque.

— Chaque fois que j'embauche une femme, disait-il, je passe un an à la former, à l'envoyer en stage, à la mettre au parfum, après quoi elle tombe illico enceinte et me balance dans les dents un congé maternité. Eh bien, je vais arrêter d'en embaucher. Plus jamais de femmes. Je refuse carrément. Rien à foutre que ce ne soit pas politiquement correct. Je ne le ferai tout simplement pas. Point barre.

— Je pense vraiment que Gus n'a pas tout à fait tort, intervint le plus jeune héritier qui l'accompagnait, un petit-fils de ministre gaulliste qui plongeait régulièrement ses mains dans les poches de son pantalon en toile pour faire sonner les clés de sa bagnole.

Je les avais longtemps soupçonnés Malcolm et lui d'avoir été amants, à un moment ou à un autre. Hypothèse abracadabrante, je le reconnaissais volontiers. Les problèmes techniques eussent été insurmontables en raison de la surcharge pondérale de Gus.

— Il faudrait arrêter d'assigner à l'entreprise le rôle de Big Mother, continuait l'héritier. On est en train de crever de cette culture de l'assistanat.

— Je ne suis pas sûr que le système économique soit en péril parce que les femmes travaillent…, intervins-je en regrettant immédiatement d'avoir abattu les cartes. Si ? Vous pensez *VRAIMENT* que le quotidien d'une salariée qui vient d'avoir un enfant est un chemin parsemé de pétales de roses ?

— Je pense surtout, poursuivit l'héritier d'un air moqueur, que les gens souffrent partout sur terre mais que ce n'est pas une raison pour porter toute la misère du monde, si ? Nous sommes obsédés par tous ceux qui passent leur temps à pleurnicher comme le sans-abri que vous avez dû croiser comme moi sous le porche de l'immeuble alors qu'il est fort probable que quelque chose de pire arrive ailleurs en ce moment même dans le monde. C'est juste que nous l'ignorons. Parce que nous ne nous rendons même pas compte combien notre niveau de vie a progressé et qu'il serait encore meilleur si l'Etat ne passait pas son temps à nous mettre des bâtons dans les roues.

Gus Malcolm prit à son tour le relais :

— Bien dit Charles ! Nous qui avons réinventé la liberté, nous qui sommes les seuls à prendre réellement notre pied, nous ne pouvons pas vivre avec un sentiment de culpabilité constant. Regardez-nous ! Nous avons tellement de chance – ça ne serait pas du gâchis si nous passions notre temps à nous inquiéter pour ceux qui ont moins de chance que nous ? Il faut bien reconnaître que ce n'est pas de notre faute s'il y a des personnes qui ne savent pas prendre des risques. J'en ai assez qu'on nous tienne pour responsables de tous les maux de la terre.

Est-ce que nous ne nous sentions pas suffisamment coupables ? Mais putain, pourquoi tous ces assistés n'arrivent pas à se démerder tous seuls ? Poser la question, c'est y répondre, c'est vrai ou c'est pas vrai ?

Cette fois, ses petits yeux bruns me fixèrent. Son regard s'était enflammé d'un coup et ses poings s'étaient serrés. Quel regard ! Il était clair qu'il me rangeait désormais dans la catégorie des empêcheurs de jouir en toute quiétude et que je lui remémorais trop son manque de contrôle sur le destin, la fragile fatalité de chaque marche gravie, où le plus petit écart à gauche ou à droite pouvait produire un monde totalement différent, voire le retour à la case départ.

Jugeant qu'il m'avait suffisamment impressionné, Gus savoura le fait que le cercle de ses admirateurs s'était élargi. Il croisa les bras, jetant autour de lui un air bravache, et couva Charles qui avait repris le flambeau. Un vrai numéro de duettistes.

— Vous savez, parfois ce n'est pas si mauvais de s'interroger sans tabou. Et par exemple, de se demander : ne pensez-vous pas que l'idée qu'ils le méritent n'est peut-être pas complètement incongrue ? Nous avons tous travaillé dur pour ce que nous avons, non ? Aucun de nous ne l'a reçu sur un plateau d'argent, n'est-ce pas ? Allons ! On essaie de nous enfumer en permanence avec des questions qu'on complexifie à l'infini, pauvres diptères ! Moi, je vais vous dire, le problème de la France est assez simple…

Là-dessus, l'héritier de ministre marqua un nouveau

temps d'arrêt. Gus saisit le verre d'eau minérale gazeuse qu'on lui tendait. Il but à petites gorgées.

— Je crois que la vie est simple, commença le conférencier après avoir fait bruyamment claquer ses lèvres à la suite du breuvage, et que la politique est là pour nous simplifier la vie. Nous en avons tous assez de ces pseudo-subtilités qui puent l'intellectualisme. Le problème est que la France est un pays qui pense, c'est une vieille habitude nationale. Il n'y a guère d'idéologie dont nous n'ayons fait la théorie. Comme le dit mon amie Christine Lagarde, nous possédons dans nos bibliothèques de quoi discuter pour les siècles à venir. C'est pourquoi j'aimerais dire à tous les éternels donneurs de leçon (sur ce, il me fit un grossier clin d'œil) : assez pensé maintenant, retroussons nos manches !

Un murmure approbateur accueillit sa péroraison.

— Bravo ! Tu parles comme notre président.

— Il ne l'est pas encore. Nous avons attendu depuis quarante ans une grande nuit du 4 août qui abolisse les privilèges de ces fainéants, nous pouvons bien attendre encore quelques mois.

— En parlant de risque... Vous croyez que la folle qui a vu la Vierge a une chance de l'emporter ? demanda le dealer marocain.

L'assistance ricana.

— On espère bien que non ! On n'en a rien à foutre de son ordre juste et moral.

C'était un des dirigeants de La Diagonale qui venait de parler. Personne n'avait remarqué cet énarque aussi sexy qu'un mal blanc et qui tenait négligemment figé entre deux phalanges un « barreau de chaise ». Sa remarque passa inaperçue.

Juste une incise ici : le grand public avait tort de croire que les vrais délinquants ressemblaient à des gangsters, de gros durs à l'air de brutes épaisses. Les vrais délinquants ne passaient jamais trente ans à l'ombre. Ils ne comparaissaient que rarement devant un tribunal. Sauf, bien sûr, quand ils avaient escroqué d'autres délinquants. Les gangsters étaient de pauvres crétins qui restaient plus longtemps en prison que les mères qui congelaient leur progéniture. Les vrais délinquants, c'étaient ceux qui gagnaient de l'argent et se payaient du bon temps pendant que les gangsters croupissaient en prison. Ils n'avaient jamais l'air dangereux. Jamais. Les videurs, les rottweilers, les gardes du corps, les requins avaient l'air dangereux. Quand ils les voyaient, les gens restaient sur leurs gardes. Les vrais délinquants étaient comme les meilleurs espions : joviaux, polis, bons vivants, hauts en couleur. Le vrai délinquant attendait patiemment qu'il n'y ait aucun témoin, il s'approchait de vous par-derrière et vous défonçait la tête avec un pic à glace tout en se demandant quelle table il devrait réserver pour le soir.

La rumeur courut que le dealer marocain avait fourni un sérieux paquet de poudre et j'avais bien l'impression qu'une partie était en train de se disperser alentour. J'entrai dans les toilettes du premier étage équipées d'yeux électriques pour les chasses d'eau, les lavabos, les sèche-mains, juste au moment où un permanent de l'UMP finissait d'aligner les rails avec sa carte d'adhérent. Alors qu'il se penchait sur un cadre en argent avec un billet de cinquante euros roulé dans la narine, je le repoussai tout doucement, et je m'en enfournai plein le museau pour constater quelques minutes après la triste vérité. La coke m'ennuyait. Et j'étais sûr que cela ennuyait aussi ceux dont le bout du nez était une fraise couverte de sucre glace.

Des blasés, voilà ce que nous étions dans un décor que nous n'aimions pas, dans une ville que nous détestions et nous agissions comme si nous étions le centre de l'univers, conscients que nous ne faisions que nourrir avec ces drogues merdiques notre désenchantement. Après quelques tours de piste, la moitié de l'assistance était déjà défoncée, satisfaite, pleine de suffisance à raconter des conneries et à échafauder des projets pour conquérir le pays, que dis-je, le pays : la planète.

Et Sarkozy ? Ah, oui, Sarkozy. Ils avaient tous oublié le modeste laïus de leur candidat qui avait rassemblé pêle-mêle, dans une même phrase, les « femmes », les « prisons », les « homosexuels » et les « rave-parties »…

Il était déjà 2 heures du matin. Les gens en pleine descente étaient à peine capables de bouger, d'autres émergeaient des canapés au fond desquels ils s'étalaient comme des martyrs sur la croix.

La musique venait de changer et quelques fauteuils étaient poussés. Ils n'étaient pas encore prêts à enlever leurs polos trempés de sueur et à se mettre à hurler « Wind It Up ! » en entendant la voix acidulée de Gwen Stefani chanter : « You've got to let the beat get under your skin/You've got to open up, and let it all in/But see, once it gets in, the poppin' begins/And then you find out, why all the boys stare. » (« Vous devez laisser le rythme vous envahir. Vous devez vous ouvrir, et vous laisser complètement aller. Mais regarde, une fois qu'il est là, l'éclate commence. Et là vous saurez pourquoi tous les mecs vous fixent. »)

Je me demandais si les seuls souvenirs qui allaient rester de notre époque ne seraient pas un chapelet de chansons.

*

Avant de rentrer chez moi, je souhaitais prendre un dernier verre. L'établissement gay le plus proche était Le Duplex, rue Michel-Lecomte. C'était un vieux bar qui avait eu son heure de gloire dans les années quatre-vingt. Il avait, aujourd'hui, une mauvaise réputation : trop intello, trop âgé, pas de toilettes où l'on pouvait « concrétiser » un plan drague. Il n'y avait pas ces sortes d'écrans surdimensionnés, situés de telle sorte que les acteurs du film de cul qui y était projeté semblaient baiser sur la tête des clients.

Et pourtant, il ne manquait pas de charme avec son fumoir à l'étage, ses expos photos pas terribles et sa clientèle d'habitués pas lookés qui évitait de tourner quinze fois autour des nouveaux venus avant d'engager la conversation. Ma première surprise en poussant la porte fut de voir un joli garçon brun dont les yeux dévoraient le visage, un peu comme dans les portraits du Fayoum. Je sentis que lui aussi, m'avait remarqué.

J'osai à peine le regarder une seconde fois. Je savais que j'étais ferré (je sentais la chatouille de l'hameçon) et que quand du regard, il tournerait le moulinet pour me remonter au bout de la ligne, je serais brutalement arraché à tout ce qui m'environnait jusqu'à présent. Chaque fois que je prenais une rasade au goulot, je reposais ma bouteille et la fixais avec attention comme si je m'apprêtais à lui confier un secret.

Au bout de dix minutes, je décidai d'interrompre cette pose. Je me levai, commandai un verre et l'abordai. Le sourire qui m'accueillit était si franc que j'en fus ébranlé. Il était professeur d'histoire dans un bahut de l'Est parisien et préparait une thèse sur les mouvements anarchistes de l'entre-deux-guerres.

Nicolas, c'était son prénom, insista pour me payer un verre « mais ailleurs ». La Gouttière, Café Chéri(e), Les Pères Populaires… Nous fîmes ainsi le tour de bars dont je ne connaissais pas l'existence, tous « gay-friendly » sans avoir besoin d'afficher le rainbow flag, tous chaleureux. Des établissements pour jeunes et moins jeunes, où des couples hétéros s'embrassaient à côté d'une table où des homos se tenaient par la main. Des établissements où la bière ne coûtait pas un bras, où des garçons et des filles poussaient les tables et t'invitaient à danser avec eux. Et j'avais l'impression au fur et à mesure que le temps passait que je revenais à la vraie vie.

Et puis, Nicolas me plaisait. La façon dont nous commencions à glousser de nos plaisanteries réciproques, nos œillades répétées, nos références partagées étaient autant de signes annonçant que nous allions passer la nuit ensemble.

Cependant, j'hésitais encore à le suivre. Je n'étais pas sûr d'avoir vraiment envie de faire l'amour avec lui. Je savais que je voulais son corps mais qu'en serait-il au petit matin ? Le souvenir des hommes trop vite désirés qui défilaient dans ma tête me fit grimacer dans mon verre. Au petit matin les amants nus étaient souvent pareils à des méduses quand, sous la lumière crue de la salle de bains, ils allaient, la fesse ramollie, rincer leurs émotions dans le bidet.

— Où habites-tu ? demandai-je à Nicolas.

— Près de Château-Rouge, me répondit-il.

— Prenons un taxi, je te déposerai.

— C'est sur ton chemin ?

— Pas exactement.

— Tu as un partenaire ?

— Non, ai-je reconnu en souriant. Plus maintenant.

Dans le taxi, nous commençâmes à nous embrasser.

Et plus tard cette nuit-là, dans l'obscure chaleur vespérale avant que le matin proprement dit ne vienne l'éclaircir et l'animer, je gisais en travers d'un lit ridicule, massif et immense.

Et je me surprenais à être plongé dans une satisfaction accomplie parce que, seulement, quelques centimètres de mon épiderme touchaient le sien.

Et tout paraissait si parfaitement naturel, si étrange que ce soit ! Si parfaitement doux, comme le duvet qui brillait à son avant-bras.

Pan ! t'es mort !

« Ce qui les faisait vivre, c'était l'amour de la vie. »

FLAUBERT.

J'étais dans une brasserie sur les Grands Boulevards à une centaine de mètres des bureaux du *Gaulois*. Noël Bradtout m'avait convoqué à la « demande expresse » du milliardaire après ce qu'il appelait « le scandale dans la boîte homo ».

Nicolas me trouva livide et assis, la paupière droite agitée de tics, luttant pour prendre d'une main tremblante le café crème que j'avais commandé dans l'espoir que sa douceur onctueuse, toute cette matière grasse, me réconforterait. Il m'observait à travers le rideau de cheveux bruns qui tombait sur son œil marron. Sa peau pâle était restée fraîche malgré l'assaut de la maturité et ses lèvres étaient incurvées, d'une manière qui suggérait une gentillesse empreinte d'ironie ou d'une inquisition compatissante.

— Cesse de te comporter comme un vieux con larmoyant et fais quelque chose, me dit-il.

— Qu'est-ce que tu veux dire ?

Je redressai la tête, choqué. Nicolas sourit gentiment. Nous nous connaissions depuis seulement vingt-quatre heures mais je sentais qu'il avait cette aptitude disparue dans mon milieu de pouvoir critiquer durement sans offenser. Il était la version humaine du cappuccino.

La franchise est toujours agaçante et insolente. Comme j'avais viré mon thérapeute, j'y étais moins souvent confronté. Pinçon-Blanchart m'avait dit que j'avais encore beaucoup de problèmes avec la colère. Je l'avais poliment contredit et lui avais suggéré d'aller se faire foutre, lui et son analyse de merde. Ensuite, prenant argument de l'échec de mon traitement, je lui avais annoncé que je ne paierais pas ce que je lui devais. Après quoi il s'était avéré que Pinçon-Blanchart avait lui aussi des problèmes avec la colère.

Mais je n'avais aucune envie de virer Nicolas, dont la franchise était pourtant bien plus acérée que celle de mon ex-psy.

Les gens tombent amoureux pour les raisons les plus étranges, souvent sans aucun lien avec la personnalité, l'intelligence ou le physique. Quelque chose en chacun de nous recherche ce dont nous avons besoin. Ce que j'aimais, c'était sa franchise.

J'avais longtemps cru que dans une relation amoureuse, tout conspirait à nous affaiblir. L'amour rendait faible, le désir rendait faible, la crainte du regret rendait faible, l'inertie rendait faible, la tendresse rendait faible, la peur de perdre rendait faible…

— Tu passes à côté du premier principe de la vie adulte.

— Qui est… ?

Il rit et m'enlaça les épaules d'un bras.

— Vivre.

Soudain, je me dis que je voudrais épouser un garçon comme lui. Seigneur, j'aimerais tant être homo parfois. Je voulais dire pleinement et sereinement homo…

L'idée que le chemin du Paradis passait par le nombre d'heures consacrées au labeur ou par le montant des rémunérations était une arnaque, du flan, une illusion de plus dans une vie qui n'était qu'un défilé d'illusions contradictoires. Ce que me rappelait Nicolas, c'était que la vie était la vie ; ce n'était pas le travail, le pouvoir, le fric.

Qu'avaient donc à voir la fuite, la course, la vitesse avec la recherche sereine du bonheur ? Si au moins nous avions la consolation de bâtir une œuvre ou de participer à l'Histoire, mais même pas. Et c'était, au fond, une excellente chose d'évoluer dans un monde où tous les mythes avaient été dégonflés. C'était le moment de prendre conscience qu'il n'y avait plus que la vie elle-même. Neutre, imparfaite, étonnante, merveilleuse, douloureuse.

*

Après avoir pris une profonde respiration, j'entrai dans le bureau de Bradtout. Une fois dans la place, je découvris qu'il n'était pas seul. Debout contre le mur de gauche, comme s'ils avaient voulu se dérober à ma vue, se trouvaient Vermillon, Pennec et ce connard de Fetucci.

Bradtout raccrocha et m'indiqua le fauteuil en face de lui.

— Assieds-toi.

Je regardai Bradtout, je regardai le fauteuil, puis le trio. Il régnait dans la pièce un calme sinistre. J'avais l'impression de me retrouver dans la salle d'audience d'un des procès de Moscou.

— Qu'est-ce qui se passe ici ? demandai-je avec circonspection.

— Ferme la porte, dit Bradtout.

Ce n'était pas à moi qu'il s'adressait mais à Pennec.

Je devinais, bien sûr, ce dont il s'agissait, mais en même temps, je me disais : Non, c'est impossible. Ce à quoi je pense est bien trop impensable. Il ne peut pas s'agir de mon licenciement.

Bradtout me répéta de m'asseoir. Je finis par obtempérer, tandis que Pennec, Fetucci et Vermillon se déplacèrent comme un seul homme pour s'installer sur le canapé.

— Vous êtes bien tous solennels. Qu'y a-t-il Vermillon ?

Je voulais l'entendre prononcer la formule magique.

Il se plongea dans la contemplation de ses chaussures Berluti.

Bradtout se leva, contourna le bureau, se planta devant moi puis s'appuya au bord de la table en joignant les mains.

— Benjamin, nous avons un souci… (Son sourire s'effaça et il continua.) Non sérieusement Benjamin, nous avons vraiment un souci.

S'il plaisantait, peut-être me faisais-je du mauvais sang pour rien ? J'avais l'impression d'être dans un grand magasin où je venais de faucher un bouquin et je voyais le type de la sécurité foncer sur moi et demander de repasser le portique. Allais-je passer entre les mailles du filet ?

— Il s'agit de ton aptitude au management.

Merde. Pennec, Fetucci. Espèces de salauds. Mais je ne les regardais pas. Je continuais à fixer Bradtout, sans ciller. Quelqu'un qui aurait un problème de management protesterait à cor et à cri, ou ferait un esclandre avant de claquer la porte. Je me contentais d'afficher un petit sourire, comme quand j'écoutais les commentaires idiots de Gilbert en comité de rédaction.

— Tu as un problème de management et cela affecte ton travail.

Bon, j'avais intérêt à calmer le jeu.

— Est-ce à cause de ma méthode de travail ?

— Tu veux dire de ton absence de méthode de travail, corrigea-t-il. Il n'y a pas que ça. Je peux te citer une foule d'autres exemples où ton attitude a eu des retentissements sur tes performances et ton comportement général. Des politiques m'en ont parlé et à un très, très haut niveau. (Il marqua une pause pour me laisser le temps de digérer l'information.) Et tes collègues se font du souci à ton sujet. (Il tourna la tête en direction de Pennec.) Je ne pense pas que passer ta journée au bureau sur des sites de cul gays te permette ensuite d'être TOTALEMENT performant.

Et voilà, j'étais devenu une victime du départ d'Otelo, trahi par le service informatique. Ces gens n'avaient-ils rien de mieux à faire que de se prendre la tête à propos de mes visites fréquentes sur le Net ? Ce Pennec, il fallait qu'il espionne tout, qu'il contrôle tout. Et Fetucci, est-ce que j'avais fait un scandale lorsque j'avais appris qu'il envoyait en reportage sa maîtresse et qu'il la rejoignait aux frais du journal ?

— En ce moment même, continua Bradtout, pour ne prendre que ce seul exemple, regarde comment tu es habillé. Mais ce n'est pas l'unique problème, souviens-toi quand tu t'es présenté à cette émission de télévision avec un polo…

Où était le problème ? L'émission avait été plutôt réussie et donné une bien meilleure image du *Gaulois*.

— Il ne s'agit pas seulement d'incidents occasionnels, poursuivit Bradtout, mais d'une escalade dans ton comportement qui porte également préjudice à nos bonnes relations avec nos amis. Tu vois, Benjamin, être patron d'un journal, c'est aussi une question d'image. Et ça ne fait pas très bonne impression de voir le rédacteur en chef du *Gaulois* venir en chemisette ou en short. C'est tout simplement inacceptable.

C'était horrible mais je songeais qu'il me tardait de raconter cette scène à Nicolas, quand nous irions boire un coup le soir. Et cette pensée m'arracha accidentellement un sourire bêta.

Pennec quitta le canapé pour rejoindre Bradtout.

— Ce n'est pas une plaisanterie, Benjamin, c'est très sérieux. Tu es dans une mauvaise passe, tout le monde s'en aperçoit. Il fallait que l'on intervienne.

Je voyais qu'il tremblait. L'émotion ou l'alcool ?

Vermillon déployait tous ses talents de comédien pour essayer d'avoir l'air normal. A le voir me dévisager avec inquiétude et compassion, j'avais envie de le baffer. Vermillon était le type le plus hypocrite que je connaissais mais il trompait bien son monde. On le prenait pour confident. Après quoi, il courait en rendre compte à son maître comme les valets dans les pièces italiennes. Tous se laissaient pourtant berner par son affabilité.

— Et j'en arrive au scandale dans cette boîte homo quand tu as injurié Nicolas Sarkozy. Oui, injurié, ne proteste pas. Je vais te dire de quoi il s'agit. Il s'agit de ne pas déplaire à un homme qui, dans quelques mois, sera à la tête du pays. Un homme dont nous devons ménager l'intuition, la sensibilité, l'amour-propre, tout en le guidant pour que jamais sa volonté ne se place en travers des intérêts du groupe.

— Ah, je vois.

— Non, tu ne vois pas, Benjamin, tu ne peux pas voir. Pendant vingt ans, Charles Sabot et son père ont cultivé cet homme. Ils l'ont taillé et accompagné. A présent, il est temps d'en recueillir les bénéfices, de – comment dirais-je ? – boucler la boucle.

Bradtout sortit un mouchoir de sa poche pour s'essuyer. Les hommes de sa génération avaient encore de vrais mouchoirs. C'était un de leurs tics culturels au même titre que la constipation affective et la capacité de se mettre subitement en colère.

C'était bien simple, j'avais perdu.

— Je suis d'accord, m'entendis-je dire.

Tout le monde se relaxa. C'était comme si on avait ouvert une vanne. Bradtout prit la parole.

— Est-ce à dire que tu es d'accord pour signer ta lettre de démission ? Nous ajoutons tes années d'ancienneté au *Gaulois*, ajouta-t-il comme si la précision était censée m'apporter un quelconque réconfort.

Je coulai un regard vers Vermillon qui semblait impatient d'entendre ma réponse.

— J'ai l'impression de ne pas avoir le choix.

Bradtout me sourit et frappa dans ses mains.

— Parfait. Je suis heureux de l'entendre.

Pennec et Fetucci opinèrent poliment.

Brusquement à partir de là, l'affrontement ne différait plus vraiment d'une réunion ordinaire au journal. Peut-être même que quelqu'un allait pondre une note mentionnant les principaux points abordés au cours de cette réunion. Nous étions parvenus à un accord, c'était décidé : je prenais le reste de la semaine pour procéder aux arrangements nécessaires et on me faisait grâce de mon préavis.

*

Deux jours plus tard, je retrouvais Vermillon au bar de l'Hôtel Cambridge. En débarquant, je compris son choix. Il était dans son élément. Sur la droite, il y avait un comptoir monumental, vieux d'un siècle, sculpté à la main, pour lequel on avait sacrifié plusieurs chênes centenaires. Un véritable doigt d'honneur à tous les défenseurs de l'écologie. Derrière, le mur lambrissé était décoré de miroirs gravés. A côté des miroirs, des appliques en cuivre terni avec des abat-jour en vitrail. Ici aucune ampoule électrique n'excédait les vingt watts. Au fond de la salle, il y avait des box en bois et des peintures à l'huile représentant des chiens d'arrêt anglais et des chasses au renard. Vermillon m'attendait comme un brave toutou. Je m'assis en face de lui et le regardai longuement, laissant exprès s'installer un silence pesant.

Au bout de longues minutes, il secoua la tête.

— Quel gâchis, Benjamin, susurra-t-il. Si vous m'aviez écouté et pris Charles, comme je vous l'avais conseillé, pour un parent et non pour un adversaire.

— Je vais vous confier quelque chose, Vermillon (je continuais exprès de l'appeler par son nom) : j'ai passé l'âge des remontrances. Quand j'étais enfant, à Nice, mes parents recevaient souvent et je détestais qu'on m'envoie au lit juste au moment où tout commençait. Je haïssais cette impression de tout rater... Avec l'âge, je ne me suis pas amélioré. Vous et votre patron, vous avez décidé que j'arrête de jouer pour m'expédier au lit.

Alors, je vais vous faire grâce des formules habituelles d'hypocrisie sociale plus insultantes que réconfortantes.

— Vous avez les papiers ?

Il me tendit précipitamment une chemise que j'ouvris. Après une lecture rapide, je paraphai mon « abdication ». C'est à ce moment-là qu'il me tendit une enveloppe. Je vérifiai aussitôt que le chèque où gambadaient des zéros se trouvait bien à l'intérieur.

— Vous n'avez pas confiance, me demanda Vermillon sur un ton peiné.

Ce n'était pas un bon acteur mais il était dit que, jusqu'au bout, il jouerait son rôle.

— Si, bien sûr, c'est au cas où, par inadvertance, vous m'auriez donné plus..., raillai-je.

Ainsi se terminaient quinze années de collaboration au *Gaulois* dont huit mois à la tête du magazine. Je sentis en moi le déchirement. Une bouffée de joie suivie d'un pincement de tristesse : tout était fini. Mes articles, mes coups de tête, mes coups de cœur, mes enquêtes, mes vraies découvertes et mes faux scoops. Pfff. Nuls et non avenus. Moi, Benjamin Strada, en mal de statut et de notoriété, journaliste sur la touche, plumitif en disgrâce. J'allais apprendre que, de nos jours, le déclassement était un peu comme la noyade, d'abord on s'agitait et on se débattait et puis la panique s'estompait et on se laissait gentiment couler. Bientôt, me lever le matin et me laver allaient presque devenir un vrai projet de vie.

Mon portable sonna. C'était Nicolas. Je l'avais convaincu de m'attendre devant le cinéma Max Linder

Panorama pour voir *Duel au soleil*, le chef-d'œuvre de King Vidor.

— Dépêche-toi, Benjamin, on va être en retard.

— Quoi ?

— Il est presque 18 h 30. Le film commence dans une demi-heure, tu n'as pas de passe et tu dois acheter un nouveau ticket. Comme nous avons déjà raté la séance précédente…

— Mon ticket n'est plus valable, je sais.

En guise de prologue… vingt mois après

> *« C'est dans les siècles les plus dépravés qu'on aime les leçons de la morale la plus parfaite. Cela dispense de les pratiquer. »*
>
> ROUSSEAU.

En dépit de ses neuf pièces dont l'une équipée d'un jacuzzi et d'un tapis roulant, le loft de Richard Kupferman ne sortait pas d'un film de Woody Allen ou d'un roman de Jay McInerney. Il n'avait rien de commun avec ces immenses appartements où des New-Yorkais et des New-Yorkaises entretiennent des conversations extrêmement spirituelles, se disputent, se trompent mutuellement, puis se réconcilient, entourés de leurs œuvres d'art, de plantes luxuriantes et de leurs baies vitrées offrant une vue panoramique sur Park Avenue.

Le loft de Kupferman était une jungle d'arbres

maigrichons et caoutchouteux derrière lesquels se planquaient des meubles épurés, tout de chrome et de cuir. Les invités qui glougloutaient parmi les feuillages appartenaient au genre masculin, exclusivement au genre masculin. La dernière femme à avoir franchi le seuil de ce havre de paix viril mais plein de sensibilité était une livreuse Butch apportant les packs d'eau minérale gazeuse du pays de Galles.

Il y avait bien une terrasse. Il suffisait de faire glisser la porte-fenêtre pour venir y fumer son cigare, un verre de champagne à la main. Mais on y aurait cherché en vain les immenses prairies scintillantes de Brooklyn et du New Jersey où se sont brassées des générations de vaillants quakers qui nous parlent d'une alimentation joyeuse et équilibrée sur nos boîtes de corn-flakes.

Jeter un regard par-dessus la balustrade ne revenait pas ici à plonger son regard au fond d'une gigantesque coupe de champagne. Non. Les fragiles filets de lumière en contrebas étaient ceux de la rue Quincampoix. Il y a près de trois siècles, la fièvre spéculatrice avait fait pousser sur ce pavé des dizaines de banques et de commerces avant de précipiter des centaines de grands financiers bourgeois et de petits marquis spéculateurs dans l'une des banqueroutes les plus retentissantes de l'Histoire.

Qu'on se rassure, l'argent est amnésique. Et de toute manière, Richard avait tenu à s'installer dans ce quartier pour la seule raison qu'il était l'antichambre du Marais avec ses plombiers gays, ses menuisiers gays, sa boulangerie gay où le bon pain chaud et le strudel à la cannelle et aux pommes étaient en forme de bite, ses laveries automatiques gays (on n'y lavait rien, on y draguait), ses agences immobilières pour gays, ses boutiques de fringues et de meubles gays et sa pharmacie gay qui vous proposait ses pilules à la shigellose redonnant des abdos tablettes de chocolat en moins de quarante-huit heures. Pourtant, à l'exception d'un autocollant rainbow flag surplombant la carte American Express, rien ne différenciait, au fond, ces commerces des autres commerces. Nous autres gays, avions réussi l'exploit d'inventer la visibilité invisible.

Toutes les soirées de Richard, les fameuses « Richie Parties », se ressemblaient. L'alcool y coulait toujours à flots. La baignoire, remplie de glaçons, accueillait des dizaines de bouteilles millésimées (« seules les bulles de qualité sont les bienvenues », soulignait, à chaque fois, le maître de maison dans ses invitations).

Les serveurs se déplaçaient avec grâce pour proposer des émulsions de sushis, des carpaccios de cailles et des purées d'algues au gingembre. Et la musique, un mélange de vieux tubes du Bouddha Bar et des derniers morceaux de techno, était toujours la même tambouille sirupeuse qui ne transportait ni ne dérangeait personne.

Ce soir, la « Richie Party » avait pourtant quelque chose de singulier, non pas parce qu'elle avait lieu le septième jour, le jour où selon la version télévangéliste de la Création, Dieu dit : « Que le brunch et les stock-options soient ! », mais parce que nous étions tous conviés à assister à une grande soirée électorale qui devait faire basculer le pays de l'ombre à la lumière.

Pour donner à cet événement une haute portée symbolique, les invités avaient été triés sur le volet mais le maître de maison avait décidé d'y ajouter une touche de diversité sociale (un quart de financiers et de banquiers, un quart de hauts fonctionnaires, un quart de communicants et de publicitaires et le reste regroupant ceux que Richard nommait « les intouchables »). Tous avaient répondu présents en exhibant leur dernière conquête qui prenait tantôt le visage d'un jeune étudiant d'école de commerce aux cheveux en épis luisants de gel qui allait passer l'ENA, tantôt celui d'un boxeur thaïlandais aux sourcils épilés qui était passé sur un énarque.

Les jeux étaient faits mais, comme le clamait notre hôte qui venait de lire la formule sous la plume d'Alain Duhamel, « avec le populisme ambiant, il est préférable d'attendre la confirmation des résultats ». Richard voulait pimenter sa soirée avec un zeste de suspense. C'était facile puisque la plupart des invités s'étaient investis dans cette campagne en rédigeant des argumentaires au candidat de la droite qui les engloutissait par fournées tel Moloch-Baal, la divinité orientale au ventre brûlant. Même ceux qui travaillaient pour son adversaire socialiste se dépêchaient le soir de rentrer chez eux pour fournir les réponses aux fiches écrites le matin même. Le succès (improbable) de cette dernière aurait situé, à leurs yeux, la catastrophe quelque part entre la disparition des Mayas et le sac de Rome.

Je faisais un peu tache dans ce tableau. Je ne devais ma présence qu'à la fidèle amitié du maître de maison qui connaissait non seulement mes réserves quant aux vertus supposées du nouveau sauveur suprême mais surtout, qui me savait désormais dépourvu du moindre réseau à l'exception des commerçants de ma rue. D'accord, ça ne menaçait pas mon existence, seulement ma vie sociale. Mais dans ce quartier de Paris, il n'y avait pas de différence entre les deux.

*

— Benjamin quel bonne surprise ! s'exclama Richard qui voulait me montrer combien le coach de son nouveau club de gym était efficace en me serrant un peu trop chaleureusement contre sa poitrine, froissant ma chemise et ruinant d'un coup un après-midi d'effort de repassage.

Au lieu d'affronter la foule qui s'était massée près du bar, j'optai pour une prudente retraite. Je pénétrai dans une salle où l'attention des invités était captée par un écran plasma grand comme une piscine. J'avais du mal à croire que le conseiller à la Cour des comptes et le dirigeant de Thales que je repérai en raison de son crâne si chauve que la lumière le faisait reluire tel un bouclier, se fussent pris de passion soudaine pour ces débats interminables et insipides où l'on voyait des seconds couteaux de notre vie politique occuper l'attente des résultats en échangeant des « Je-fais-confiance-au-bon-sens-des-Français(es) » et des « Ah, non ! Pas vous, pas ça ! ».

Je remarquai au passage le visage émacié au front pâle, au menton volontaire et aux lèvres dédaigneuses de Laurent Dubreuil, jeune maître des requêtes au Conseil d'Etat, maire d'une petite commune près de Gap, qui suivait ces joutes mollassonnes comme si son existence en dépendait. Il m'avait embauché temporairement durant ma traversée du désert que j'espérais être une traversée de bac à sable pour retoucher sa « biographie » de Giono. C'est-à-dire que mon travail consistait à traduire l'exercice en français.

— Votre grand homme a besoin d'être plus incarné, lui avais-je dit prudemment après quelques séances de travail sur son texte qui alignait les offenses non seulement à la littérature mais aussi, et plus simplement, au bon sens.

— C'est moi le grand homme, et je n'ai pas besoin d'être incarné, m'avait-il rétorqué. Tout ce que je veux, c'est être élu à la présidence de ce putain de département de ploucs et entrer ensuite au gouvernement à l'occasion d'un remaniement technique.

Mon intervention avait été chirurgicale, héroïque.

— Vous avez salopé mon œuvre, m'avait-il dit en me licenciant.

Ma carrière de retoucheur de manuscrits d'hommes politiques s'est arrêtée là.

Le ressassement de mes petits malheurs s'interrompit avec l'arrivée de Richard, au comble de l'excitation, qui nous annonça qu'Alexis de La Toquay était arrivé. Il n'avait pas fait autant de frais quand étaient entrés bras dessus, bras dessous le président de l'Ecole libre des sciences politiques et le patron des Voies ferrées et rails de France ni lors du bref passage du député Laurent Wauquiez, jeune cadet de la droite conquérante.

Autant de révérence aurait pu étonner une personne étrangère au cercle des élus. L'apparition n'était pas le patron d'un grand groupe collectionnant les jetons de présence et n'avait élu domicile dans aucun des fromages de l'Etat. Il avait simplement formé en tant que patron des études à l'ENA des générations de hauts fonctionnaires. La plupart de ces derniers sollicitaient ce parrain dès qu'un conflit surgissait entre eux. Alexis de La Toquay était en quelque sorte l'arbitre des élégances énarchiques. Ses avis étaient suivis comme des fatwas.

Juste derrière lui, un étudiant élégamment vêtu se tenait prêt à exécuter le moindre désir du maître. Trapu, les épaules carrées, il avait des cheveux noirs, courts et bouclés, surmontant un visage qui aurait sûrement attiré Charles Darwin, mais lui seul. Richard m'apprit plus tard que c'était Alejandro, l'infirmier du parrain. On l'appelait l'infirmier car Alejandro avait la charge de faire respecter au parrain l'horaire compliqué de ses médicaments et d'écarter tous ceux qui pouvaient le contrarier. Le nombre des indésirables s'était considérablement accru depuis que La Toquay avait décidé de jeter toutes ses (dernières) forces en faveur de l'élection du candidat de la droite qui s'entendait comme personne pour flatter et duper les vieillards.

Avec ses pieds ne touchant pas le sol, le parrain ne donnait pas l'impression d'être un vieillard gâteux, plutôt un enfant sénile.

— Alex, très cher, regardez qui est là ! cria Richard à sa bonne oreille en désignant un jeune avocat, ardent défenseur du mariage gay et du régime tunisien.

Alexis le parrain leva les yeux et son visage s'éclaira à la vue de l'homme de robe.

— Caro, tu es venu !

— Bien sûr puisque j'avais promis.

— Oui, mais je connais les jeunes. Tellement de sorties, d'invitations. On oublie…

Sa voix râpeuse, mais aussi enjouée et sonore, évoquait un râle d'agonie heureuse.

— Alexis, vous vous souvenez de Laurent Dubreuil ? continua Richard, tout entier à ses mondanités.

— Mais oui. Promotion Milton Friedman. Je me souviens de ce garçon de couleur que vous aviez, originaire d'une de ces îles de l'océan Indien. Il ne parlait que le toulou, une langue dravidienne. C'est du moins ce que vous m'aviez dit.

— Votre mémoire est phénoménale, Alexis, soupira le maire de Gap.

— Je me rappelle aussi que vous m'aviez dit que ce garçon qui parlait toulou souhaitait postuler à un emploi d'informaticien au musée des Arts décoratifs. J'avais fait une lettre de recommandation au conservateur.

Dubreil eut un sourire faussement amusé.

— C'était Shikha.

Il siffla pour ainsi dire ce nom.

— … Oui, l'illustre Shikha, comme je le surnommais. Je l'ai revu à l'île Maurice, l'hiver dernier. Il avait fort peu changé. Toujours aussi doux et séduisant…

— Vous avez toujours eu, cher Laurent, un penchant pour ceux qui savent à peine parler français, ou même aucune autre langue. Faites attention. Si vous voulez être accueilli au sein de cette grande famille qui, tout à l'heure, va accéder aux affaires, vous ne pourrez plus vous laisser aller à ce type de fantaisie.

Je vis mon conseiller d'Etat se mordre la lèvre inférieure jusqu'au sang.

— Contentez-vous de manger européen, s'amusa La Toquay.

Passant son bras autour de la taille du jeune Italien, il s'appuya contre lui d'un air lubrique qui se voulait sans doute paternel. Le sommet de son crâne bouclé arrivait à peine à l'épaule d'Alejandro. Il lui donna une tape sur l'estomac qui rendit un bruit sourd, puis souleva son polo, révélant un abdomen bien tendu barré d'une fine ligne de poils bruns.

— C'est pas des abdos en béton, ça ?

*

« Chhuuttt !!!! »

Il était 20 heures. Une nouvelle fois, les sondages sortis des urnes devançaient les résultats du vote. Le visage du nouveau chef de l'Etat se dessina à l'écran : Nicolas Sarkozy. Un grand soupir de soulagement dans l'assistance suivi presque aussitôt de gloussements de joie puis d'applaudissements nourris. C'était comme si cet événement les avait fait tous sortir de leurs petits terriers et tanières, leurs petits tunnels intimes de vie pour les exposer au grand vent de l'Histoire.

L'ancien conseiller de Dominique Strauss-Kahn à Bercy qui avait délaissé ce dimanche soir ses chaps et ses harnais tomba dans les bras du directeur financier d'un fonds de pension, le directeur aux ressources humaines de Hans Andersen embrassa à pleine bouche le porte-parole de Médecins pour sauver le monde. Les plus jeunes des invités poussèrent des cris aigus et battirent des mains. Ils criaient comme si on les chatouillait ; comme si l'univers les chatouillait et assaillait leurs formes sensibles agitées de contorsions.

Premier miracle de cette présidence qui s'avançait déjà les bras chargés de présents, le maître de maison sortit des bouteilles de Ruinart millésimé. Les bouchons sautaient, les invités, tout excités, sursautaient en piaillant de plaisir.

— Quand je pense que nous avons failli avoir à la tête du pays cette dingue catho qui relève de la psychiatrie lourde ! gueula un socialiste.

— On l'a eue cette pute !

— On a eu chaud, oui, vous l'imaginez, elle et sa bravitude en pleine tempête monétaire ? ricana un membre du staff de la candidate qui venait, d'un seul coup, de retourner sa veste.

C'était le signal pour la curée. Durant une bonne heure, ce fut un déferlement de quolibets, de haines recuites et de plaisanteries grasses. Malheur à la vaincue.

Ils étaient tout à leur bonheur. Un peu de patience. Leur crédulité avait été aussi la mienne. Il suffisait d'attendre, allez cinq mois ou cinq ans, qu'ils fussent éjectés en plein vol et retombent enfin dans la réalité.

Je redescendis dans le salon où La Toquay continuait de décerner bons et mauvais points.

— C'est l'une des leçons les plus terribles de la vie, disait-il, mais nos parents avaient raison (à condition, bien sûr, d'avoir des parents qui tiennent leur rôle de parents et pas d'accompagnateurs socio-éducatifs) quand ils nous disaient de décrocher un boulot sérieux, de faire des économies, d'investir dans la pierre, de penser à nos retraites… Personne ne s'intéresse aux hordes de tarés crasseux qui traînent dans les cafés et boivent leur allocation chômage, à ceux qui à cinquante-cinq ans sont encore vigiles, ou qui, à soixante ans, enseignent encore l'espagnol à des enfants de riches.

Tout à coup, il s'aperçut de ma présence.

— Et vous, votre visage ne m'est pas inconnu. N'êtes-vous pas journaliste ? Comment vous appelez-vous ?

— Benjamin Strada. J'étais journaliste, corrigeai-je, je ne le suis plus.

— J'ai dû écrire une ou deux tribunes pour vous dans le passé. Vous faites quoi maintenant de votre vie ?

— Je suis professeur.

Alexis le parrain se racla la gorge et abandonna, d'un coup, le vouvoiement.

— Où est-ce que tu enseignes ?

— A Aulnay.

— Dis donc ! (Alexis le parrain siffla et se carra dans son fauteuil.) C'est pas de chance. On n'aurait pas pu te trouver un poste à Paris ?

— J'aime beaucoup l'endroit où j'enseigne, protestai-je.

— Il y a plein de bonnes écoles rien que dans ce quartier, continua La Toquay comme s'il n'avait pas entendu. Il y a même une école privée, les petits frères de Saint-François, tenue par les Légionnaires du Christ. Tu serais probablement mieux payé si tu entrais dans le privé.

Je feignis de considérer la chose.

- Probablement.

— Ce que je ne supporte pas dans les écoles publiques, c'est que les élèves doués sont pénalisés. Toute la classe doit se mettre en retard sur le programme parce que Karim ou Ahmed ne parlent pas le français. C'est tout simplement ridicule, non ?

Ma mâchoire était bloquée et grinçait doucement. Et pourtant, je n'avais rien sniffé depuis des mois.

— Je connais un type dont le jeune frère – une bombe soit dit au passage – va à Clichy, intervint Laurent Dubreuil sans prendre la peine de me saluer. Il dit que voir certains élèves à la sortie te fait froid dans le dos.

— Qu'est-ce qu'il fout à la sortie ?

— Il dit que ce sont de vraies bêtes, certains. Ces terminales, des Blacks immenses de deux mètres, vous savez avec leur pantalon baggy qui leur tombe sur les fesses. Il dit que c'est un cauchemar. Et si tu les réprimandes parce qu'ils écrivent que le traité de Versailles a été signé par Marie-Antoinette qui est la grand-mère de Lady Di, ils te traitent de raciste et de fasciste. Même si tu fais la moitié de leur taille. De toute façon, il y a de fortes chances pour qu'on t'ait défoncé la tête avant, fit-il observer. J'oserais à peine aller y travailler.

— Il n'empêche, reprit Alexis de La Toquay qui chassa Alejandro venu lui essuyer avec un mouchoir en fine batiste la commissure des lèvres, je m'interroge sur le choix d'un tel métier. Pourquoi un homo gagne-t-il sa vie ainsi ? Pourquoi ne pas ouvrir un café branché, se lancer dans le stylisme ou vendre des meubles anciens en coquillage ?

— Ce n'est pas si terrible, dis-je (sans laisser paraître combien je trouvais déconcertant qu'un gay – fût-il d'un âge canonique – recrachât autant de préjugés à la seconde comme cette princesse des contes de fées laissant échapper un crapaud à chaque parole). La plupart d'entre eux sont parfaitement gentils. Et il faut faire le maximum pour les aider.

— Gentils ?

Dubreuil secoua la tête en riant un peu trop fort et je vis combien il était proche de la haine : c'était comme un nerf que j'étais à un millimètre de toucher.

— En voilà une bien bonne – gentils ! Je sais ce que je ferais pour les aider. Je les obligerais à parler français. Je dirais : vous voulez venir dans nos écoles, alors vous devez parler notre putain de langue. Et par la force si nécessaire. Et comment s'appelle ton lycée : Youri Gagarine ? Angela Davis ?

— Jean Zay. Député à 27 ans, ministre à 31 ans du Front populaire, prisonnier politique à 36 ans, assassiné par les miliciens à 39 ans. 97 % de réussite au baccalauréat littéraire. D'autres renseignements ?

Sur ce, je tournai les talons. Pas assez vite cependant pour ne pas avoir à entendre le maire de Gap beugler :

— Et grâce à qui ? Grâce à nous, les cochons de contribuables qui payons leurs études !

Je retournerai dans la salle de séjour pour constater l'étendue des dégâts. Ça y est, le bonheur le plus suave pouvait illuminer leur visage. Ils étaient désormais convaincus d'être les rois du monde et que j'allais me joindre à la communion qu'ils attendaient tous et qui allait justifier leur existence. Heureusement, ils avaient cessé de regarder l'écran plasma et n'avaient donc pas prêté attention à ces deux actes fondateurs du nouveau régime : des voitures officielles coupant à travers les jardins des Tuileries et Enrico Macias bramant au concert de la Concorde : « Ah, qu'elles sont jolies les filles de Sarkozy, lai lai lai... lai, lai, lai... » Cinq mois ? Cinq ans ? Cinq minutes avaient suffi à ce nouveau régime pour imposer ce qui allait être sa marque de fabrique.

Le temps finit toujours par révéler la substance des comédies qu'on se joue. On commence par penser que la vie est merveilleuse et follement excitante, puis, au bout d'un certain temps, on décide qu'elle ne l'est pas, et enfin, on comprend qu'elle l'est mais pas pour soi et que nous ne sommes et que nous ne serons que des invités au grand banquet social. On nous a tout juste accordé le droit d'épier le beau monde par le trou de la serrure. Ah, çà… Nous sommes prêts à tout pour nous détruire mais quand il s'agit d'être heureux nous n'avons plus rien dans le ventre. Etait-il nécessaire d'attendre d'avoir 40 ans pour comprendre ce qui avait pompé la joie de notre enfance, qui avait transformé notre cerveau en une fournaise hurlante, alors même qu'en apparence, on semblait aussi confiant et bronzé qu'un pilote de Qatar Airways ?

J'avais dû maugréer tout haut sans m'en rendre compte. Richard Kupferman me prit par le bras et me secoua.

— Benjamin, me dit-il, quand allons-nous arrêter de nous comporter comme eux ?

Il prononça ces paroles en me lançant un regard – ce regard qui n'appartenait qu'à lui et n'était que pour moi, cette petite moue qui annonçait l'intimité totale du nous-sommes-seuls-au-monde.

— Comme si tout était faux, tu veux dire ? Comme s'il fallait se moquer de tout, ricaner sans cesse ? Se mentir et croire que nous sommes invincibles, comme si nous ne pouvions pas affronter la réalité de notre vie tout en la vivant ?

— Oui, oui, oui.

— Aujourd'hui, dis-je.

Je décidai donc ce jour-là de rentrer directement

chez moi sans passer par les bars, de me mettre à ma table de travail et de raconter une histoire vraie... et gaie. Pas une page ne devait tirer une larme. Pas un paragraphe ne devait parer du statut de victime ce qui n'était, au fond, que la démonstration de notre propre goût pour la servitude et la stupidité. Rien. Ni bruit, ni fureur, juste raconter une fable dite par un idiot.

TABLE

Cet ouvrage à été imprimé
par CPI Firmin Didot
Mesnil-sur-l'Estrée
pour le compte des Éditions Grasset
en avril 2011

Composé par IGS-CP à L'Isle-d'Espagnac (16)

Dépôt légal : avril 2011
N° d'édition : 16700 – N° d'impression : 105002
Imprimé en France